CRNE ŠUME

CRNE ŠUME

Emil Petrov

Globland Books

... I šta sad. Ogledalo kao sudija. Umoran. Očekujem presudu. Ne prepoznajem lik u ogledalu. Neko drugi se smeje, trči po travi. Bezbrižan. Uživa u suncu.

Čiji si ti mali? Zamalo da pitam. Naslućujem. Ne vredi. Nisam sasvim siguran. Kao ekran televizora. Promiču slike nečijih života. U sivom, ali boje sam namećem. Udahnjujem. Mnogo banalnih stvari. Svakodnevnih. I likova poznatih. Ćute. Ispituju. Bivših. Tuđih. Dolazećih. Neka. Neka ćute. I neka odlaze. Da bi se vratili. Možda. Na moja pitanja niko ne odgovara. Najzad se slike smiriše i lik zastade, kao u vodi uznemirenoj kamen. Nežno dodirujem vodu. Ali to nisam ja. Možda podsećam. Nečeg ima sličnog. Samo su oči ostale. Iste. Ostalo mi ogledalo zadržava kao svoje.

Zlo je u nama.

Budim se. Ne znam da l' sam spavao, sanjao ili sam tek utonuo u san.

Još sanjam? Čudo.

Zar opet ratovati, za nebo što isto je...

Moje i njegovo, mrzi nas...

Remark na istoku, reinkarnacija?

Zlo je u nama. Zlo je u meni. Osećam ga,
Čuči, vreba. Kao zmija hladno... tu je.

Ne vredi spavati dok nečija senka sedi u fotelji i u mraku, čeka. Osećam dim, zapaljena cigareta. Ustajem, najzad. Vrlo agresivno skačem iz kreveta i nervozno, našavši samo jednu papuču, odlazim u kupatilo da sperem odvratan ukus iz usta. Namerno zanemarujem hladno vreme. Napolju duva leden vetar. Rana ili kasna jesen, svejedno, vreme je tada uvek odvratno. Verovatno i pada neka, „bog te jebô opet kiša". Umivam oteklo lice. Najradije se ne bih ni gledao u ogledalu, al' iz čiste radoznalosti merim podočnjake. Oštra svetlost gole sijalice bode u mozak. Direktno. Još hvatam delove sna po glavi. Da se obrijem, pitam se. Mrzim jutarnje brijanje. To najviše. Uvek sebi pustim krv, pa posle ceo dan izgledam kao kreten, a mislim i svi bulje u tu tačku na mom licu — ovde je brijanje kao znak muškosti, a ti kao ne umeš da se obriješ. Jebiga, bubuljice u tim godinama. Kao da se neko nakašlja u sobi? Učinilo mi se ili nije, nije bitno. Sav zebem. Noga na jeftinom toaletnom tepihu, šta li, grči se. Žurim. Pomaže zadnja „kap" paste, romantičnog imena „Kisssss". Nešto najjeftinije što sam našao na prljavoj i mračnoj pijaci Sofije. Isceđenu tubu zabijam u kantu punu đubreta. E, danas ću izbaciti đubre. A kako bih voleo da i tu prljavu, boje trule višnje kantu zaboravim u kontejneru. Al' ne mogu. Nije moja. Imam utisak kao da sam sabijen u klopku, da nemam izlaza. Danas se, zbog svega što čujem, osećam baš tako. A luda vremena. Traju.

Osvežen koliko-toliko uzimam najzad gel za brijanje i otvaram. Poklopac držim u ruci. Neko uzdiše u sobi, uzdah tipa „znam šta će sad biti".

O, to me već nervira. Moja senka, moja avet, pa još i moj lični prorok.

— Sjebaće tebe Bili... — mrmljam.

U trenutku, na prljavobelim pločicama primećujem pokret, kolonu žutih mrava. Kao bez reda... jure. Kolona — uzimam desnom rukom poklopac i sa mržnjom ih gnječim o pločice, gnječim... „Patrola" mrava ostaje razmazana, beže, pokušavaju da beže. Udaram, ubijam, ubijam, ubijam nesvestan sam sebe, zgađen. Stanem, a ruka mi drhti. Jedan delimično zgnječen batrga nožicama. Zalepljen je za pločice. Žutim nogama-rukama mrda, u kriku, bezglasnim za mene. Zapanjen sam. To nisam ja. Ili lažem pred ogledalom kao pred sudijom, lažem se. Dakle? Koga?

Kao ona patrola — razneta bombom, kao onda... kad iskočih iz šiblja... Bacam poklopac i prstom, da bih bio svesniji šta sam uradio, prstom polako pritiskam nemoćnog mrava i osećam, možda pre slutim nego što osećam, da batraga nožicama, osećam njegovu bespomoćnost — pritiskam ga definitivno u belinu.

Smrt kao milosrđe, smrt kao dar. Svako za svoje odgovaraće, svako za svoje platiće. Perem ili ne perem ruke, svejedno je, hvatam realnost na ulasku u mrak sobe.

— Pričaj mi, prokletniče — sikćem ka aveti.

— Vidiš... — kaže, prekrstivši noge kao pobednik, kao nadmoćniji. Sve staje u reč „vidiš". To je dijagnoza. Moja.

— Vidim — šapućem. Znam šta znaš. Znam da znaš i svi mi znamo.

Zlo je u nama.

Između bunila na javi i bekstva i bežanja u snovima izabraću drugo. Normalno. Smejem se prezrivo: goreću u paklu ili šta bude već. Već sam sebe otpisao. Može li mi još greha stati na ramena? Spavaću normalno — tj. probaću. Dovoljno sam sranja učinio. Nije ni trebalo da ustajem. Pizda u fotelji ćuti, al' do mene dopire njegov smrad.

Zlo, zlo je u nama.

Eee...

— Ajde trči, trči... izvuci — viče trener promuklim glasom.

Treneri najviše puše, primetio sam. Osećam bol u mišićima, dugo nisam trenirao, trčao. Prija mi početni osećaj moći, snage, agresije na kopačkama. Letim, no mi kratak dah u plućima. Reže me.

— Mali, baš lepo da si počeo... — raduje se trener dok me pljeska po stomaku. — Skinućeš ti ovo...

Da, dugo mi je trebalo da se vratim. Strah me trave... I sada sa zebnjom pretrčavam. I ubrzavam, čak nesvesno. Brisan prostor — jebiga, ko zna gde je sastanak sa zrnom...

Znoj i neki težak vetrić. Sparina. Jedva dišem. Gledam ledinu kod svlačionice. Tu je neki tip sinoć razbio neku drocu. Učinio mi se poznat. Nju sam odmah prepoznao. A i bilo mi je smešno dok sam ih, skoro kao voajer, posmatrao. Ma, došlo mi da navijam. Smejem se i sada.

Ipak, trava izaziva i dalje nelagodu u meni. Ne znaš gde je crna plastika u zemlji što kida stopalo...

Ne, nisam zaboravio i neću nikada.

— Ej, mali, super je što si ovde — kaže Džomba isprekidano, dok radimo sklekove. Klimam umorno glavom, duša u nosu.

Trčimo po šumi. On pored mene. Preskačemo granje i stare šporete, priča mi:

— Sinoć sam razbio onu fuficu, tu pored svlačionice...

Ostali zajebanti dobacuju:

— Ne seri, Džombo, opet lažeš.

— Ha, jesi li pored stative?

— Ma majke vam ga, šta serete... — i brdo psovki, Džombin način da se odbrani.

Bekovski oštar, otvoren, više bokserski tip, bez kompromisa. Verujem, i vrlo naivan i pošten, tj. to mu dođe isto.

No nastavlja priču:

— Sve me folira fufica, a ja ostanem bez auta, dao sam ga zetu...

Slušam ga, vrlo sam zainteresovan za priču. Trčimo sporije, zastoj — preskaču ili obilaze baru.

— ... I pokupim je, 'oćeš dati ili nećeš, majke ti ga... keve mi, zamalo da joj lupim... I bi šta bi.

Opet dobacivanje, zvižduci. Džomba ne ume tiho da priča, svi učestvuju.

— Razjebô sam je brate, rasturio!

Ovo izaziva krik mase fudbalera. Mali bandoglavi Džomba, sav u čvorovima, ne izgleda kao Don Žuan, ali dobro toleriše zajebanciju. Pa verujem mu, zar nisam posmatrao...

Vraćamo se na teren, sklekovi po kazni. Džomba nešto gleda po travi i začuđeno kaže:

— Bre, ovde kô da je neko mine tražio, sve izbodeno.

Kaže, al' više za sebe, da ga ne čuju mangupi — i on je svestan šta je spontano izvalio.

Smeškam se i kažem u sebi: e, Džombo, ne znaš koliko si u pravu.

Moj prvi trening posle velike pauze je završen. Svi su zadovoljni što sam se vratio. Ja oduševljen sobom, uvek sam samo odlazio. Setim se kada sam doveo brzu ribu na teren, uhvatio je, smotao munjevito, pa na sam teren, u mrežu baš. I tu se valjali. Slepac, nisam je okinuo, ali mi je bilo veće zadovoljstvo da joj pokažem kako sam roknuo svoj prvi gol u omladincima, dok se stadion tresao u mojoj glavi od povika sto hiljada fanatičnih navijača. U stvari... bilo ih je tek dvadesetak, pobeglih od kuće i žene, kao i Karatista, Pop, Čita i razdrndani kasetofon sa do daske opičenom himnom našeg kluba u „izvođenju" nekog pijanog društva. Tog istog na tribinama, mislim. Zar je toliko prošlo? I smejem se sebi i svojoj gluposti od sinoć. Rekoh Džombi iznenada, kada su svi već zaboravili njegovu priču:

— Verujem ja tebi, pusti bilmeze...

4 |

Mutna vremena. Ja i Crni prebijamo dugove. Za mafiozu sa Brda. Radimo sitno i na procenat, al' sitno, ovde-onde, dođemo do 100-200 maraka i onda glumimo pijane milionere, šetamo sivim ulicama i udaramo se, po dogovoru, u ramena. Čitavo me rame boli, ali ne odustajem. Cepenka rastao u planini, ovce ga dojile, kad okine u rame... ali i ja „sitan-dinamitan" — ne odustajem, udaram u besu (što sam toliki samo), udaram prgavo, energično jako, kao da mi je poslednje — besno kao mali pas što samo peni od nemoći.

Mislim da smo senzacija na prljavim ulicama, interesantni nekom — u stvari narod navikao na svakakve glupane i bagru, samo se ćuteći sklanja. Došlo takvo vreme, mulj je na vrhu. A i mi smo, tako nešto. Umesto da čekamo konzerve na četiri krpene gume, idemo peške. Mrzim jesen, a glavne stvari mi se tada dešavaju, na primer krenuo sam u školu, pa u vojsku... pa tako. Sva sranja.

Nego ovako — idemo da mlatimo nekog prevaranta — radi pozajmljenom lovom, pa nije vratio nekom komšiji, a ima... I ovaj molio, molio, tražio i kako to ide... mi se prihvatimo toga. Nešto se kao zezamo, ali smo nervozni. Nikako da uđemo u veću lovu, jer... mora da smo nesposobni ili zato što smo glupi došljaci, nešto ima. Ili nismo dovoljno odlučni i ne znamo prave ljude. Približavamo se pijaci i toj ulici... da ga negde spazimo i nagazimo. I Crni i ja u glavi imamo šutiranje i šamaranje.

Nešto smo gladni, nervozni, oštar vetar nas nervira, a sad i znojavi od ovog treskanja u ramena. Nekom moramo da istresemo životne promašaje, a toga ima puno, bolje da ne počinjemo. Crni kući treba da ide, a već je kaparisao beli taksi „mercedes", ali fali mu još neki moron. Da pokaže selu da je faca u Beogradu. No bilo kako bilo, jedan je od retkih Crnogoraca s kojim čovek može da se posvađa, a da ne vadi nož... tj. da ne vadimo ponovo noževe, kao što je u vojsci bilo.

Poštujemo se, kao što se poštuju budala i ludak, a ja sam jedno od toga. Ili smo zajedno, miks svega toga. Ipak bih rekao da smo očajnici koji moraju da uspeju, jer potiču iz malih mesta gde se neuspeh vuče celog života kao rep, i služi za zadovoljstvo kukavicama i samoopravdanje plašljivcima.

Nešto baš nismo uspešni u ovom poslu, više nas koriste kao pseterače, da upozorimo... I to ima svoju svrhu, dužnik se obično zamisli i uplaši nad činjenicom da su ga dva momka sa opasnim facama (to smo mi) tražili i plaća, vraća, prodaje ili beži na drugi kontinent. Al' mi od toga nemamo ništa. Ne teče u naš džep. Zato razmatramo druge mogućnosti, no retko ima poštenih načina za solidnu paru, a ni meni ni njemu se ne ulazi u posao sa oružjem, kog ima budzašto i mnogo. Sve završava na Kosovu i biće jednom protiv nas upereno.

A preziremo dilere drogom... to nikako.

Ostalo... razmišljamo, sve i svuda bi moglo, ali mi hoćemo brzu i laku lovu i nikako da se odlučimo i presečemo.

Zato... čekamo žrtvu koju smo uočili u kiosku kako istovara neku robu iz kartonskih kutija i kesa, i ređa po policama, zadovoljan, udebljan, ponosno gleda sve to bogatstvo od 2.000-3.000 DEM. A ni prodavačica nije loša fufa, nafrakana i srećna što može da radi za 40-50 maraka. Verovatno i daje gazdi. Ono.

Cepenka sanja da bude gazda butika, zna dovoljno šanera. I da zaposli dve-tri dugonoge. Maštamo o tome, dok se trujemo duvanom na ćošku. Ceo grad u buticima. To je budućnost.

Brzo se smrkava, srećom. I manje je naroda na ulicama. Svi beže u toplo. „Debeli" naglo izlazi iz kioska, stavlja kutije u kola, i kreće niz ulicu. Pizdimo i ubrzavamo korak, zaleđeni i umorni. Ipak samo preparkirava. Pogledali smo se. Mračni. A pogledi nam oštri:

— Daj da završimo s ovim.

Tip se uvlači među tezge, kreće ka bifeu. Stižemo ga nečujno. Crni ga hvata za kragnu, a ja šutiram u zadnjicu. Vrlo oštro. Zanosi se smešno. Čudno — ne vrišti. Ne jauče. Crni ga, povučen mojim besom, nadlanicom iz sve snage obara. Udarac po ćeli i obrazu. Pada i pokriva glavu rukama. Zastajemo. A on ćuti. Čučnem, a Crni se obazire. Pusto i sigurno. Idealno smo ga stigli.

— Imaš dugove, dobri čoveče!...

Ciničan sam prema ovoj pihtijastoj masi. Ćutimo, a Crni ga gura nogom, dok mu ja udaram čvrge. Šta sad? Da ga bijemo i dalje? Ako počnemo... da l' ćemo zastati? Svi su nam krivi, nama, gubitnicima. Debeli se trese, možda plače... pokušava nešto da kaže... Mrmlja.

— Platiću, platiću... sutra.

Skačem — šutiram u lim tezge. Izgleda stvarno uplašen. Gledamo se ja i Crni. Uto se pojavi veća gomila ljudi, galame... ako ne plati, ništa nismo uradili. Crni ga snažno okinu nogom, a ja:

— Poslednja opomena...

Gledao sam u filmovima. Tako se to radi.

Otišli smo dalje, zgađeni svim ovim. Jak mi posao, ritamo pedere po prljavim, smradljivim pijacama.

— Uf... — progovara Crni dok pijemo crno vino. Ne načinjemo temu. Šta ako ne vrati dug? Šta onda da mu radimo?

Da, tanka je linija između svetlosti i tame. Začas postaneš zver koja se bori za svoj komad mesa i ne interesuje te ništa drugo.

Neki tipovi u crnim jaknama nam šalju piće. To nas iznenađuje. Širimo se važno i ostavljamo utisak da razmišljamo o „jakoj kombinaciji". Ćutimo. U stvari razmišljamo kako da izguramo ostatak života sa po dvadeset maraka u džepovima. E, doći će lepša vremena, jebeš li ga kad. Brzo nas hvata vino. Zaboravljamo da platimo, gazda ne reaguje, gledajući naše smrknuto-pijane face. Klimamo glavom ka momcima u crnom. Čudno, izgleda da nas poštuju zbog nečega. Smejem se u sebi. Zamenili nas sa nekim opasnijim... idiotima. Idemo ka našoj hladnoj jazbini, mutni kao vino. Zastajemo pred jednim raskošnim butikom i dugo piljimo unutra. Ja u prodavačicu ili gazdaricu koja, sigurna u svoje prekrasne noge, pažljivo i polako, sa uživanjem puši tanku cigaretu, verovatno namirisana omamljujućim parfemom, a Crni razmišlja, kao, ko zna o čemu. Koliko smo mi na dnu... pomišljam. Prodavačica pomeri noge i ponovo ih prekrsti. U trenu smo videli crno među nogama, gaćice li... Pogledali smo se kao klinci, nasmejani:

— Auuu! — omaknu nam se.

— Vide li ti ovo!

5

Čekam. Nije mi ni do čega. Imam onaj užasan ukus u ustima. Razmišljam da izgrickam neku travu, list — toga bar ovde ima. Grizem nekakvu travuljinu. Odvratan i gorak ukus me tera da pljujem i psujem. Na trenutak zaboravljam na opreznost. Kao da samo mene vrebaju. Da l' ima neko budan u ovoj planinčini, ovoj Prokletiji 2, ma sve u...

Mrzim ceo svet, mrzim i sunce što se sporo proteže i naginje čas ovde, čas onde...

Mnogo sam se smrzao. Ukočio. Nos. Uši. I piša mi se, al' me mrzi. Neverovatno. Zapalio bih cigaretu da bar duvanom zgrebem gorak ukus, al' ni to mi se ne radi. Komplikovano da se objasni. A i mrzim da palim ujutro, ma jutro je nekako kao dete za mene, čisto, neuprljano zlom koje dalje sleduje. Eto, ne ide cigareta ujutro pa to je. Uf, umesto što sam ovde nalegao na ovu prokletu zemlju, bolje da sam na nekoj sisatoj. Žena, onako topla, sanjiva, golišavo-gola... hm. Odbacujem misli. Ne smem da se... pregoreću, a uskoro, uskoro, ako sve bude u redu, spuštamo se u „civilizaciju", i biće nečega — makar platio. Moram da istresem tih šesnaest milijardi belih gmizavaca u nešto živo i drhtavo ili ću poludeti. Skroz. Više ako se može.

Vraćam se u stvarnost. Gledam njihovo — ista kamenčina, ista zemlja, al' to je njihovo, a ovo je kao naše, i ratujemo. Kao. Ratujemo — u stvari se zajebavamo. Tu i tamo nekog pogodi. Tek da bude rezultata. Uzimam snajper. Na lepom smo mestu. Pogled divan. Oni su ispod nas. Mi ih, je l', jebemo, pošto smo, je l', iznad njih, na njima. Siguran sam da im to smeta. No, nešto se nisu pokazali. Igraju ovde na nerešeno, a nama fali agresivnost. Ili nam je piće i besciljnost ubilo moral. Tj. odužilo se. Ipak i pored sanjivosti, zamućenih očiju, volim što sam ovde. Ima i koristi — svež vazduh.

Umesto u onoj rupčagi. Da slušam hrkanje — mada kažu da ja najviše rendišem. Nešto mi je smešno. Ja sebi ne bih verovao da znam da sam ja na straži. Kako ovi moji mogu mirno da spavaju? Kao čuvam nešto. Jes', zabole ga. Nego čuvam svoja jaja, seme, da se nastavim. Takav britak i divan um zaslužuje da se razmnožava dalje i dalje, do... nekog ili nečeg, jebeš li ga čega ili šta. Ha! — vreme je, mislim. Samo što nije... Skidam kapu sa optike. Kočnica. Polako pomeram cev, ne pravim suvišne pokrete. Možda neko od njih nije mogao da spava, pa me sada lovi. Razmišljam: opreznost je majka mudrosti, a paranoja joj je sestra od tetke. Malo zakačim granu. Zanjiha se. To me redovno iznervira. A redovno mi se i desi. Tražim pogledom specijalno drvo, moj orijentir. Malo je čudno zakrivljeno, uvijeno, te se lako nalazi kroz optiku. I lako je za pentranje, ja sam uvek voleo da visim po drveću. Umišljam kako raste živost u njihovim linijama. Možda sad piju kafu. A šume i ovde i tamo. Nekako su kod njih starija stabla, čistina je predivna zimi za skijanje. Samo što ja mrzim sve što je vezano za zimu. I belu boju. Uf, to što mrzim. To me podseća na prazninu, na ništavilo, na bezidejnost. Na negaciju života. Jeste, a ja se plašim samoće i praznine. Priznajem. Dok mi je crna boja, boja iznenađenja. Nikad ne znaš šta će iskočiti iz crnog. No, iz ovog belog jutra iskočiće „fešče", vojnik ili šta je — sa crvenim fesom. To je postalo popularno kod njih kako je rat odmicao. Svi se vrate Bogu kad zazuji oko ušiju. I kod nas je slično, al' hule na Boga, a posle „pomozi Bože". Neće moći, mislim. Dalek je put do oproštaja. Nema veze, hvata mene potreba za filozofiranjem, redovno. Tako je u ratu. A ovo jutro može biti nečije poslednje, a ja uzimam sebi pravo da to odlučim. Ej, koliko moći u mom desnom kažiprstu. Postajem — šta? Nešto što nisam ni pretpostavljao. Eto me ovde pred odlukom. Odlučiću u sekundi. Znam. Nestrpljiv sam i koncentrisan. Osećam — bliži se čas.

Svako jutro, dole, ispod nas, protrčava nama vidljiv mladić sa fesom na glavi. To traje kratko, dva-dva i po sekunda, ali dovoljno za susret sa krstom snajpera. Teško da pogodak može biti precizan, ali nikad se ne zna. Možda ga ovog jutra sečem. Kako mi dođe. Ni sam ne znam. Uh, muči me mokraća. Gde baš sada. Stavljam pažljivije cev u raklju i napet posmatram kroz optiku. To je sada sav moj svet. Još je dilema u mojoj glavi, još nisam rešio da li da gađam. Nervira me što sam tako neodlučan. Ma ipak smo u ratu. Nekakvom. Ptice počinju da cvrkuću, krešte, maltene bezobrazno glasno. Imam poriv da im odgovorim svojim imitiranjem slavuja. No ovo je ozbiljna situacija, dovodim se u red. Grčim još malo kažiprst i osećam napetost oružja, snagu opruge u mehanizmu puške. Umišljam, kao i obično, ali znam da ću pucati. Odjednom znam. Da presečem ovo jutro, uništim ovu smirenu sliku. Nervira me. Šta radim ovde? Ništa! E, dosta mi je. Dve nedelje ja tebe puštam... propuštam. Pa nisam ja... odjednom, kao da, a znam da je nemoguće, čujem šum, neko vuče noge kroz lišće. Zamalo da se okrenem iza sebe. Napeta čula, izoštrena, sad hvataju sve. Osećam, iako je hladno, kako se znojim. Smrdeću lepše. Imam prijatan znoj. Bar meni fino miriše. Dosta praznih priča, naređujem sebi. Prst mi se, izgleda, za nijansu zgrči. Potreban je neznatan pritisak i odskočiće puška.

Sunce već radi. Neko dole zastade, dole pored krivog drveta, onda krenu, al' sporo, bez pretrčavanja... polako. Šeta lagano. To me zbuni. Gde se taj nalazi, zna li? Ali kratko to traje kod mene. Naginje se glava sa fesom, pali cigaru, duva vetar, gasi plamen. Moj krst na njemu, moj za smrt, polubočno okrenut, miran, nesvestan ivice. Zicer. Čist zicer. Polako se okreće, čekam delić, te mu se faca rasteže u osmeh dok pušta dim jako. Iz pluća. Profil. Šetaš, a? Ooode... okrenu mi lice, skroz ka meni... Jebiga... poznat mi odnegde... Mozak pretražuje arhivu, uživam, zlobno nadmoćan, kao muvu kad imaš u šaci, pa meriš tren za gnječenje. Puši duvan. Urezaću još jednu crtu na kundak, tamo gde su moje crte. Gotovo je. Definitivno grčim prst. Ističe. Lagano. Fesovac se nečemu smeje. Izborano lice u osmehu kao... kao... harmonika... stoj. Stoj. Stani.

Puštam. Kap znoja ili nečeg drugog — klizi niz slepoočnicu. Kap rose, možda. Imam četiri potvrđena, sad imam i jednog ne... svaljujem se na leđa, pomešanih osećanja. Beše davno ovo „čilac, imaš da zapalim?". Polako se kezim, pa me potresa smeh. Čilac — gde li je našao tu reč. Smejem se do suza, sam. Kao lud. Kakva je to legenda bila. Taj Salih. Tako me i zateče smena. Medo-medved, ovdašnji, grmalj od čoveka, drvoseča od pre rata. Navikao na svakakve u ratu, gleda na ljude kao na šumske patuljke, one dobre, što dobro zbore i u kolo sa vilama se hvataju. I on prihvata smeh, prvo blago začuđen. Dobroćudni medo... A ja mu se držim za ranac i uprtače, kao pijan, i kroz smeh seckam:

— Čil-ac imaa-š da za-pa-lim!

Medved se smeje, vrti glavom uz osmeh, zauzima isti položaj, a ja veseo, idem da spavam, ozaren i iznutra nasmejan. Sad je OK. Poštedeo sam život jednom njihovom, tek onako. Nekad je bio moj, naš. Tamo, davno. U ta vremena koja su bila kakva-takva. Osećao sam se moćno. Bez doručka se povlačim negde da se umotam i spavam. Ček, ček, pa ovo mi je drugi put, setih se, ono baš na samom početku rata... ja i Crni... jednog...

Dok sam onako umotan ispod šatora, sanjiv, čekao da se napeti mišići opuste i bio u polusnu, polukomi, učini mi se da se oblaci skupiše i učini se poznati lik — ma Crni, lično. Tama. Sunce nestade iza oblaka, na tren. Lik reče al' nekako dobrodušno, tiho:

— Seronjo!

Sležem ramenima. Zaspim zadovoljan. Znao sam da sam učinio pravu stvar. Veliki posao sam radio i odradio. Takav sam ti ja, samo kad 'oću.

6

Skupljam tragove prošlosti. Vredno. Mnogo rupa u pamćenju. Suviše sivih zona. Ja ih obojio. Ali to nije istina, a meni očajno treba istina, gorka. Jedna jedina. Sirova. Surova. Da ožeže... da bih sebe razumeo. Probao. Nejasne mi odluke. Rezonovanje. Kao da je neko drugi u mojoj koži...

Ali — loše ide. Jedni ne pamte. Vrludaju. Lupaju gluposti. Drugi nezgodni, za početak priče. Dok ih navedeš. Uf. Mnogo piva. Treći ćute ili lažu — znaju da su nešto skrivili. Boje se, smeškajući se. Boje se pesnice u lice, mog pogleda koji kao da moli, a u stvari... nisu sigurni. Da nije varka? Ali su sigurni da su krivi, da su izdali što sam im odao u trenutku sopstvene slabosti i iz želje da se pokažem i prikažem veći nego što jesam. U svojim i tuđim očima. Zato i tu loše ide. Čak i na silu bi išlo, samo malo drugačije, no onda ne bih bio siguran u istinu. Ko priča istinu pod pritiskom? Daješ ono što misliš da traže. Ne vredi ni tu. Ovi u grupi pod brojem četiri, odselili se na suprotni deo grada, baš čudno, kompaktni i združeni u viđenju života. Nema ih, ne pojavljuju se, niko ih živi dugo nije video. Nekad nezamenjivi u ćošku sa svojom flašom piva i cigarom u uglu usana, sada — nestali. Okrenuti zemlji, ženi, deci. Rano i prezrivo nas otkačili. Važni. Stari. A ipak, zavide nam potajno kad nas vide — čopor dobre zabave. Uvek bučni, uvek se nešto dešava.

Peti — umro. Vrlo bitan. Znao mnogo. Dobar drug. Izvanredan. Opšti ispovednik. Mali, a veliki. Sve tajne kod njega — komplet.

Ceo krug. I nijedna da izleti. Malo je takvih. Dobrih. I zato ga je Bog uzeo. Dobre uvek ranije uzima, da ih ne kvarimo — mi ostali. Lepo se sećam kako čvrsto obećasmo da ćemo otići posle da zapalimo sveće. Lažljivi stvorovi smo. Skotovi. Ako to znači nešto, ja često mislim na njega. I eto sada. U mislima mu palim sveću. I pominjem ga u društvu — u razbucanim ostacima ostataka. Ako mu nešto znači. Meni znači što ne umire u mom sećanju. No, za moje traganje, ništa. Moram bez njega. Šesti — gde je šesti, na kom kontinentu pokušava da se dokaže da je hrabriji od svih nas, na kom kranu sada visi, željan još većih izazova i blizne, blizine smrti. Ili je tu negde blizu, zaokupljen sobom. Prav. Kriv. Od njega sam saznao skoro sve. Važno. Hvatam to godinama. Ne krije. I nije ga briga — zaokupljen svojim tajnim planovima. Sve dostigneš. Sve ti je pod nogama, a ti se ne smiriš. Bez veze. Koja je svrha? A? Nema veze, njega pomenuh tek onako... sve je napustio, pa kad dođe za 3-4 godine, da nas sve zadivi svojim neverovatnim podvizima i ne shvatajući da je veći podvig bio živeti ovde, a ne dići ruku na sebe ili nekog drugog u ovom gradu, u ovoj zemlji.

Znao sam. Opet sam skrenuo u depresivnu fazu pisanja. Nema veze. Sedmi je tu negde. Osma se udala za nekog klinca i ubrzo razvela. Šeta nekad sama, nekad sa detetom. Često je vidim — luduje na stolovima. Dete, normalno, čuva neko. Nju bih baš voleo da ispitam detaljnije, ali nikako da otkrijem način da izbegnem gužvu. I ona se slaže... ali je sve to nadohvat ruke, a nikako da se ostvari. Sitnice mi izmiču i usporavaju me. Nerviram se. Priča se da će se udati za ovog matorca što blene u lepe noge — dok mu ona meša na stolu kafića. A ume da se uvija. Milina. Deveta je sada ozbiljna žena. Ona klasika, muž dvoje dece. Ozbiljan posao. Umor. Ugašen osmeh. Uzdržanost. I ona bi malo znala od priče, ali tu su razne barijere. Njena — jer što je bilo pre njenog braka, bilo je. I dosta. Ne verujem ni da se seća male epizode, pričice. Možda, ako nije uništila sve tragove. Pogled kazuje mnogo. Ujeda. Odbacuje. Sumnjam da bi poverovala u razloge što želim da pričam sa njom. „Detinjarije", rekla bi. Drugo — njen muž, super tip, ali oprezan. Glasine su takve i takve — možda došle do njegovog uha. Verovatno. Zar da se svađamo? Prekorni pogled mi ne treba. Ni njegov, ni njen. Ionako sam ja dosta toga zajebao. Što diram prošlost? Zar ovde nikog ne interesuje da se seti kakav je bio? Polako se zamaram. Ostale trpam u isti koš. Deset. Gde su? Jedan postao niži oficir, razbacuje vojsku po brdima, sav važan. A osećaj mu isti — svaki put kad mrvi vojsku da puzi, u njima vidi naša lica, a on nas gnječi li, gnječi. E, šta bi bilo da smo ga baš zajebali... Više njih se odselilo. I glas ne dolazi tako lako. Smirili se. Emigrirali. Zauvek. Ko zna gde. Ako. Imam dovoljno da vraćam film. Hvatao sam svaki pokret, mig, pogled, svaku nijansu u glasu, zastajkivao. Čitao između redova. Setio se smešnih stvari. Zaboravljenih nemira, pijanki, doživljaja. Zaboravljena ljubav iskoči. Kratka. Prorešetao prošlost. Sve je jasno, a jasno je da nemam pojma šta se stvarno desilo. I zašto. Pa kako sada do tebe da dođem? Razmišljam i maštam... kao slučajni susret... npr. u vozu, gde normalno, posle 4-5 sati ipak počinjemo razgovor o... a imamo par tema, i tu ja nekako, najzad uspevam da ukapiram kada i u kom trenu si presekla svoju ljubav i rešila da mi promeniš sudbinu. Nema veze, ako izjaviš da ne znaš zašto si to uradila... Već se smejem. Slatko se smejem. Osećam da ću pući. Ne znaš što si me ostavila, ha, ha, ha... pa to je fenomenalno... hahaha (i ti se smeješ sa mnom), vrlo je zabavno. Vrlo. Umreću od smeha.

A samo bi to da saznam: da li ću se smejati?

7

Kada je došao kod nas u školu, pa kod nas u razred, izazvao je samo prvo, početno interesovanje. Visok, mršav, neprirodno bled, ubrzo se utopio u ćutanje. Dete velikog grada u šarenim, skupim trenerkama, koje je posle razvoda roditelja došlo da živi u provinciji. Ponavljač, na nas je gledao malo prezrivo. Verujem, više zbog načina na koji smo se oblačili, jeftinih patika, žargona i svih onih sitnica koje iskoče kada se sudare svetovi. Nastavnici su ga najčešće ostavljali na miru i nekako se provlačio. Jedino što ga je interesovalo bio je fudbal. Bili smo redom iznenađeni kada je u startu pokazao da ima jak udarac desnom nogom i solidan dribling. Igrao je čisto i nesebično, bez suvišnih poteza, i tu smo ga brzo prihvatili, a i on nas. Počeo je da psuje kao mi i tek onda kao da je pala barijera, u stvari, kad bolje razmislim, on je bio u strahu da li ćemo ga prihvatiti, grupa koja je od obdaništa zajedno. Bio je vrlo borben i prgav u duelima, što je čudno za visoke i mršave. Obično su mali, niži ljudi eksplozivni i agresivni. Mislim, jednostavno su prinuđeni na to, jer bi ih ostali, visoki i lenji, načisto zgazili i utopili. Pa zna se što mala džukela toliko laje, a jak i silovit pas najčešće grize tiho, ćuteći, siguran u svoju snagu. E, onda sam otkrio da sa njim mogu da igram zavezanih očiju. Uvek sam znao gde je na desnoj strani, a i njegove su me lopte nepogrešivo nalazile na levoj. U par oštrih duela sa protivničkim igračima, sakupljenim onako, po školskom dvorištu za vreme odmora, tek da popune ekipu, pokazalo se da imamo i iste neprijatelje. One koji su fudbal igrali bez mozga, prljavo i podmuklo, da ošinu nekog po nogama, sapletu, ili loptu pošalju bez kontrole van školskog dvorišta, u baštu nekog namćora. Takvi su mi kidali živce i njih sam voleo da ponižavam loptom, ne bi li im se ogadio fudbal. To mi se svetilo modrim nogama, a bogami bilo je i par tuča.

Van fudbalskog terena se nismo mnogo družili, ali poštovanje je bilo obostrano. Vrlo brzo se pokazalo da ima puno da se nauči od njega, starijeg i iskusnijeg. Onako ćutljivog, pa sa strane došlog, devojčice su ga odmah pretvorile u objekat čežnje. To je brzo počeo da koristi i da šeta jednu pa drugu, dok to nije poprimilo oblik histerije. Ostalima iz odeljenja i razreda se to, normalno, nije svidelo i počeli su da se obrazuju klanovi protiv njega. Ružne priče zavidnih, ogovaranje, pa i očigledna mržnja. Mnoge sujete su bile povređene. I dalje ga nije bilo briga, ali se videlo da mu smeta. Mene njegova popularnost nije doticala, nit mi je smetala, jer sam bio opčinjen osobom iz susednog odeljenja — svetlosmeđe, boje meda kose, dugačke, očiju nekih čudnih boja od kojih se nebo pomera, i svega ostalog što se ocrtavalo kroz majicu. Diglo me direktno. Možda nije primećivala ili se pravila, ali se držala gordo pred upadima gomile starijih mladića koji su osetili pravi biser. Njena lepota je bila nekako čista. Jednostavno je zračila. Ubitačna.

Često me tražila po učionici, da mi priča o nekim filmovima, knjigama, a ja sam zurio u nju, nesposoban da se pomerim i počnem akciju, nešto što bi joj nagovestilo moje stanje. Paralisan od straha, straha od neuspeha — polako sam je gubio, iako sam imao vrlo čvrste pozicije. Bio sam odabran zbog nečega. Nešto je očekivala od mene, a ja nisam znao šta. Nešto je trebalo da uradim, ali... kako, koga da pitam? Šta uraditi? Očajnički sam razmišljao kako i šta da joj kažem, dok me njena kosa golicala po obrazu i njen miris obuzimao, lelujavog, kad bi se nagnula da mi pokaže kakav crtež ili pisaniju. Još kad bi me, verujem slučajno, mada nisam siguran, dotakla tvrdim ispod majice, načisto bih se istopio, stežući stolicu i kopajući nogama. Nešto je trebalo da se desi, ja sam bio na potezu, ali... Naučen tekst, rečenice, sve je zapinjalo, hrabrosti je nedostajalo u odlučnom momentu, ruke su bile slabe, nemoćne, a oči pune nje...

... Vidim kako polako odlazi i svaki put me otpisuje, sve sigurnija i sve odlučnija da ja nisam ono... pravo.

Uletela mi je jedanput u zagrljaj, više slučajno nego namerno. Ožarila su me njena bedra u izbledelim farmericama, dok sam je kratko, ali dovoljno dugo držao za struk, grlio, i tada sam doneo tvrdu odluku da...

Beše kasno.

Na nekoj priredbi u Domu kulture povodom neke bezvezne svečanosti tražio sam je pogledom po masi, još umoran od sna. Neprijatno iznenađenje me ošinu kad sam čuo njen smeh negde iza leđa, u dubini, i okrenuo sam se kada i svi, i nastavnici koji su reagovali ljutitim „pssstt"! Ona, njena debela drugarica, a iza njih na sedištu taj ponavljač, koji ih je, razvukavši osmeh zabavljao i to očigledno vrlo uspešno. Ko da opiše prazninu u srcu. Jad. Bedu. Mržnju prema sebi, prema drugima. Prema celom svetu. Drhtao sam od besa, stegnutih zuba. Očigledno, veliki zavodnik je odabrao nju, a ona polaskana cvetala od sreće. Sakupljala je otrovne poglede drugarica i ostalog ženskog dela. Sitno me uteši činjenica da su mnoga srca bila slomljena. Na izlasku, u gužvi ispred zgrade, brzo se odlučih. Na poslednje oružje. Pokušaj iz očaja. Očajnik. Izgurao sam se iza nje, vešto i bezobrazno, i pokušao da je zaustavim rečima:

— Da ti kažem nešto... — ona mi se istrgnu iz ruku, i ne pogledavši me, zajedno sa drugaricom strča niz stepenice, radosna, kikotava, uz jedno „nemam vremena".

U masi se, normalno, našla budala koja je primetila moj pokušaj i slavni poraz, i veselo dobacila ne shvatajući da je pogrešila dan, sat i mesto... što sam i pokazao podlom stvoru sa dva-tri šuta u zadnjicu, dok se masa ugibala. Nastavio bih dalje, sav podivljao, da me začuđen pogled razrednog starešine ne zaustavi u daljem masakru. I ostali nastavnici su bili zapanjeni, dok je povređeni cmizdrio namerno glasnije nego što je trebalo. Ode moj ugled dečaka koji se ne tuče. Par psovki cmizdravku je zabetoniralo utisak da sam se načisto promenio i niko od profesora nije imao objašnjenje. Znao sam da ću biti na tapetu, no nije mi bilo bitno. Uopšte. Krenuo sam po gradu zagledajući masu šarene gomile veseljaka. Moj mir je bio definitivno izgubljen, a ja dvostruko poražen. Setio sam se nekih starih dugova, nebitnih, no nisam našao dužnika, spreman za tuču i da bar time povratim smirenost i dostojanstvo. Definitivno čudan način za spašavanje ponosa. Nije vredelo. Nigde ga nisam našao, a veoma bih mu se obradovao.

Njegova mrska faca bi mi mnogo pomogla. U hodu uhvatih deo razgovora koji me načisto dotuče: „Ma otišle kod njega da snime nešto…" Znao sam ko, gde… i bilo je dovoljno da se moj svet konačno sruši u ponor. Suviše sam maštao, malo dejstvovao. A tako malo je falilo. Tako mnogo. Put do kuće sam našao, verujem, po navici. Može li čovek besneti u četiri zida, a da ne slomi nešto? Kad mu je sve slomljeno. Bez mira, trzao sam se sa kreveta na tepih i obrnuto. No, kad je pao mrak, nisam izdržao. Zamišljao sam ih kako zagrljeni idu, šetaju, smeju se, grle… On je prati do kuće. Tu se ljube. Prokletnici. Izgoreo od ljubomore, u skoku sam navukao jaknu i pojurio ka patikama. Ima dosta do njene kuće, bar da vidim da li joj je upaljeno svetlo. Nervozno sam vezao patike do bola i izjurio preskačući stepenice. Bes me obuzimao. Zavist. Sve ružno. A slika se hranila i jačala. U dvorištu sam šutnuo loptu u kapiju svom snagom. Onda uhvatio kamen i gađao psa lutalicu. Bolni urlik pogođenog samo je izvukao moju psovku i kroz zube sam zarežao:

— Crkni!

Njena kuća je bila mnogo dalje, ali je postojao način da se dođe, a da me niko od školskih drugova slučajno ne vidi kako obilazim ili idem ka njoj. Zaobilazno, van grada. Jedino što nisam znao da li je mostić preko jadne rečice u dobrom stanju. Ma pregaziću, ne postoji prepreka koja me ovako ludog može zaustaviti. Ubrzao sam, preskočio ogradu. Pretrčao kroz leju nečega, gazeći stabljike, i u jednom dahu preskočio ogradu, dok je crni pas besneo gušeći se na lancu. Onda sam ostavio poslednju kuću i ušao iz bašte direkno u šumicu i šiblje. Trčao sam sporije, naslućujući stazu. Zastao i oslušnuo prigušeni šum reke. Čule su se žabe kako divljaju u orkestru. Zastao sam ispred mosta, bar onog što je ostalo od njega. Stara vodenica se davno urušila, tako da ni most više nikom nije bio potreban. Prepušten, tiho je umirao. Gomila dasaka. Razvaljenih. Na sredini rupa. Mada je konstrukcija bila čvrsta, čelik se dobro držao. Pokušao sam da siđem do reke, no nije se moglo od kopriva i trnja. Džungla. Nema mi druge. Oprezno sam ispitivao trulu dasku. Na sredini praznina i dole reka. Ostalo mi je da skočim i preskočim, ili da se spustim i uhvatim za konstrukciju i kao majmun prebacim na drugu stranu. Skakanje sam odbacio — nisam mogao da ocenim u kakvom su stanju daske na drugoj strani. I ove na kojim sam bio, opasno su pucketale.

Džaba sam žurio. Ništa nisam mogao da uradim.

Dodirnuo sam telo mosta. Moraću da glumim Tarzana. Komadi metala mi zasekoše dlan, rđa i oštrina. Uf. Ostalo je jedno... skinuo sam jaknu i majicu. Pažljivo ostavio jaknu pored sebe. Ionako je stara, pomislio sam i jedva pocepao majicu na dva nejednaka dela. Na golo telo navukao sam jaknu. Osetio sam noćnu svežinu, zujanje komaraca. Uvijenim krpama sam zaštitio dlanove i polako seo na dasku, uhvatio se desnom rukom, pa levom, malo izbacio i pustio oprezno. Reka nije bila duboka, no nisam znao na šta bih mogao da padnem, mogu se nezgodno iskidati. Most se malo cimnuo, zatresao, no nemar nije uništio osnovu od čelika. Smirio sam noge i pomerio desnu, prebacujući težinu tela na levu ruku. Išlo je lako, no loše uvezani ostaci majice počeli su da prave probleme. Zaštita je bila loša. Oštrina gvožđa me dobro zaseče i izazva još jače stezanje prstiju. Na kraju prebacim težinu i opipam nogom dasku. Izgledalo je dovoljno čvrsto. Mlatarajući nogama osetim nešto čvrsto ispod i odbacim se dovoljno da se rukama izvučem do pojasa. I brzo, iscepam kolena i patike, zakačim levom rukom za daske, dok sam još opasno žonglirao na konstrukciji sa položenom desnom rukom. Za trenutak beše rizično, no ignorišući bol u desnom kolenu i slomljene nokte leve ruke, definitivno sam učinio napor i prebacio se na daske. Legnem iscrpljen, okupan znojem. Ruke su pekle, znoj je ušao u ogrebotine i rane. Komarci pokušavali da mi uđu u oči, a ja skupljao snagu za sledeći korak, pitajući se da l' je sve ovo bilo besmisleno. Odbacio sam krpe u blizinu, za slučaj da ponovo zatrebaju, pogledao ranjeno koleno i iscepane trenerke. Ipak me zadovoljstvo preplavilo. Bar mi je nešto uspelo u ovom ružnom danu. Nastavio sam oprezno, držeći se senki. Pored puta mi se učini da vidim nekog u belom. Zastao sam, čekao. Buljio u noć... Setio sam se jednog trika i jedva našao kamen. Bacio pored. Stvar se nije pomerila. Nikakav trag ljudi. Pretrčao sam put osluškujući, i prosto uronio u visoku travu. Seo skamenjen. Pomislio sam da kad bih se pohvalio o prelasku mosta, niko mi ne bi verovao. Jedino bih bio izložen sprdnji. No ponos sam još upumpavao. Poželeo sam da zapalim cigaretu, ovako sam u travi. Mirisala je čudno, malo slatkasto. Polako sam nastavio, prišao bočno kući, ka velikom drvetu. Farovi auta koji prođe iza, po putu, kao da obasjaše par zagrljenih. Utroba mi se zgrči od ljubomore. A grlo mi se skupi. Jedva sam disao. Da li mi se učinilo da ih vidim ili je sluđen mozak pravio proizvoljne slike. Zbunjen, seo sam u travu. Izgleda da nisam dovoljno poznavao sebe. Šta sam sve spreman da uradim u svom bunilu. Nešto je kvrcnulo u mojoj glavi. Učinilo mi se da sam ostavio nekog drugog na obali reke, a da je na ovu stranu izbauljao sasvim novi čovek, nepoznat, čudan, sa opasnim sjajem u očima. Očajnik kog je vatra ljubavi obuzela i izgorela. Odlučniji, kao svi koji padnu sa oblaka. Odlučim, ili to novo u meni preseče — neću se stideti svoje ljubavi. Ustanem, neću se kriti, i direktno preko livade krenem ka kući, saplićući se o krtičnjake. Mada, ko bi me video, ovde, daleko u noći? Nema veze. Zastanem u tami drveta. Primetio sam slabo osvetljenje, tu joj je soba. Njen prozor. Dodirnem drvo. Učini mi se da je trešnja. Obično su zgodne da se čovek popne. Taj sam. Večeras bih se popeo na Mars... Brzo sam se uvukao u krošnju, onda birajući grane prišao prozoru. Kroz grane i lišće pogled upade u njenu sobu. Ona je češljala kosu zamišljena, polako, u majici i trenerci, bočno okrenuta ogledalu. Osećanja su se pomešala. Olakšanje što na putu nije bila ona, zadovoljstvo što je vidim, kao i bes i osećaj poniženja, gorak. Što sam sve ovo bio prinuđen da uradim. Ona gleda svakog jutra u ovo staro drvo moćne krošnje. Što bi bilo dobro da cele noći budem ovde i budem prva stvar koju će ugledati kad se sutra probudi i otvori prozor. Osmeh mi se razvuče preko lica, zamišljao sam celu situaciju i njen zapanjen pogled. Sažaliće se, shvatiće grešku. Moliće da joj oprostim. Sigurno će plakati. Skrivena međ rukama i pokrivena kosom. Ja ću joj, ipak, oprostiti, jer kako ne oprostiti tako divnom stvoru, i onda ćemo... e, nećemo, nećemo ništa, jer ona naglo ustade i zatvori prozor i povuče zavesu, nestajući negde u sobi, van pogleda. Kao da mi je neko odvalio šamar, posred lica. Kao udarac u nos u tuči, pa zaboli jako. Odmah zatim svetlo nestade. Blenuo sam u nemi prozor i čekao. Baš sam osetio samoću. Bilo mi je mnogo teško. Opet razvaljen. Mučno za bilo kakav pokret. Ćutao sam u trešnji i fokusirao ravnodušni prozor. Ipak mi je prijalo ovde u trešnji, kao da me tešila. Sam, a mrzim ceo svet. Opet sam osetio strašnu želju da zapalim cigaretu, kao tip u jednom filmu, sve mu propalo, sve izgubio, devojka ga napustila, prijatelji, a on hladan, kontroliše situaciju, bez emocija, siguran u sebe, pali polako cigaretu i sa zadovoljstvom uvlači dim. Čitav ritual. Ko je gledao, imao je utisak da tip kontroliše sve živo, a ne sebe i bezveznu devojku koja je otišla. E, ta vrsta iluzije mi je trebala. No, bez cigarete i u ovoj bezazlenoj situaciji ostalo mi je da se samo smandrljam niz drvo, dok su me dlanovi užasno pekli, puni rana i raznorazne prljavštine. Srozao sam se pored drveta i naslonio na stablo. Nedorastao za sva iskušenja ovog sveta, osećao sam se jako mali i sitan. Mnogo toga nisam znao. Praznina koja se otvori, uplaši me. U kom sam svetu dosad boravio? Poželeo sam da plačem, no suza se blokira negde. Da se izvičem, prijalo bi mi, no iz grla ne izađe ništa. Želeo sam da umrem, da me nema. Kao da bih nekog kaznio time. Hladnoća me trgnu iz padanja. Jakna me nije dovoljno grejala. Bezvoljan, krenuo sam i ne mareći, praznim ulicama stigao kući. Jutro sam dočekao preumoran za pričanje. Jedva sam ustao na vreme. Snovi su mi bili ružni — to sigurno. Na časovima, koji su se otegli, buljio sam u prazno. Uzalud su pokušavali da me izvuku iz tvrđave, pričali, mahali rukama, ali zvuk je neko isključio. I dalje sam padao, prepušten, ne mareći što se dno ni ne nazire. Predao sam se poražen i bilo mi je svejedno. Odustajali su od priče sa mnom. Začuđeni. Verovatno mi je pogled ostao, van kontrole, na protivniku, a on je izgleda naslutio šta je uradio. No, nije bio siguran. Ili ga nije bilo briga. Ona mi se gadila, u gužvi velikog odmora učinilo mi se da se probija do mene da mi nešto kaže, pobegao sam u dalji ugao hodnika, dok je nada naglo porasla — da može biti kao što je bilo. Moj poraz je bio totalan i definitivan kad sam shvatio koga je tražila. Ja kao da nisam postojao. Posle svega, to je još jače peklo. Ljut na sebe što sam dopustio da se ponadam, prešao sam u mržnju. Jedini način da sačuvam sebe bio je da mrzim. I uđoh u mržnju, raširenih ruku. Opijen. Ojačan. Kako je lak korak od ljubavi do mržnje. Ceo razred je bio u transu, skoro ceo razred. Prsnula je i počela javno da se ispoljava. Povređeni njihovim zajedničkim stanjem na odmoru i zanesenom pričom, povređene duše su htele da mrze. I onda je počelo — s vremena na vreme bi se u tišini časa čula kakva olovka, ceduljica ili bilo šta pogodno što bi uz kasniji prigušen kikot poletelo ka meti. To se ponavljalo i na nekoliko sledećih časova. Reagovao je besno i time navukao još više neprijatelja. Ja bih ga gađao ciglom, ali je nije bilo pri ruci. Ušao sam u fazu totalnog ćutanja i ignorisanja svega. Povređenom, prijalo mi je da što manje pričam. Dani su prolazili u agoniji. Na kratkom odmoru, okružen odbacivanjem i mržnjom, sam, približio mi se nekom pričom o fudbalu, dok sam nezainteresovan klatio nogama na zidu, ali je zbunjen zastao, videvši hladan i pun prezira pogled. Mislio je da to što ga ne gađam — ne učestvujem u hajci, no sada je bio zatečen otvorenim prezirom. I mržnjom, koja se oslobođena, odjedanput pojavila u velikom stilu. Ustuknuo je. Iznenađen. Od mene to nije očekivao, a i ostali su bili zapanjeni mojim svrstavanjem na njihovu stranu. Od mene to nisu očekivali. Nešto je krupno zabrljao. Slutili su, ali nisu bili sigurni. Moje izmenjeno i krajnje neobično ponašanje im je dalo povoda da posumnjaju. Još kada sam otvoreno, lud od muke, napustio dosadan čas, pored zapanjene profesorke čiji sam miljenik bio, i zalupio vrata, mislim da su još deset minuta ostali otvorenih usta, zapanjeni „podvigom". Kad se nisam pojavio na sledećem času, moj rejting je otišao do neba ili se srozao do dna, zavisi da l' to posmatra profesor ili školski buntovnik. Otišao sam na stadion da posmatram starije fudbalere kako zabušavaju na treningu i pričaju ko je koliko popio sinoć. Klasika.

Dalje je sve bilo totalno mučenje. Oni su mučili mene, razred njega, a ona mu je vadila dušu. Pao joj je pod noge — kao jesenji list. To nije htela, bar ne tako brzo. Mislim, ne znam sigurno. Komunikacija između mene i nje je načisto prestala, prosto se nismo ni gledali, za ostale nije imala vremena, a meni je prijalo da je ne viđam. Teško je posmatrati ono što si imao nadohvat ruke, a izgubio.

Rane i samoosuđivanje. Onda mi je definitivno dosadilo da budem dobar. Period ćutanja je prošao i taman je to izazvalo nastavnike da pitaju šta mi je, što sam se toliko promenio, kada je nastupio period burne agresije i smišljanja pakosti, da su i najgori đaci bili fascinirani mojim skokom među njih. Važan sam se šepurio po školskom dvorištu. Razredni je pokušao da razgovara, da obećam da ću se popraviti, a kad mu nije pomoglo, kaznio me, što je meni izazvalo ogroman osmeh koji sam pokušao da sakrijem. Pričalo se o meni i mom strašnom preokretu. Čak me ni fudbal nije interesovao, iako su pokušavali da me uvuku u tim. Pošto su „dugačkog" spontano eliminisali, moje povlačenje ih je teralo u seriju poraza i međusobnog optuživanja i psovanja. Što se prenelo i u učionicu. Razred je postao haos. Za trenutak je zaljubljeni par zaboravljen i samo žigosan, tek da se tenzija održi. Oni su, zaljubljeni, šetali po parku, u bioskopu se držali za ruke, a preneo se glas da su viđeni kako se ljube u nekom ćošku u gradu. Prestali smo da ga mrzimo. Dugo je trajalo. Zavideli smo snažnije i stideli se toga, a on se ućutao, ponesen, drugačiji. Čim je prestao sa otporom, nije nam bio interesantan. Mrcvarenje rannjenog nije naš stil. Niti ludog. Razred se takmičio u bezobrazlucima, profesori se žalili, sve dok naš razredni, miran i tolerantan čovek, nije pobesneo i lupio šakom o sto i podelio gomilu kazni. Granica je bila postavljena, a posledice divljanja su se videle u dnevniku. Nekada moćno odeljenje strašno se srozalo. Samo se o nama pričalo. To nam je dizalo cenu, normalno. Ocene su bile užasne. Moje su ocene doživele brodolom. Nisam mario, a razočaranje roditelja je bilo manje nego čuđenje. Tenzija u meni sve je spržila. Ništa mi ne donosi smirenje. Nije bilo nijednog poštenog načina da ih razdvojim, odbacio sam ih, ali mi je nedostajala njena blizina, a i fudbal me mamio — bez mene su se nekako organizovali i nisu me više zvali. To smeta. Mnogo. Sopstvena izolacija. Stizale su tu i tamo poruke od nekih slatkih devojčica iz nižih razreda, ali zaslepljen, nisam pristajao na kompromise. Sve je po njih išlo dobro, sve dok stariji tip nije na moje oči ubacio u iskrzanog „fiću" par njenih drugarica i odvezao na neki izlet sa ostalim motorizovanim krelcima, te su na povratku, ushićene pažnjom i svim ostalim, toliko glasno komentarisale i kokodakale da su nam se sve smučile. Tu su izgleda napravile vezu, te se gomile takvih skupljalo oko njih, dok su one važno pričale ko kakve cigarete puši i ko kakvu kolonjsku vodu koristi itd, itd. Bljak. Nešto će se tu desiti — slutili smo. Princeza nije volela da bude van centra pažnje. Njihov prvi javni sukob je izazvao zlurade komentare, a njemu navukao masku očajnika. Bilo nam je drago da ga kopamo i zadirkujemo, a onda je usred časa skočio i povukao za kosu najdosadnijeg i oborio ga sa stolice. Skočio je i njegov drug, ali i on je bio suviše slab, no ostali su najzad dočekali priliku i učionica je bila sva ispreturana, bojno polje uz uplašene vapaje profesorke: „Deco, deco! Prestanite!". Graju i sukob je prekinuo razredni starešina koji je iznenada ušao i skoro zalepio šamar borcima. Na sledećem razrednom času iskusni pedagog je mene optužio za sunovrat razreda. Svi su zapanjeno gledali u mene, no i ja i on znali smo da je u pravu.

Nema nama pomoći...

Jedne večeri nešto se desilo. Dugački je pokunjen šetao sam. Ma da l' je moguće? Princeza je našla drugog princa. Dugački je popio pivo u kafani. Na šanku, izgledalo je da mu nije prvo. Nije nas video ili se pravio. Pokazivali smo glavom na njega, cinično srećni: vidi ovoga, al' se „uletvio". Ma bilo nam je svejedno. Ionako nije govorio sa pola odeljenja, a sa ostalom polovinom nije ni imao šta da priča. Brzo se pročulo ko je srećni dobitnik. Tip sa oljuštenim „fićom", zalizanko sa bubuljicama, ali i tako ljigavim, nameštenim osmehom „à la filmski glumac", da je morao da se svidi patetičnim devojčicama. Poraz Dugačkog je bio javan, ali mu se nismo mnogo radovali. To je bio poraz svih nas, jadnih, malih, manjih od devojčica koje su redom rasle i preko noći cvetale i bujale. Te ih ovako zamazani normalno nismo interesovali. Ali gde baš tog majmuna? Svako je imao neku teoriju, no nismo dalje pričali o tome. Pivo nas je te večeri dokusurilo. Kontuzovan od mnogo pića, iskrao sam se iz kuće neprimetno i uz dosta sreće dotrčao do njene kuće. Uz put sam zapišavao drveće. Ipak stanem, nisam srljao nadomak njene kuće. Krš od auta se video, pažljivo parkiran pored puta. Nije se moglo videti ima li nekog unutra. Obišao sam u širokom luku i ponovo izgrebao lice, i stigao do ograde i poznate trešnje. Dešavalo se da joj roditelji često nisu kod kuće i izgledalo je da nema nikoga. Počeo sam da se penjem, ali me na prvim granama preseče naglo pojačan žar cigarete i reči:

— Ne boj se, ja sam — Dugački je došao na istu ideju.

Odvalio sam psovku. Baš me presekao. Gledali smo se, ili bar pokušavali kroz mrak. Dva gubitnika. Bacio je opušak, ugasivši ga o koru drveta. Gore se upali svetlo. Video sam mu oči. Izgledale su strašno crvene. Polako smo se popeli. Kroz granje se videlo kao na dlanu. Nešto su se smejali, ljigavac i naša princeza. Bivša. U jednom trenutku joj je pustio kosu. Delovala je pijano. I tako zanosno. Pomerala je koketno glavu dok joj je slap kose padao levo i desno. Krenuo je da je ljubi, po vratu. Pa ljubljenje i smeh. Nastavili su. Ljigavac je znao šta radi. I to je vešto primenjivao. Onda joj je povukao majicu nagore i vešto skinuo. Čvrsto sam se držao da ne padnem. Primetim da su joj leđa fenomenalna. Sve je na njoj bilo izuzetno. Tu više nisam mogao da posmatram tragediju i ćuteći sam sišao. Seo sam ispod trešnje. Malo kasnije i Dugački je napustio balkon. Skroz izgubljen. Ako sam ja bio ubijen u glavu, kako li je njemu. On je ljubio ta divna, ohola usta, što sad balavi onaj levak. Seo je sav slomljen. Palo mi je na pamet da mu izbušim gume ili da mu gurnemo ili sakrijemo auto. Hiljadu takvih genijalnih zamisli mi se provlačilo kroz glavu. Posle dužeg ćutanja izvadi cigarete i utrapi mi jednu. Zapalim. Dim je bio ljut i gorak. Napetost popusti kad reče:

— Izvini, nisam znao da ti... nju...

Klimnuo sam glavom. Slegnem ramenima. Odglumim ravnodušnost. Šta mi sada vredi. Nisam uspeo, a da ne zavidim srećniku gore. Što bih sada ja voleo da zarijem usta... umesto njega.

Učini mi se da su trešnje sazrele, probam i otkinem granu. Pa nećemo cele noći kampovati ovde. Krenem sa granom i cigaretom, a on nevoljno, iza mene. Njegov poraz je bio veći. Ja nisam imao toliko da izgubim. Sa osvetničkim žarom sam pljunuo ka kolima. Hteo sam da verujem da je to razlog. Polako paleći još jednu, nastavili smo prašnjavim putem. Ćuteći. Došlo mi da se napijem, da nastavim, malo me pustio alkohol. Tako ću sve ovo najbrže zaboraviti. Dole na putu su se videle dve prilike u belom.

— To je to — progovori iznenada, zagledan pažljivo u tamu.

— Šta bre?

— Ajde, nema druge...

Sačekali smo dve osobe u belim majicama, dve sestre. On je bacio cigaretu, brzo sredio kosu i... počeo.

Dve sestre, krenule kod bake da joj odnesu lekove. Raskalašno su se nasmejale kad su nas prepoznale. Pa ne mora ovo taljiganje do babe da bude baš toliko dosadno. Oduševljene. Ništa se nije čulo za njegovu večerašnju havariju, a moj ugled školskog razbojnika je stvorio određeni pozitivan utisak. Žene vole loše momke. Izgleda. Pa još kad su videle da palim cigaretu... Bele majice su se prelivale. Pozvali smo se da ih pratimo da ih ne pojedu vuci. Bez napora smo stigli do babine kuće. Kad su ušle u kuću, da obraduju staricu, mi smo se bez reči dogovorili. Kad su izašle, odmah je zagrlio stariju, koja je to jedva dočekala i uzvratila. Krenuli su pre nas, pa su počeli da zastaju po putu.

Ni mlađa nije bila baš bez argumenata. Malo smo ćutali i ćutke snimali starije kako se gube u mraku. Dok sam se ja, kao, odlučivao, jednostavno se pribila uz mene, te je ruka spontano krenula da grli.

Oči su joj bile velike i crne, crnje od mraka. Skrenuli smo na livadu, ušli u travu. Mirisalo je da pluća puknu. Utapao sam svoju tugu. Hvala bogu što ih posla. Dok sam ronio po obilju u moru trave, a ona zadovoljno prela, osetih vetar i miris nekako poznat. Ali kada, gde sam se opijao tim mirisom? Nastavili smo da se ljubimo, udobno smešteni u gnezdu trave, dok iza oblaka zamače mesec. Neko je iza, tamo, pokušavao da upali auto. Psovao, verovatno.

Miris mi definitivno udari u glavu, pade na oči neka blokada, neki drhtaj, tako bolan. A tako opojan, omamljujući, sladak. Podignem belu majicu, stručno primenivši skorašnje iskustvo. Nađem tamne drhtave izraštaje i polako zagrizem oprezno jedan. Brao sam prve trešnje.

8

— Je l' ti znaš da mi je deda bio četnik?

Počeo sam da se nekontrolisano smejem i da letim... levitiram. Novina sa lepim slikama dalekih plaža i predivnih zalazaka sunca, ostade zgužvana u mojim rukama.

E, ovo — ovo je neverovatno. Pa ovo je stvarno neverovatno. Sad mu je deda četnik. Njegova kockasta faca je izgledala zapanjena. Kao „pa zar mi ne veruješ”?

E, jebiga. Pa još pamtim kad smo u vojsci pili lozu „13. juli” i Cepenka objašnjavao žapcu Nenadu kako mu je deda, na taj dan — tamo neke „četrdes'...”, skočio u kamion međ Talijane i (pokazavši plastično na Nenadu) hvatao ih za guše i bacao u ponor. Pa smo jedva žabu izvukli iz njegovih lopata, jer je počeo da koluta buljavim očima, a divljak ponesen lozom i slavnim danima predaka, lično hteo da doprinese pobedi NOB-a. Zeznuo se, Žabac je eventualno mogao da prođe kao neki Hans, nikako kao Talijan. I sad zajebao slavnu partizansku prošlost i prešao u atraktivniji tabor. Taman sam se malo smirio i počeo da brišem suze od smeha, pa ga isprekidano upitao, još potresen unutrašnjim drhtajima organizma, zadovoljnog ovakvom provalom dobrog raspoloženja:

— Pa o-o-o-otkad to?

On složi onako tužan pogled, što bi izazvalo grozan smeh kod mene da se nisam uzdržao (jedva), očekujući neku njegovu provalu posle koje bih odleteo kao joga letači čak u Burdžvanaludiju. (Što da ne. Tamo još nisam bio.)

— Pa oduvek, al' sam to krio zbog komunjara...

— Aj, bre... (prekid filma).

E, al' laže ovaj. Još se sećam njegove face večitog siledžije u četi i problem-vojnika, kada sam ga zatekao pored telefona kada je majci rekao „dobro mama".

Ova gromada je svoju kevu zvao mama. I to plačnim glasom, dok ga je ona šibala prutićem preko telefona. U, nikad mi nije oprostio što sam bio svedok njegovog poniženja i njegovog pada. To sam sačuvao za sebe, al' sam voleo da ga bocnem. Kada niko ne čuje — „dobro, maama!" — i dok bi on pravio facu „ukakio sam se u pelene", ja bih vrištao ili se nalazio u bezglasnom zemljotresnom nastupu smeha. To mu je bila slaba tačka, al' ipak je poštovao to što ostala banda iz čete, i inače kivna na njega, to nije nikad saznala. No, to je već bilo vreme kada smo se pomirili i ostavljali jedan drugog na miru.

Opet sam mu kvario ugođaj. Sada je digao ruke od pokušaja da me ubedi da mu je deda bio koljač i pobegao na vreme, jer sam počeo da pevam, cepajući grlo: „Sprem'te se, sprem'te..." Nije reagovao na moj udar, pokupio je jaknu i krenuo:

— Idem ja...

— Je l' u šumu?... U četnike?!

Čuo sam ga kasno, baulja po sobi, uobičajeno tih i suptilan. Verovatno i pripit, jer je nešto pevušio, a i srušio je više stvari nego uobičajno. Bio sa svojim zemljacima, pa popili... Sutra sam video kasetu sa četničkim pesmama pored drndavog, rashodovanog kasetofona. To se prodavalo normalno, došla takva vremena. No nisam znao da ga je to uhvatilo. Baš se naložio. Nikad ga politika nije posebno interesovala, niti se razumeo u to. Neće ovo na dobro izaći.

Onaj „incident" smo zaboravili, jedino sam ga povremeno zvao „Vojvodo" ili „Kalabiću", na šta je odgovarao ili kiselim smeškom ili psovkom, a bogami me jedanput i zakačio pesnicom u rame, te sam pertle ostavljao nezavezane. I dalje smo nešto radili, muvali sa toalet papirima i išlo je sasvim solidno. Za to je narod davao poslednju paru. Po gradu se cele noći šenlučilo, pa i rafalima, na to se niko nije obazirao. TV program je bio prepun rata. A Cepenka upijao kao sunđer. Vidim, pale ga jake reči. Ključa krv. Nekako se tih dana desilo da smo se obrukali u autobusu. Neki klinci vatali neke ribe, one skičale, a nama to smetalo, pa smo nešto glumili, i kad smo reagovali kao „daj bre, prestanite" — majmunčići su se okrenuli prema nama i dvojica slinavih u nekim spitfajerkama izvukoše crne pištoljčine i uperiše nam u stomake. Više sam bio iznenađen nego uplašen. Pa ovo i deca vuku utoke. Bre, kakvo poniženje. Patos-poniženje. I onda su ih ćutke vratili za kaiš i ne pogledavši nas, mirno sišli, važni.

Zato kad je Vojvoda rekao:

— Imam ja neke veze, pa...

— Kupuj o'ma!

— ...pa bih mogao...

Brzo je preko svojih doneo lepotana, tačnije špansku lepoticu od 9 mm. Uf, kao da je sunce uletelo u našu sobu. Znam odakle njemu strast prema oružju, to je nasledno, pa on je sok iz tetrapaka pio kroz pištoljsku cev, al' odakle to mene izbija, e, to je neobjašnjivo.

Kao klinac sam sakupljao čaure i krio ih po budžacima i evo dokle sam dogurao. Divljak utoka. Ne ispuštamo ga iz ruke. Vojvoda čak donese i veliko ogledalo, da vidi kako mu se slaže uz odelo! Jedemo neke paštete, pa ga gledamo na stolu. Ređamo municiju. Uz i u okvir. Brzo izvlačimo. Repetiramo. Svađamo se ko je brži. Spremamo se u prvi sumrak da izađemo. Važni. Podignutih pogleda. Izazivačkih. Ja nešto kaskam, Vojvoda je u najboljem odelu, jedino mu čvor kravate vezan mnogo džombasto. To mu ne smeta. Ko bi mu smeo reći nešto. A to je i moj pištolj 50%. Više me neće slinava živinčad zajebavati po busevima, i uopšte. No, oduži se njegovih 15 dana nošenja utoke. Ipak smo van biznisa i muvanja izlazili svak sa svojim društvom. Naš čudan spoj budala-ludak samo je tako funkcionisao. Naša „internacionalna kompanija ZEZ and KEZ”. Jes', trenutno smo bili samo „BEZ” — tj. bez novca, i ostalog manje važnog. A baš ni ukusi oko riba nam nisu bili isti. On je voleo debele, a ja mršavije. Tu se bar nikada nismo sukobili. I onda sam ja brojao dane kad ću pištolj da zabijem za pojas i osetim hladnoću na jajcima. To čekam. Taj osećaj moći — da te niko ne ponižava i jebava, da neće svakakvi slepci ovo-ono. Baš nisam mnogo razmišljao da l' bi roknuo nekog, onako stvarno, no to sam ostavio za eventualno nadahnuće u određenoj situaciji. Činjenica je da sam se osećao jače. Silnije. I sigurnije. Kompleksi, bre. Cepenka se i dalje palio na situaciju i počeo da čita raznorazne stranačke novine. Hteo čak da nalepi poster stranačkog lidera preko divne, plućima obdarene devojke, te smo u svađi podelili zid. Faca je bila ubedljivo ružna, a moja ovlaš konstatacija da je počeo da lepi pedere samo je dovela do svađe. Pa onda, zateknem ga kako čisti gan, sav ozaren.

— Šta je bilo, Kalabiću? Jesi sjebô što?

— Noćas smo malo pucali, ode nam drug na ratište...

Svu municiju potrošio. Kako li izgleda kad mnogo puca?

— Kako bije, a? Cepa?!

— Dobro je to, dobro!... — no ne priča o detaljima. Nešto mu ne da mira. Bre, tamo se piše istorija i menja geografija, a on ovde u podrumu čuči il' valja salvete, čačkalice i gluposti na veliko i malo. Baš herojski, nema šta. On, a pradeded mu bio barjaktar kod... zaboravio sam đe. Ama neće ovo izaći na dobro, slutim, no ne pričam ništa. Da imam petlju i ja bih otišao tamo, mnogo dobro izgleda, no brine me baš to što tako dobro izgleda. Rat je obično blato i krv, i ostala sranja, a ovo izgleda kao dobra žurka na TV-u.

9

Pomislim da smo svi životinje ispod te maske. Isti kao nekad kada se cenilo ljudsko meso. Za jelo. Vreme teško, tmurno, pred kišu. Znojimo se, muve ujedaju, dosađuju. Teško dišemo. Dim pritiska, uvlači se svuda, crn, smrdljiv — od ljudskog mesa. Slatkast. Trudim se da ne mislim o tome. Da gledam a da ne vidim tela razbacana tu i tamo. Iskasapljena. Crne se u travi, pored ograde, na stepenicama izvijena, čudno raširenih ruku, praznih očiju. Mučno. Pravim se čvrst. Kao — imam ja stomak za to. Igraju mi suze u očima. I ostalima. Vetar nanosi dim u nas. Pomeramo se bezglasni. Kivni. Ogorčeni. Reče neko da ima i dece. Ne bih da vidim, jer ne mogu da verujem da može neko detetu da naudi samo zato što je druge vere, nacije...

Hoću, grčevito se držim te iluzije, mada je bedna zaštita pred istinom. Tako divljačkom istinom. Voleo bih da vidim te... spodobe, kako li izgledaju, da im se uvučem u glavu da probam da shvatim zlo koje ih natera. Ko ih je naterao? Ne razumem što Bog dopušta ovo? Kako to da objasnim sebi? Malo smo udaljeni dok drugi počinju ljudski prihvat ostacima.

Grupa nam pruža neku zaštitu, barijeru. Pušimo mračni. Samo psujemo sve što dohvatimo. Psovke su oštre. Reske. Kako Bog dopušta ovo zlo? Zuji pitanje, tera znoj na čelo. Prsnuće mi nešto u glavi, osećam ludački ritam. Slepoočnice pulsiraju. Celo telo se znoji, dok sluđen mozak postavlja pitanje. Isto. Blokiran sam. Hladno mi je. Tresem se. Navlačim bluzu.

Dolazi grupa iz drugog dela sela. Brzi momci. Oni su im odsekli odstupnicu.

— Pa ono su zveri — psuje mlađi borac. Bled. Kaplje mu krv na uvo. Skupljamo se u centar, bar ono što je bio centar. Vetar se igra zavesom koja je čudom ostala čitava. Cela kuća izgorela. Još dim iz nje beži. Dovode dva zarobljenika. Sleđeni pred pogledom mase, ne očekuju ništa dobro. Bledi. Jadni. Blatnjavi. Naši se odvojiše i ćuteći poče šutiranje. Trpe bez jauka. Vezanih ruku. Samo muklo pukne izbijeni vazduh. Iz mase se odvoji visoki brka, običan borac i viknu:

— Stoj! Prekini!

Zapovedni ton zaustavi nogu u pokretu momka sa minđušom.

— Mi — reče brka jako. — Mi nismo kô oni!

— ...i nikada nećemo biti!

Daj bože da je svuda tako. Ovo bi dovoljno da se zaustave.

Prezrivi pogledi ka zarobljenicima. Odvlače ih u pozadinu. Jedva idu. Mi se okrećemo poslu. Pište motorole. Ljutit glas psuje komandire. Krećemo da radimo. Treba sahraniti žrtve ili ih ostaviti za patologe, stručnjake i za majmune sa kamerama, sa neprobojnim prslucima, koji će ponovo defilovati. Nafrakani izveštači, patetični. Kao, istina ih interesuje. Tamo dalje se čuju naši bacači. Mora da su izviđači primetili pokrete. A mi moramo iskopati rovove iznad sela. Puca vidik na svu pustoš oko nas. Udaram motikom u zemlju — nema dovoljno alata. I ovo smo slučajno našli u haosu. Kroz udar bih da isteram bes, mržnju, da me ne muči. Da predam nekom drugom. Puknuću. Počinje sitna kiša. Tvrda zemlja, ni potop ne bi vredeo da je promeni.

Pomislim da nema pitanja bez odgovora. Ali na svoja nikako da nađem. Ponudi me cigaretom mršavi sa kapom nekog košarkaškog kluba iz Amerike. Smetala mi je ta kapa, ali mi je bilo žao to da mu kažem. Napravismo cigaret-pauzu. I njemu je bilo do razgovora:

— Kako ih nije strah od Boga?

Od onih što su i dalje kopali neko dobaci:

— Imaju drugog.

Ciničan odgovor.

— Ma ne, Bog je isti za sve, no su ljudi to podelili zbog raznih interesa...

Rasprava. Sve filozof do filozofa. Ja i dalje sluđen.Ršti u meni. Kao da ništa ne znam o životu i sve te knjige, filmovi, svo to sranje o ljudskoj dobroti, sve to je zavlačenje i to debelo. Tek kao da sam progledao. Zapazim starca. Domaći, sed. Miran. Puši svoj otrov. Zamišljen i smiren. Bivši lovac, sadašnji vodič i savetnik i majka i iskusna bukva. On jedini miran. Nedirnut mržnjom. Nenačet besom. Predat. Zapažam iscepan džemper ispod maskirnog odela. Zakrpiće ga baba čim odemo na odmor.

— Kaži bre deda — izlete pitanje ka čoveku koji je video više nego ja. Nešto me muči... Mora da zna da čita misli. Ili je možda vidovit. Okrenu se deda prema meni. I ispra me sivim očima. Smireno izbacivši dim progovori, birajući reči, sporo... Oporo.

— Da znaš šta je pravo moraš upoznat' zlo — zastade, pokaza glavom ka spaljenim kućama. — I ondak ćeš se boriti za dobro. U večitoj borbi.

Okrenem se da razmislim. Ovaj kao da je bio sveštenik u prošlom životu. Zapalim novu cigaretu i ne čuh reči ili mi se samo učini da deda nastavi:

— Ako te zlo ne uzme pod svoje.

Ma bilo je kišovito i tamo su rokali minobacači, a dim se spuštao sve niže i niže dok nas nije sve pokrio. Pa ko će znati u tami? Ko je dobar, a ko zao od nas? Svih nas. A?

10

— Ko ti je ovaj? — upitam Cepenku, dok je neko stvorenje za stolom buljilo u rakijsku čašu.

— Crv — prezrivo, uz gađenje reče Crni, pokušavajući da skuva normalnu kafu za svog posetioca.

— Zdravo — rekoh spodobi.

— Zdravo — odgovori tip sipajući.

Bledo, nezdravo lice.

Nastavio je da bulji u čašu, a ja se u cipelama bacio na krevet. Baš mi je bio... odvratan. Retka brada je izazivala čoveka da mu je skroz počupa. Okrenuo je čašu bezdušno. Al' ovaj ima cug — pomislio sam. Ležerno je opet sipao. Ličio mi je na narkomana. Čekao sam dalji razvoj događaja. Uđe Cepenka:

— E pa, pope, evo kafe!

Aa, ovaj je neki pop.

Cepenka u životu nije napravio dobru kafu. Ali ovaj kao da ne obrati mnogo pažnje na to. Okrenuo sam se svojim mislima, čekajući da gnusoba ode, dok mi razgovor ne privuče pažnju.

Cenkali su se oko nekog „golfa". Pop je uporno gledao čašu, dok ga je moj poslovni partner ubeđivao oko cene, povremeno ga udaravši nadlakticom da bi ga ovaj pogledao. Najzad diže ruke, iznerviran, i podiže ultimativno glas:

— Oli, da spuštiš ili ne?

Ovom kao da je bilo svejedno.

Pristade, najzad, klimanjem glave i to zališe novom turom, u koju sam, normalno, i ja bio uključen. Ožari me domaći otrov. Kako li mogu ovo da piju, meni sve sprži nadole. Novčanice promeniše vlasnika. Jeftino, primetih.

— Imam nešto za tebe — progovori avetinja.

— Šta bi to bilo? — upitah.

Cepenka se umeša:

— Pop je zbrisô iz... okle ono...

— Nisam više pop — reče dok podiže vodnjikavo-krvave oči. Smrdelo je nešto iz njega. Podiže neke smotuljke iz vojne, uljem zamašćene torbe. Razvuče po stolu neke crkvene barjake, ćilime, pa neke krstove i posude od bakra. Šta bi ovo? Taj je i ikone imao — sigurno.

— To si iz crkve popalio kad si zbrisao, a? — upita ga Crni direktno.

— To je iz manastira... — napomenu pop. — Daću ti povoljno, idem iz zemlje.

— Hvala — rekoh. — Nisam zainteresovan — a došlo mi da ga puknem. E, brate, al' me svrbelo da ga ošinem.

— Dobro, onda... — okrenu još jednu čašu, sruči, strpa nemarno stvari u torbu i izađe sa Cepenkom.

Otvorio sam prozor. Od svih koji su dolazili ovde, ovaj je — ovaj je bio ubedljivo najgori. Smrdelo mi, mnogo. Vrati se Cepenka. Spavalo mi se, no me bes držao.

— Gde bre nađe ovog... ovog raspopa, pizdo jedna. Kakve bre vaške dovlačiš?

— Ne seri. Uzô sam „golfa". Džabe. A jebiga, raspop pokrao svoju crkvu u povlačenju, pa sad valja. Pijandura. No — podiže prst teatralno — biznis je biznis.

— E, pa i ovo magare to misli. Bre, ništa vam nije sveto — okrenem se da spavam.

— A, da... — ubaci iznenada sa kreveta — da ne zaboravim, završićemo prekošjutra nešto za njega.

— Za njega — neću!

— Ama jaka lova — reče cifru.

Podignem se na lakat. Koliko? Ogomna cifra. Jebem te u neću.

No Cepenka je već bio u alkoholnom snu. Verovatno je brojao ovce po svom busenju između stenčuga. Cele noći sam loše spavao. Gonile me neke noćne more i Raspućin iz stripa mi nudio neke pare za neke gnusne radnje.

I znao sam da su neke gnusne radnje u pitanju. Al' toliko gnusne...

Raspop je na sve mislio. Dao nam je pola love unapred. Dok sam umoran dremao u kolima i već raspoređivao lovu, ne uhvatim momenat da pitam kakav posao je u pitanju. A Cepenka je bio dovoljno mračan. Totalno ćutanje sve vreme puta. Prođemo kroz neku varošicu, poluprazna. Retki prolaznici su se okretali za nama. Sipala je neka kišica. Na semaforu u nas je buljila brkata kasirka samoposluge. Popeli smo se na brdo. Pila mi se kafa. Kažem. Raspop se složi. Parkirali smo ispred kaubojskog svratišta i seli u bele plastične baštenske stolice, na kraju nečega što bi trebalo da liči na kafansku baštu. Za neki klimav sto od očukanog belog lima. Svi kafanski stolovi su u ovoj zemlji nestabilni. Normalno, uz to ide i zalizani kelner sa brčićima. Gde fabrikuju iste? Ja udarim špricer, do kafe, a oni žestoko.

Cepenka je bio ozbiljno zabrinut. Dođe kafica, retka, gorka... Nikakva. Kiša prestade. Ćutali bi oni dugo, no poče tišina da mi ide na živce, a ja sam baš živac:

— Dobro, što smo ovde, 'oću li da saznam? A? Pljuni!

Raspop se okrenu kao u špijunskim filmovima i iz torbice za pasom izvuče mali fotoaparat sa blicem.

— Ovo ovako radi — okrenu se ka Crnom. — Biblioteka je na drugom spratu, stepenicama — tu niko ne boravi. Sad su samo dvojica u manastiru. Oni su u drugoj kući. Vrata nisu zaključana. A škrinja je u sobi na dnu hodnika. Ona je verovatno zaključana, pa razvalite, šta me boli. Knjiga je velika sa crnim koricama, piše ovo... — pruži list papira ka Crnom. On ga mrzovoljno pogleda. Podignem pogled. Ličilo mi je na staroslovenski. Šta to treba da radi ovaj? Namršteno bacim pogled ka Crnom. On se stisao, zamišljen.

— Snimićeš samo od 108. do 111. strane, obeležene su brojevima. Samo to. Detaljno. Zapamti — podvuče raspop „108 do 111”. — To — podvuče. — I lova je vaša i auto je tvoj.

Ha! Auto. Slikamo nešto po manastiru za auto.

Đavolji sluga nastavi:

— Mislim da je bolje cela knjiga, no ajd' sad, može i ovako.

Cepenka ćuti. Znači Cepenka nije hteo da krade iz manastirske arhive, al' je ipak pristao na nešto malo manje prljavo. Ćutao sam. Ovaj nastavi:

— U torbi je baterijska lampa, šipka i kapa.

Tip je na sve mislio. Hteo sam da se sprdam, da pitam za imalin, ali ovaj izvuče kutijicu vojne šminke za lice. Ovaj baš na sve mislio. Da ga nisam malo potcenio? Platio je račun. Nastavili smo put.

— Zaustavi — reče.

Cepenka ugasi farove. Kroz otvoren prozor čuo se poj slavuja. Lepa noć. Svežina. A iza par drveta nešto kao crkva ili manastir, nisam mogao da ocenim. Rekoše li manastir? Kako li se Cepenka uvukao u ovo? Uvek sam mislio da najgori šljam provaljuje u božje hramove, krade ikone. A vidiš sad ovo?! Brzo sam pohvatao konce. Nisam ja naivac. Raspop je u svom manastiru naišao na podatak da se ovde krije ili da je ovde knjiga sa nečim važnim. Nije mu bilo bitno da se knjiga ukrade ili da se listovi iscepaju, znači nije prodaja. Uostalom, on je već celu svoju crkvu prodao. Baš me podseća na onog popa u *Skupljačima perja* što prodaje sve iz crkve, i pali u Nemačku. I ovaj će van. Gadi mi se od takvih. Al' šta li je na tim listovima? Jedino bi mogla da bude mapa kakvog blaga. U mom kraju se uporno pričalo o blagu nekog popa, koji je pokrenuo družinu protiv Turaka. Oni mu zapalili manastir, i on razbijao sultanove karavane. Pa to posle posakrivao u razna skloništa. Po pričama, radi se o ogromnom blagu. Al' kako se Cepenka upetljao u ovo? Ma kako je mene uvukao? Crni zapali cigaru. Nešto ga muči:

— Ja ti ne mogu ovo.

Raspop se nagnu ka njemu:

— Dogovorili smo se. Vrati mi pare onda... I ključeve. Daj 'vamo.

Vratio bi on pare, mislim, no auto mu se ne vraća.

— A što sam ne ideš?... — ne izdržah, pa dobacim sa zadnjeg sedišta.

— Šta tebe boli, gledaj svoja posla! — brecnu se na mene.

Al' me nervira... Oćutim.

Šef projekta je bio na potezu.

Cepenka se prelomi posle dužeg ćutanja.

— Ajde.

Prošli smo kroz šumicu bez problema. Pa preko srušene ograde od velikog oblog kamenja, verovatno iz reke donesenog. Tu me ožari kopriva i zakačim se za trnje. To mi se uvek dešava. Do samih zgrada je bila fina, niska trava po kojoj se belasalo mnogo maslačaka, razbacanih kao kosmonauti sa skafanderima. Ovaj put sam izbegao da ih šutiram i rasturam. Zastali smo pored nekih stepenica pomoćnog objekta. Pažljivo odložim šipku. Šaputali smo. Po navici. Upitam:

— Šta ti je bre ovo trebalo, ovo sranje — ovoliko nisko nikad nismo pali?

On savi glavu. Muči se:

— Znaš što — kaže — ja ovo neću, tako mi Vasilija — a kao da se trese. — Nego, roknuću ga, ko ga jebe — izvuče našu utoku. Nisam ni znao da je poneo. — Drmnuću ga! — a zvuči vrlo ozbiljno.

Bre, ubice ili snimatelji manastirskih knjiga. Jebem ti dilemu. Zaustavim mu ruku:

— Ne seri. Ne seri Crni. Ovo nije zajebancija.

— Roknuću ga — reče, a kao da mu je kamen pao sa srca. Vidim, ovde više nema zezanja. Ozbiljno je.

— Ma daj, bre, ja ću! — presečem i oteh foto.

Nije se imalo šta otimati. No, bolje ovo nego da kopam grob. Mada je za raspopa i jendek dobar. Smrad. Kako bih mu počupao tu masnu kosurinu.

No... posle. Gurnem Crnog na stepenice. Sede poslušno.

— Aj' sedi tu i ćuti. Daj tu bateriju. Gde je to?

Namažem se malo „kozmetikom". Raspopovu vašljivu masku nisam ni hteo da stavljam. Od ovog što ću uraditi nikakva maska me neće spasiti. Bog me zna i s maskom i bez maske. Krenem, kao spreman, ka crnoj zgradi. A noge mi teške. Hrabrim sebe. Direktno idem na cilj. Čistina, bez ograde, nema ničeg sličnog. Činilo mi se da se samo moji koraci čuju, iako je trava kao tepih upijala šum. Što je dobra trava za fudbal, primetih nesvesno. Već mokar od znoja, popeo sam se stepenicama, bez čekanja. Mesec je bio poluskriven oblacima, ali je dovoljno svetlosti bilo. Dovoljno mesečine. E, sad polako.

Stanem oprezno ispred vrata. Opipam bravu. Napet, osluškujem. Šta ako sam pogrešio zgradu? I nije mi se ulazilo. A da odustanemo i stvarno ga bućnemo u neku reku? Ako se vratim, da li bi Crni vratio lovu i auto? Koliko ga dobro znam, iz toga bi mnogo problema izniklo. Kako li sam upao u ovo? Kasno je, kasno, već sam u blatu. Mada mi se čini da je prava reč jedna druga, smrdljivija. Glupi raspop, verovatno i ne zna da sad rešavamo njegovu glavu. No čim je toliko zapeo za tu knjigu, verovatno nešto ima... Interesantno. Radoznalost je ubila mačku, hteo sam da kažem, no bilo je vreme za akciju. Odlučio sam se. Polako sam pritisnuo metalnu kvaku i gurnuo oprezno vrata. Uz lagano cviljenje, kao u horor filmovima, otvaraju se dovoljno da se uvučem u tamu. Upalio sam bateriju. Čudan miris nalete na mene. Pluća su zahtevala još vazduha, a srce ludački udaralo u grlu. Činilo mi se da mi ubrzano disanje odjekuje širom planine, pokušavao sam da se smirim. Nervozno sam prošarao mlazom svetlosti po hodniku. Zatvorim vrata. Smirim se nekako. Nisam ti ja za ovo. Pokajao sam se što me je Cepenka namestio. Tako ti je to u životu — ustaneš ujutro, smiren popiješ kaficu, a uveče se nađeš u „totalno pogrešnom filmu". I što je najgore, imaš glavnu ulogu. Glavni negativac. Znoj mi ulazio u oči. Štipao. Rukavom malo pokupim sa čela. U hodniku na podu, neki ćilim, religiozne slike po zidovima. Stočić i cveće. Ugledam sledeća vrata, desno u hodniku. To bi trebalo da bude to. Malo slobodnije otvaram. Preskočim veliki prag i ulazim u malu prostoriju. Baterijom osvetlim stvari: knjige poređane po niskoj stalaži. Neka stolica, bure u uglu. Gde je škrinja? Zatvorim vrata. Slika sveca na zidu. I iza vrata, desno, učini mi se — da, to je. Glomazna drvena kutija. Ugasio sam lampu. Bila je neposredno ispod prozora, te je mesec koji se verovatno oslobodio oblaka, kroz tanku zavesu ispunio sobicu svetlošću. Pomerio sam malo ćilim na poklopcu.

Brava sa otvorom za ključ. Lakirano, crno, fino drvo.

Ispucalo usled godina.

Pažljivo klečeći, probao sam da podignem poklopac. Otvori se, nezaključano. Čudno. Pade mi ćilimče iza škrinje. Izvukao sam ga, očistio od paučine i pažljivo ostavio pored sebe. Podigao sam poklopac do kraja. Miris knjiga, vlage i prašine me ošinu po osetljivom nosu. Zamalo da počnem da kijam, jedva se uzdržim. Gurnuo sam bateriju u drvenu škrinju i upalio. Prvo mi upade u oči velika žuta sveska, iskrzanih ivica, i vosak, velika tabla. Neke kutijice od lima. Teške. Zvečeće. Ostavio sam ih iza sebe bez želje da vidim šta ima unutra. Neke knjige. Bez korica. Kesa sa brojanicama. Svežanj crkvenih časopisa, uvezanih jakim belim koncem. Svežanj pisama, plave koverte. Malo umazane crkvenim voskom. Dokumenta. Valjda ću zapamtiti šta ide na šta. Pa marame li, šta li, prošarane zlatnim vezom. Fine crvene boje. Lagane. Približio sam se dnu, al' knjige koju tražim nigde. Nema je. Da nije neka od ovih bez korica? Ko bi ga znao. Neki časopis, sav izbledeo, sa likom nekog sveštenika. Izvučem i to. Izgledalo je kao kraj, no opipao sam list jakog plavog papira, postavljenog kao zaštita na dnu — utvrdih da ima još nešto. Pomerio sam ga, povukao za ivicu. Crna knjiga. To! Izvadim je, obradovan. Okrenuo. Naslov je odgovarao. Ostavio sam je pored sebe i iz radoznalosti sklonio zaštitni papir sa dna škrinje. Skrivena još jedna knjiga, sa zlatnim utisnutim slovima u koži. Nisam ni mislio da je diram, al' bi raspopu verovatno potekla pljuvačka da je video. Ne sumnjam da je dobro upoznao švercere crkvenog blaga i ostalih antikviteta. Seo sam, naslonjen na crnu škrinju. Pažljivo ispružio ukočene noge da ne srušim kule od naslaganih knjiga i časopisa.

Uzeo sam tu važnu knjigu i otvorio.

Lampu uglavim između vrata i ramena. Slepljeni listovi se teško razdvajaju. Vlažno je. Upamtio sam strane, interesovalo me kakva je ovo knjiga. Ličilo je na nečiji dnevnik ili zapis, šta li. Verovatno dnevnik. Rukopis je bio fin, smiren. I nije bio staroslovenski. Ovo je pisao neko ko je imao mnogo vremena na raspolaganju. Kao da je dnevnik nekog crkvenog starešine, jako star... bar pedesetak godina. Ma nisam ti ja neki stručnjak za procenu starina. Pisano mastilom, malkice tu i tamo razmazano. Počeo sam da čitam. Nisam znao da popovi pišu dnevnike...

Uobičajene stvari, pretpostavljam, uz neke napomene na margini, pisane sitnim slovima. Prinos od crkvenog imanja, po stavkama. Pokloni vernika, po imenu i svotama. Plate za učitelje. Novac dat nekoj babi koja uči devojke. Pa dato nekom tipu 40 groša za psaltir. To je neka knjiga valjda. Sahrana nekog ko je mnogo pomogao crkvi. Pa šta je taj ostavio crkvi, nabraja od imovine. Planiranje izgradnje nove zgrade. Čišćenje bunara. Problemi sa lečenjem. Dato za dve ruske ikone 60 mamudija, 290 urubija. To je verovatno zlatni novac. Pa za kivot novac, i majstor Tripku za Raspeće 1.326 groša. Te pominje nekog jakog starog brata, kao i pomoć sirotinji za vreme božićnih i uskršnjih praznika. Sve tako, ceo roman. Da ne gubim više vreme, odmah sam okrenuo važne strane. Ovaj možda sve živo opisuje. Nemam ja njegovo vreme. Da vidim najvažnije. Nađem stranu 108 bez problema, pop je to pedantno obeležio. E, tu me sačekalo iznenađenje, taman pohvalim popa za pedanteriju, ovde me načisto razočarao. Rukopis nervozan, kao da to neko drugi piše. Precrtano, dopunjavano, čitam uz veliku muku. Naslućujem pojedina slova, neka iščašena, ušla u neko drugo, pa su reči tako ubrljane da ih samo sklapam, kao reči po enigmatskim časopisima. Al' ubodem kao prstom u oko slona, najvrelije reči: zlato! srebro!

Pominje se „trista oka i osam tovara običnog i šesto oka srebrnog" novca valjda. To je, zadrhtim. Moje sumnje su potvrđene. Pročitam ponovo, a reči mi igraju u očima. „Oka" je turska mera. Znači, ipak je blago u pitanju.

Nastavio sam, sve zagrejaniji... kaže dalje: — a od zlata — pa nečitko koliko, al' vidi se da se radi o tovarima, i nešto dragog kamenja i sudova od vrednosti, oružja i par zdela zelenog kamenja. Vau! Kakva riznica. Par zdela zelenog kamenja — pa to kao da su klikeri. Gutam očima pisaniju. Interesantniju knjigu nisam imao u svojim rukama. Deo je bio zamrljan voskom, malo mastan, kao da je sveća kapala. Preskočim i otvorim sledeću stranicu. Dole, skroz na kraju nervoznog rukopisa napominje se „da je ovo na samrti rekao brat Ni... (pa nečitko) koji je ispovedio kao mlad sveštenik godine te i te na samrtnoj postelji člana družine popa-hajduka Simovića": taj je jedini preživeo tursku zasedu godine (brojke suviše jedna u drugoj, te ne bih mogao sa sigurnošću da tvrdim da je tačno, no izgleda kao 1680. ili 1689), te ranjen pao u reku s mosta, pravio se mrtav, te prezdravio kod jataka, te (nečitko ponovo nešto, velika rečenica, tu nešto i namerno zabrljano) po sećanju ređa mesta gde je silno blago koje (precrtano), i onda malo geografije, uglavnom meni nepoznata brda. Tako. To je znači. Mlad sveštenik pomogao da preda dušu Bogu, a ovaj na samrtnoj postelji rekao šta su i gde sakrili od tolikog hajdukovanja. Te ni ovaj to nije mogao da pronađe, a možda ga nije ni interesovalo, no ipak je to upamtio i na samrti predao tajnu dalje. Sveštenik, čiji je ovo valjda dnevnik, dosta je toga stigao da zapiše, ne oslanjajući se suviše na pamćenje i sećanje. I šta sad? Zar da ovo blago izvadi onaj koji je najviše izdao Boga i crkvu, prljavi raspop? Nećeš ga vala, odlučujem u trenu, no nastavljam čitanje. Tu ima mnogo blaga, samo nabrajaju ono čega su se setili, a šta su sve zaboravili. Dobro da je popamtio mesta, pominje se tu i crkva i reka i neko stenje (ne može bez pećina). No kako to da sve ovo niko ranije nije primetio? Ili ko bi iščitao dnevnik pokojnog popa? A on je možda, negde, nekim višim crkvenim starešinama pomenuo ideju da crkva uzme, u dogovoru sa državom, i izvadi silno blago, ali ih je verovatno drugi rat ili nerazumevanje omelo. A na taj podatak je raspop negde naleteo i to ga je dovelo do ovog mesta, daleko od njegove crkve. I šta sad? Da ovo pripadne raspopu? Pa možda bi Cepenka to snimio kao što treba, no ja sam luđi igrač. Nervozno sam postavio prve stranice pod snop lampe, izoštrio nemarno. Nek se muči posle u foto-radnjama. Snimam brzo. Ali ne snimam mu poslednju stranu, već, ponavljam, osmi snimak je isti kao sedmi. Ono sa geografijom, e to će ga malo zeznuti. Zamišljam mu facu kad ukapira da nema najvažnijeg. To mu je poklon od mene. Već se bolje osećam. Stavljam aparat u jaknu i nameravam da redom vratim stvari u škrinju. No jedna stvar mi ne da mira, držim dnevnik u ruci — kako je moguće da je pop tako glup, a bili su učeni ljudi, najpametniji u svoje vreme, da mapu tako velikog blaga ostavi „na izvol'te". Pa ja, bre, kad sam svoj dnevnik vodio kao klinac, pa sam ga bolje krio (ispod tepiha), a naročito sam vodio računa da ime simpatije ispisujem tajno. Šifrom i na koricama dnevnika. A ovaj, ništa, šibaj po dnevniku — te ovo je ovde, a one tri tone zlata, e to je tu i tu. Kopajte slobodno. Neverovatno, zar ne? Okrenem poslednje strane dnevnika, korice.

Vidim nema ništa pisano. Čisto i pedantno. Nema šta. Samo mala rupica i nešto žutog, kao od sasušenog lepka. Zainteresovan povučem noktom, odvoji se lagano, bez cepanja. Ovo je neko ulepio. I onda mi se ukazaše sitna slova, vrlo pažljivo napisana. Čitam zapanjen:

— Blago je namenjeno. Glavna knjiga je iza vrata, pri plafonu crkve sv. Ilije u visini podignute ruke, u zidu iza znaka „BT" i krsta.

I toliko. Zinem. Al' je ovo pop-zajebant. Svaka čast majstore! Divno urađeno. Ponovo pročitam, zapamtim. Te olovkom precrtam, ne žaleći, ime crkve i znak „BT". Za svaki slučaj pritisnem i deo papira, nek drži još. Ha. Al' je ovo vešto urađeno. Ne kaže gde je crkva, gde se nalazi, no sveštena lica sigurno znaju na koji kraj države se odnosi. Krenem da je vratim, no setim se nečega. Nema smisla da raspop ne kopa — uzalud. Nađem ponovo važne stranice i snimim raspopu odgovarajuću geografiju. Al' će biti kopanja rovova. A onda okrenem fotoaparat ka sebi, ka svom licu, jako blizu, i uslikam se kako se kezim, izobličene face. Ono s jezikom. Moj poklon, nek napravi poster. To mu dođe kao šlag na torti. Stavljam aparat u jaknu i žurno ređam nazad u škrinju. Stavljam ćilim na vrh. Krećem ka vratima, al' u tom momentu se smače ćilimče sa škrinje i vrlo šumno, u onoj tišini, pade iza. Trgnem se, uplašen. Lepo sam ga složio. Ipak se vratim, nađem iza kutije, otresem od prašine i paučine i pažljivo prekrijem lakirano drvo škrinje. Taman se uhvatim za vrata, kad ponovo pade! E, ovo definitivno nisu čista posla. Smrznem se od straha, ponovo izvadim i ukočenim prstima lepo prekrijem poluloptasti poklopac škrinje. Zastanem gledajući ga. Ništa, ne mrda. Normalno. Oprezno se okrenem u očekivanju da ponovo padne. Ništa se ne dešava. Otvaram vrata, iza tišina. Mora da sam lud. Izlazim brzo. Preskačem stepenice i skoro udaram u Crnog.

— Đe si? — zabrinuto pita dok trčimo ka šumici. Krenuo da vidi što me nema. — Šta bi?

— Gotovo i snimljeno — kažem.

— O čemu se to radi? — pita sumnjičavo, misleći na knjigu.

— Ma bezveze, ovaj je skroz blesav.

Vrti glavom u mraku.

Ma objasniću ti posle, daj da bežimo — mislim.

— Pa gde ste dosad? — nervozno nas dočekuje strašilo.

— Jebiga — kažem dok hvatam dah — vrata zaključana...

— Šta si uradio? — nema vremena da čeka objašnjenja.

— ...i kovčeg sa katancem, pa dok sam otvorio... — lažem, normalno.

— Ma jesi li snimio? — nestrpljiv džukac.

— Evo ti — bacam aparat — jebote.

Skidam jaknu i majicu. Teška, koliko je mokra od znoja. Gušim se prosto, stiže me nervoza... I pričam bez kontrole, kao navijen:

— ...pa dok sam bravu otvorio.

— Idemo! Zbog brave sam i uzeo vas profesionalce — ulazi u auto, a mene niko ne sluša. I Cepenka ulazi, a ja se smirujem, jaki smo ti mi profesionalci. Cepenka mu je baš pričao bajke. Ovaj otvara prozor:

— No, no... idemo!

— Ma puši ga! — kažem, no, no... nije me čuo.

Te noći u snu mi se ponovi cela scena, al' iznenada, baš kad zavirim u škrinju naletim na nečije lice obraslo sedom bradom, koje mi polako, smireno, kao malom detetu reče, dok mi je u grlu počinjao krik:

— Ovo — nije — za — tebe — reči su bile razdvojene, al' nekako teško kazane. Razbudi me cimer jednom šamarčinom da mi je sve zujalo u ušima. Al' Cepenka ima tešku ruku. Normalno, probudim se, sav znojav.

— Šta je, što vrekaš? Probudio si me.

Tresao sam se, dok mi je sijalica bola oči. Uhvatim se za cigaru da se smirim. Brideo mi obraz, al' sam mu bio zahvalan za vađenje iz noćne more. Navučem trenerku i pljusnem se vodom u kupatilu. Hladnoća me iseče, no nisam smeo da se vratim u krevet. Onako stojeći završim sa cigarom, a onda ipak legnem, ali do jutra bez sna, zgrčen i uplašen. Odmah to veče dobijem strašnu temperaturu. Groznicu. Onu najgoru, što lomi. Prosto me drobila i bacala. Mnogo dana sam bio u agoniji i polusnu. Crni i naša drugarica, bolničarka inače, pričaju da sam redovno buncao dok su pokušavali da me smire: „Ovo — nije — nije — za — tebe". I to izlomljeno i isprekidano. Kad su već nameravali da me nose u bolnicu, zabrinuti, temperatura me naglo pusti, kao kad se reka povuče u korito posle divljanja i razaranja. Sedeći na terasi, umotanog u ćebe, zateče me Crni jednog jutra, iznenađen što sam tako rano ustao.

Sede ćuteći, zadimi. Nekako je slutio da je moja bolest povezana sa akcijom. Bilo mu je krivo. Znam da je cenio što sam uzeo stvar u svoje ruke. Sunce je zalazilo dok smo pili čaj, ćuteći. Zalazilo je baš krvavo. Onda on reče baš naglo, iznenadivši i sebe:

— Izvini, brate!

Klimnem glavom. Učinjeno je šta je učinjeno. Dalje o tome nismo pričali, a auto sam retko koristio.

Smrdelo mi nešto, baš ogavno.

— Kako ti lečiš svoje bubuljice?

— A?

— Pa je l' ih mažeš nečim?

— Jok ja — odgovaram smeđoj sa groznim šiškama.

— Ja ih mažem preparatom.

— Pa je l' pomaže?

— Vidiš... — pokazuje mi lice... Pomaže moj, ima ih tri manje od mene. A meni baš krenulo. Hoće to, ispod šatora. Higijena je...

— Ma kad bi pomerila tu kosu iza i sa čela, baš bi... — spontano joj razmičem kosu i stavljam iza ušiju.

— Vauu, al' si ti nežan, mora da ti devojka uživa.

— Ma nemam devojku... — priznajem, nezgodno je to pre odlaska u vojsku, al' živa istina, ma... tuga.

— Pa ni ja momka. A, odakle si ti?

Mala me pokupila, gledam je i nalazim fine stvari na njoj. A pred vojsku — ko je taj što bira? Ma — dobra je.

Dogovorili smo se gde da se nađemo. Odlazi, a ja gledam kako joj slatko skače dupence. More — lepa je s leđa.

Vraćam se u šator — ne grešim nikad, naš je najneuredniji i obično sušimo čarape na šatoru. Gomila izviđača na Adi Ciganliji, kao druženje i to. A u stvari, to se svodi na alkohol, ribe, gitare i arlaukanje, kupanje i fudbal na travi i gluvarenje. Sve u svemu, nije loše — ali ja ću opet da puknem na prijemnom. A onda? Koga lažem da je moguće učiti u ovakvoj situaciji. Jebeš učenje, večeras 'vatam nešto, a u mraku nam bubuljice neće biti važne.

Ni ostali nisu bolje prošli, Deks uhvatio neku plavu debelu, a ona se kao nešto nećka, dok je Magi krenuo na piletinu — malecko crno, pa slatko. A ja ništa. Neće karta. Trudim se, nije da nije, al' mi ništa ne vredi. Počele mene da love, toliko sam smotan. Mala me zbrzila pričom o aknama, to ti je startovanje...

Kad li će taj mrak? Nervozno palim cigaretu i blenem u crtež jedne amebe. Ništa ti ja ovo ne shvatam, učim o glupim stvarima tipa — kako se mešaju amebe ili streptokoke, a nemam pojma o ženama. Koliko znam o Merkuru, toliko znam o ženama, a vidim da nisam jedini. Bandi ne mogu da poverim šta me muči — niti da se pohvalim za večeras, šta ako ipak ne dođe?

Vraćam film, delovala je vrlo ubedljivo, no sa tim stvorenjima se nikad ne zna. Šta ako joj iskoči bubuljica posred nosa, pa provede veče plaćući. A?

Ma ko će o tome da razmišlja, samo se nerviram, a i ne uče mi se gluposti. Zovu me, fudbal se igra. Bacam glupu knjigu. Nek čeka, smuvaću nešto na prijemnom. Sad me teraju da odlučim šta želim da budem u životu, a nemam veze ni o čemu. Tako je najlakše. Fino se oznojim na fudbalu, ali me nervoza ne napušta. Uzmem kramp, pa izbacim bes, kopam odvodne kanale oko šatora. Zaneo sam se malo, prija mi, te to ispadaju kanalčine. A ribe vole da gledaju kad neko radi. I bogami, dobacuju. Ovi moji došli odnekud, pomažu malo. Pa kao, dobro je, nemoj više. A ja baš zapeo da po propisu uradim malo oko šatora. Jeste, vruće, napekla zvezda, ali da pokažem ovim dripcima ko je akcijaš-veteran... Fin umor me zaustavi. Bacio sam alat drugima, koji kao stručno komentarišu. Ignorišem ih, palim cigaru, smiren. Pa na Adu, pod tuš. Vratio sam se jako opušten. A oko našeg šatora uvek gužva. Ovi cirkuzanti uvek nešto izvode, te skupili ribe, a za ribama dolaze i ostali. Non-stop je neko dešavanje, urnebes. Ali u pozadini — nebo se mršti temeljno. Teški tamni oblaci direktno pokrivaju, kao jorganom. Biće kiše. A nije isti osećaj, kući pod krovom ili pod šatorom ovde, na ledini. Svi se uznemirili, odlaze do svojih šatora, tamo nemoćno gledaju u nebo. Preteći je mračno. Kod nas se stvoriše dve flaše crnog vina. Za podizanje raspoloženja. Smejemo se. Kiša, nevreme — šta ima veze, nismo od šećera. Ali nas muve nerviraju, ujedaju, uleću u oči. Zabrinut sam, psujem. Jaka kiša će mi omesti sastanak, ko je lud da dođe po ovakvom vremenu? Naginjem flašu, sad mi samo to preostaje. A krivo mi što sam se nadao. Crno vino i neposredna opasnost od poplave utiču na promenu raspoloženja. Virimo, ležeći potrbuške, u haos koji se sprema. Komentarišemo pojedine uplašene. Šta je? Kiša? Nije smak sveta. Kad su se strašni crni oblaci spustili dovoljno nisko, nastao je trenutak čiste tišine. To je pokidalo živce najlabilnijim:

— A što ne počne već jednom?

Onda je krenulo, svom snagom. Kao zavesa od vode. Šatori preko puta nas dobiše prvi udar, jer su bili u spuštenom delu livade. Kao na bazenu. Počinju da psuju, da se nerviraju. Izvlače stvari pod naletom vode. Mi zabrinuto gledamo da li krov šatora propušta negde. Jer noć treba prespavati na suvom. A kiša ne prestaje. Male šatore već vuku po vodi, gmacaju po blatu ka velikom štapskom šatoru. Ludilo. I smešno i tužno. Naš šator, koji je na blagom uzvišenju, odoleva, a i kanalima klokoće voda i odliva se baš ka ostalima. Pade na klizavoj travi jedna od „nedodirljivih", uvek distancirana, uobražena devojka, prešminkana pozerka, i to izaziva kod nas spontani uzvik oduševljenja. Na suvom smo, pa ne pokazujemo znake milosrđa prema ljudima u poplavi. Ustaje sva mokra, uprljana blatom, drži ruke nemoćna, više naslućujemo da plače nego što vidimo. Okrećemo pogled ka šatoru, komentarišemo, pomešanih osećanja. Malo nam je krivo zbog osećaja trijumfa.

— Koliko je sati? — pitam naglo. Vruće mi je od vina. Ovako zaštićeni, na suvom, imamo vremena da razmišljamo o drugim stvarima. Drago nam je što nismo potopljeni, a ne vidimo način da pomognemo. Kiša ne prestaje, samo manjom žestinom nastavlja. Izviđači bosi, zavrnuli nogavice i dalje bauljaju po blatu. Traže stvari po vodi. Brana, opušten lik, ne mareći pokušava negde da pronađe patiku u vodi i blatu. Mokar skroz.

— Ovaj je lud — zadivljeno komentarišemo.

— Ej, Brano, koliko je sati? — pitamo, niko od nas nema sat. Prvo je začuđen pitanjem, a onda odgovara:

— Šta je, kasnite na prijem? — dobacuje tačno vreme.

Ostalo mi je malo vremena za odluku. Ako odem, pokisnuću. Ako ne odem, kajaću se. Bar da umirim savest — bio sam tamo, a ti? Nema te, kiša, haos, jeste, znam, znam...

— Daj mi te patike! — ne objašnjavam i ne odgovaram na pitanje gde ću. Ostajem u majici i istrčavam u kišu. Odmah sam proklizao na blatu, srećom ne padam, a noge mi mokre. Protrčim pored velikog šatora. Načelnik me pita nešto, odmahujem rukom. Trčim dalje do terena za košarku, kroz šumu. Ne verujem da će biti tamo, iz ovog haosa tek tako izaći teško je, ali neću da odustanem dok god postoji taj mali ludi procenat verovatnoće. Istrčavam na beton, skroz mokar. Brzo odmeravam teren, nema mnogo razočaranja, nisam ni očekivao, ma ni kradom od sebe. Pokret. Napregnem oči. I čula. Učinilo mi se? Krenuo sam preko potopljenog terena, sav kao struna, a onda se to belo odvoji i krenu ka meni. Belu majicu stavila na glavu... tu je.

— Sva sam pokisla — reče prosto, kao da je to normalno i svakodnevno. Zapanjen i obradovan odvalim:

— Čekaš me dugo?

— Pa... onako — osmeh. Što ima osmeh, primetim. Skida mokru majicu sa glave. Kosu začešljala unazad. Ogolila čelo, oči joj došle do izražaja. I svetle pruge u kosi. Poželim da je zagrlim, snažno, ponet. Uzdržavam se, jedva.

— Idemo — kažem, ošamućen od naleta emocija, spontano je hvatam za ruku. Prihvati meko, kao da se oduvek sa mnom za ruke držala. Blokiram načisto. Poleteo bih. A u stvari mogao bih da je ugušim rečima, koje bi kao bujica krenule iz mene. Ko kaže da kiša nije lepa? Najzad prekidam ćutanje:

— Gde su ti stvari i šator?...

— Sve je tamo — pokazuje glavom — u onom velikom šatoru. Tanja je ostala tamo, moja najbolja drugarica — objašnjava.

— Idete kod nas, u moj šator, kod mene je suvo.

— Kako suvo, zezaš? — smeje se vragolasto.

— Suvo — ponavljam, ne bez ponosa. — Kao barut. Daću ti nešto moje da obučeš.

— Ma nemoguće — ne prestaje da pecka. Pribija se uz mene da mi vidi lice. — Gde u ovom potopu ima suvog mesta?

A ja počinjem da drhtim od navala slika i od njene blizine. Formira se neki plan u mojoj glavi, reagujem instinktivno. Spavaće uz mene, u mom šatoru — odlučujem... do mene... cele noći... Vaoou.

— Spavaćeš kod mene.

Mislim da me provaljuje, al' vešto skriva osmeh. Namešta se udobnije uz mene, prebacujem ruku preko njenog ramena... gura se u mene i prskamo se blatom do velikog šatora. Načelnik bi ponovo nešto da me gnjavi u onom haosu, opet mu vičem:

— Kasnije... — mislim, pusti me čoveče, ne gnjavi me sada. Vidiš da sam u poslu. Preskačemo gomilu stvari. Zaobilazimo mokre izviđače — nalazimo njenu drugaricu Tanju. Punačka, flegmatična, nju ovo ne dotiče izgleda, niti postavlja mnogo pitanja. Šapuću brzo, poverljivo. Okrećem glavu, gledam stanje. Puštam joj ruku — sve stvari su im mokre, potopljene — traži bar nešto suvo i odustaje. Dogovorićemo se oko moje ponude za spavanje. Tu kod njih i nije naročito mokro, ali ima dovoljno vode i blata i gužva je ogromna, gaze po stvarima. Tanja prihvata njen predlog da prvo odemo do mog šatora i uveri se u stvarno stanje — a posle da odluče gde i šta. Ne čudim se posebno što ne veruju. Kiša je najzad prestala i sad je ostalo da se organizuje boravak ogromnog broja promrzlih i mokrih izviđača u jednom jedinom šatoru. Klizamo do mog šatora, pazim da ne padne u vodu. A onda čudo, samo naš žuto-zeleni šator na mestu gde ih je bilo dvadesetak. Usamljen u moru blata i vode.

— Eto vidiš — teatralno pokazujem.

— Ne mogu da verujem — smeje se. Izviruju moji, glasni, nešto pevaju. Vino, jebiga. Iznenađeni. Probijam:

— Suvo, a?

Kanal pun mutne vode.

— Suvo — smeju se. Ništa, ni kap.

— Ona će sa drugaricom da prespava kod nas. Biće malo tesno...

Sležemo ramenima. Ako. Upoznajem ih.

— Idem po Tanju i stvari...

— Da krenem da ti pomognem?

— Ne, odmah dolazimo. Nema potrebe...

Ode kroz blato.

— Koja li je ova? Kurvo jedna, zato si pobegao... a drugarica, kakva je?

Bombardovanje pitanjima.

— E, dosta, daj da sredimo brlog... dobra joj je drugarica, ima je...

— E, a ja imam osećaj da će biti ludo... — pale se unapred. Dvojica odlaze po vino, a ja sa Magijem počinjem generalku, sređivanje. Strašno. Evo Tanje i Tee, dolaze sa par kesa. Brze, nismo ni stigli do pola cigare.

— Sve mi je mokro — jada se.

— Daću ti svoju majicu, čista je...

— A za Tanju? Nađi mi nešto za nju...

Magi izvlači gornji deo trenerke, ponesen po navici...

— Hoće li odgovarati?

— Taman moj broj — šegači se Tanja.

— Presvlačite se — mrdam glavom da izađemo iz šatora. Džentlmeni, jebote.

— Ma daj, samo se okrenite — smeje se Tea.

Okrenemo se. Potajno se smeškamo jedan drugom, napolju mračno, u šatoru još mračnije. Krajičkom oka uhvatim belasanje bretele brusa. Stresem se spontano. Primeti, ne promače joj.

— Da ti nije hladno?

— Ma onako... — smejem se.

Dolaze ostali. Zveckaju flašama. Zauzimamo položaj kao Indijanci. Tanja zapali sa nama, a Tea povuče gutljaj iz flaše da se ugreje.

— To, vas dve ste super — smeju se.

A ona, naslonila se na mene kao mokro mače, zaštitnički je pokrivam levom rukom. Sav važan pušim cigaru. Zezanje se nastavlja uz rezerve kolača i medenog srca. Tanja je glavna u šalama i to na račun svoje debljine. Primećujem sa Teom da im je simpatična i da počinje nadmetanje oko nje. Njoj prija, kao svakom ženskom stvoru. Zaborave na nas, koristim to ohrabren, te polako prinesem usne do njenog vrata i lagano, kao slučajno, al' opet dovoljno direktno, utisnem jedan nežan poljubac. Baš tu, iza uva. Strese se.

— Da ti nije hladno? — vratim za malopre. Blesnuše joj oči u mraku. Kao preti prstom. No-no. Pređem otvoreno, miriše mi opojno, drma po srcu. U mraku, bez reči, nalaze nam se usne, meko i polako, jedva se dodirujući. Osetim neopisivu nežnost prema njoj. Samo se stresem od lepote. Navukao sam izviđačku košulju, a preko Tee prebacim džins jaknu, onu izbledelu. Razgovor malo uspori, gošće počinju skriveno, pa sve primetnije da zevaju.

— Hajde da se spava — presečem.

— E, daj još malo... — negoduju.

— Umorne smo, baš... — reče Tanja.

— Dobro, kad je tako, da se organizujemo — rutinski se razmeštaju ćebad i vreće za spavanje. Ubacio sam se skroz do šatorskog krila, levo, pa joj napravim mesto pored sebe. Ubacuje se do mene, stisnu se, pa se Tanja namešta pored nje:

— Al' ću da te grejem — odvali, uvek spremna za šalu.

Ostali se nemo dogovaraju, pokretima glavom i mimikom, u polukraku šatora. Ko će do Tanje? Procenjuju situciju samo pokretima glave. Napolju kiša još pada — zakasnele krupne kapi. Smiruje se promrzli logor — ili ono što je ostalo od njega. Naš mali šator kao pusto ostrvo u okeanu blatnjave vode i veliki, štapski, kao brod. Tamo su svi ostali, zbijeni, kao spavaju. Sardine. Mada ni kod nas nije veći komfor. Počinjem, nestrpljiv. Ubacujem levu ruku ispod nje, ona se okreće, te, iako je Tanja gledala, prinese svoje usne i željno me poljubi. Sva uz mene. Pritisnuta.

— Ej, čekaj bre, bar da zaspimo — opet je bučna njena velika prijateljica, što normalno pokrenu lagano dobacivanje. Savetuju me šifrovano. Ipak se polako uspori razgovor i umor učini svoje. Samo se povremeno čuje kako nečiju ruku Tanja uporno zbacuje sa sebe. A mi žmurimo, a kad otvorimo oči, dah nam se meša. Ruke su tople, pokrivene ćebetom. Toplo je u šatoru. Puštam desnu ruku, podižem se i lagano je ljubim, pijem je, a ona, ponesena, uvlači se u mene. Otkriva vrat. Krećem linijom vrata, izvija se oprezna. Sakriva vrat, pa ga otvara za moje usne. Umirim se, pa pogledam brzo — svi spavaju. Mirni. Nastavljam, dok je ispod ćebeta milujem, zavlači mi ruke, skroz do gole kože. Isprepletanih nogu, ljubim joj oko. Pa počnem da grickam usne. Šapuće mi:

— Baš umeš da ljubiš — kolutam očima, smejemo se.

Umem, gledao sam filmove. Smejem se. Izvlačim joj majicu iz farmerica i ubacujem ruku na toplo, po slabinama.

— Golicaš me... — šapuće mi i pribija se, dok pravim prostor i vučem desnu ruku naviše. Tvrdoća grudi, meko a tvrdo. Kakav divan osećaj. Zabacuje glavu, rasute kose. Krije uzdah. Palcem prelazim preko bradavica, milujem jednu, pa drugu. Iskaču. Puštam ruku dole. Kaiš. Otvara oči, zastajem. Gleda me. Polako otvaram kaiš, tiho, ne zvecka. A obično izdaje zvuk. Zastaje, razmišlja li, lagani grč. Možda bi mi sklonila ruku, ali počinjem ponovo da je ljubim. Sve lagano. Grli me oko vrata. Ode dugme, rajsferšlus otvaram, sporo. Nešto bi mi možda rekla, šapnula, no meša joj se po glavi, sve. Stajem, izvlačim desnu ruku i začešljavam je, provlačim prste kroz kosu. Izvija se, smelije me dira rukama. Zavukla ruku ispod majice, do mojih leđa i na mom potiljku su joj ruke, svuda. Leva noga joj nekontrolisano igra, trza lagano. Ponovo usporavam, ljubim je lagano i vraćam ruku dole — pipam polako, oprezno, pod prstima sintetika. Kao donji deo kupaćih. Nije čipka ili pamuk, oseti se to pod prstima. Stajem. Šta sad? Pulsira sva, zabačene glave, zamagljenih očiju. Topla. Nismo sami u šatoru, možda ne spavaju mangupi. Slušaju šta radimo. Da čuju, radoznali. Spavaće sutra, dremaće. Jebeš doručak. Ovo je direktni prenos. I Tanja... Možda spava, a možda ne. Možda joj kaže sutra: „Si luda? Pred svima? Čulo se, normalno. Šta si mislila?"

Dilema. Dalje ili ne. Jača je strast, ne čujemo nikog. Izvlači se bedrima lagano iz farmerica. Šuškaju jedva čujno, pravim joj mesto. Napinjem leđima mokro krilo šatora. Pomaže mi rukama, ali pokretima kači Tanju, ova se meškolji. Muti mi se pred očima od želje. Zaboravio bih se, ali taj u meni odustaje. Onaj džentlmen. I ona gleda iskosa u Tanju. Osluškuje je. Spava li drugarica?

Ipak stajemo, pogledima dogovoreni. Povezani. Grlim je, povlačim na sebe, dižem joj majicu skroz, žari me, bodu teške, tople lopte. Uvlači se u mene. Grebe lagano po leđima. Nastavljamo da se ljubimo, ali to je sada bolna požuda, opora žeđ. Nismo ni tren spavali, možda je uhvatila pola sata sna, dok sam je, utrnule ruke, nežno mazio. Probudi mi se na tren, pa mi onako pospana, čisto izjavi:

— Znala sam, nekako sam znala da si nežan, odmah... — pa se okrenu leđima ka meni, uspavana, tražeći bolji položaj za san. Gledam usnule drugare, gledam nju, u čudnim položajima, otvorenih usta, u snu dubokom, pred zoru. A život pulsira u meni, bolan i jak.

Jutro. Novi krug, novo deljenje karata. Žmurim, njen miris mi pravi lom po mozgu. Udahnem da urežem zauvek. Kosa joj posebno miriše, nekako oštro, divlje.

Budi se prvi, trlja oči, otekao. Gleda me, pa izjavljuje, žali se:

— Au, al' sam žedan...

Vrti glavom. Vino, bato, vino izgori...

— Gde je ta flaša?

Prazna je. Mora da ode po vodu. Spavao bi on još. Psuje dok puzeći traži patike. Gazi nekog. I taj grubo probuđen, normalno ga obasipa psovkama, drugarski, onako.

— Ma dosta ti je, ajd' ustaj... — ne haje za psovke.

Kreće gungula.

— Ko ima cigaru? — čuje se Tanja.

— To, sestro... — dobacuju, već spremni. Jedan istrčava po vodu — viče spolja:

— Jebem ga al' je 'ladno — psuje. Čuje se pljuskanje blata.

Mrzi me da ustajem.

— Još spava? — pita me Tanja, pokazujući na Teu.

— Drema... — kažem.

Tea spava blaženo osmehnuta.

— Izmorio si mi drugaricu... — dobroćudno konstatuje kroz oblak dima Tanja.

Pogledom me banda pita — bi li šta?

Klimam glavom dvosmisleno.

— Pa bi li ili ne?

Opet mimikom kolutam očima. Pantomimu prekida vodonoša. Budi se Tea, proteže kao mačka. Sitno nasmejana, mila. Dobro jutro pevaju. Smeje se. Ljubim je nežno u obraz, grli me, navlačim patike, pa na umivanje.

— Doručak u krevetu možda?

Umiveni, sređeni, pljuskamo po blatu do glavnog šatora. Naleće načelnik, taman kad smo sa hranom krenuli nazad.

— Budi sa dvojicom tvojih ovde, za sat vremena, da uzmemo od vojske neke stvari, da prenesemo...

— U koliko?

— Za sat.

Doručkujemo, Tea počinje da se trese — dajem joj svoj duks. Smeje se nekako posebno, odlaze do glavnog šatora da se srede. Maše mi i šalje poljubac, dok je Tanja već saleće pitanjima. Žene.

Razvlačimo se, lenji, besposleni. Vraćaju se sa kafom u plastičnim čašama. Snašle se negde. Objašnjavamo gde idemo, važni, bez nas bi tamo propali, ljubim je, kao čekaj me tu. Pored ognjišta. Mada nemamo ognjište, al' to se da srediti. Ostaje jedan sa njima u šatoru, procenili smo ko najviše ima šanse kod Tanje, evo ti je sad. A one odmah počinju sa čišćenjem šatora.

Stvari se komplikuju kod vojske, čekamo sat nekog magacionera, koji tvrdi da ništa ne sme da dâ bez odobrenja, „član taj i taj" — ko će njemu to da pravda. Alkos kompletan. Načelnik se nervira, svi mi, tupa radna snaga, promrzli. Kako ne odbih da krenem, sad bih bio u šatoru sa njom. Psujem sebe. Palim nervozno. Najzad dolazi cvikeraš nekim belim „stojadinom", odobrava pozajmicu. Prebacujemo ćebad i vreće za spavanje u kamion. Malo vreća, mnogo ljudi za utovar. Požurujem, nervozan. Vraćamo se kamionom. Skačem i kroz blato pravo u šator.

— Gde su?...

On sam. Ćuti.

— Jesu negde... — žene kô žene, možda su u velikom šatoru.

— Ma bezveze... od ove tvoje došli roditelji da ih vode kući, čuli poplava, pa i Tanja...

— Šta bre!?...

— Pa otišle... — širi ruke.

— U — psujem besno. — Kad?

— Pre dva sata, ima toliko... Odlagala koliko je mogla...

— Pa je l' rekla nešto... — unosim mu se u lice, kao da je on krivac.

— Pa nije, al' napisala ti je poruku.

— Daj...

— Ama ne mogu da je nađem, tu sam je negde ostavio...

— Ne zajebavaj me — širim ruke.

— Stvarno, evo ovde sam je stavio i sad je nema...

Ne mogu da verujem. Dignem pesnicu. Lud. Dolaze ostali:

— Šta je bilo, gde su ove?

Vičem:

— Seti se!

Puče mi film. Baš prekid.

I šta sad? Ponekad mi se čini da mi je ceo život takav, kao tad na toj livadi — golim rukama preturam po blatu i tražim nešto lepo. Al' eto, ništa, samo blato, blato i kiša.

Neka pijanka u studentskom domu. Loše grejanje, napolju hladno, duva oštro. Pije se odvratna votka, zamuti oči i mirisom. Izaziva nervozu. Svađalačka. Mutno svetlo studentske sobe, jadno. I meze, šta se našlo. Došli zemljaci, maltene pravo sa linije. A nama je dobar drug, svratili. I šta ćemo nego o ratu, blentavo:

— Kako je tamo?

Vrte glavom, nevoljno odgovaraju, preko glave im takva pitanja. Sve se svodi na „jebeno" ili „jeb'ga, kako mož' biti".

A mi, ja i ortak, uporni. Napaljeni. Rekoh, rat izdaleka izgleda ludo zabavan — pucaš, oni beže, ti im pališ zastave i zajebavaš se ceo dan. Dosađujemo. Njima se ne priča. A votka zagrejala krv. Čitali mi po novinama, gledali specijalne emisije, osvojeno ovo-ono, bre, penimo. Oni, ogrebeni, smireni na poseban način, gnevni, čudno gnevni na grad koji živi, osvetljen, veseo, dok oni trunu tamo... i još nas dvojica, potpitujemo ih. Oko očiju im senke, nije od umora, već od nečega što ne razumemo, nit pokušavamo. Upališe TV, da nas otkače malo. Reporter sa fronta dere po izveštajima, te opet su ovi provocirali, palo neko selo, strateški važno, neprijatelj čupa kosu kako je to moglo da se desi, zabrinut Vašington, te je pred padom... na sve to se pogledaše i jedan podrugljivo dobaci nešto. Primetim ja kartu na zidu, proučavam je stručno, kad, dođoše neke ribe, iz njihovog kraja — zagrljaj, razgovor, bučan, ko je živ, ko nije, kako, imena i nadimci nepoznati, mi samo smetamo, a greje nas blizina ratnih veterana. Onih pravih, ribe ih gledaju sa neskrivenim divljenjem, napaljene, nežne — mi smetamo, ništa ne razumemo, al' nam, pristojni, ne ukazuju na našu nevaspitanost i višak — fali mesta, tesno, dim štipa... tek ti ja, da bih privukao pažnju neke od ovih lepotica, da se napravim važan, skočim, onako kao štene, i pokažem na kartu:

— Sve ovo je naše, dotle... — šarnem prstom u prostor, par stotina kilometara ovde-onde, „čitô ja".

Na to me pogledaše, kako ko, i najzad jedan od najćutljivijih, ko zna kakva ga muka muči, dugoruk, sa tankom izbledelom džins jaknom, prekratkom, onako plav, izgoreo, samo opiči, izlete mu jad:

— E moj prijatelju, treba to puškom uzeti, a ne... — ne nastavi dalje, ali mi beše jasno šta je hteo da kaže.

Neprijatna tišina.

Preko glave mu salonskih boraca, iz toplih soba, kartomanijaka. Tišina još traje, seče se, tek zjapi jaz između naša dva sveta. Prezrivi pogledi riba, neskriveni — oni ratuju tamo, mi glumimo ovde. Brinu o svojima, stvarno se gine, a mi trtljamo o utakmicama i filmovima. Na to sednem kao popišan i ne krijem koliko mi teško pade ovaj nokaut. A čovek je u pravu. Izleteo sam kriv. Pokunjeno, posle par minuta krenem, kolega sa mnom, ostao bi on, voli takve priče, pije se, no ja ne bih. Pozdravim kao sve sa „srećno momci", jedva odgovoriše, nemaju vremena za nebitne stvari i ljude. Uskoro se vraćaju tamo. Tamo gde glava začas odleti, gde se ne zna još koliko...

...još koliko ćeš ostati živ. Posle me pekao sram danima. I prezriv pogled one ribe, koja me provalila u letu — e, moj prijatelju.

13

— Znači rešio si, gotovo? — pitam ga peti put.

Glupo, normalno da je glupo pitanje. Oterao bi me u majčinu, nego je svečan trenutak, vriska, cika, puca se, zastave i flaše, to je povezano nekako kad se ide u rat... a braći nije hteo da kaže, ne znam iz kog razloga, samo sam mu ja ostao i došao. Bre, ide se i meni, maltene mi žao što neću sa njima u autobus, zezanje i to, ali mi pojedini iz te grupe uopšte ne ulivaju poverenje. Debeli, zadrigli, podmuklih faca, par njih kao prevaranti sa pijace i stanice — ne liči mi to na borce-dobrovoljce. Nekoliko napaljenih klinaca, devojčice plaču, impresionirane, ljube ih drugovi, neki avanturisti — e, da nekoliko normalnih, pravih, odlučnih... ili zov predaka, da se brani rodno ognjište ili naplata starih dugova. Ništa mi nije jasno, al' mi je ekipa dovoljno odbojna i nesigurna da ne pomišljam na to.

Ćutimo, šta reći osim glupavog — „čuvaj glavu". Pa šta će da radi tamo, nego da čuva glavu. I Crni nešto merka pijane debeljane što baljezgaju zagrljeni i vidim prezire ih, al' neće da otkrije. Prilazi mu jedan piskavac, bledunjavo, bolesno stvorenje, i pokušava da ga zagrli:

— Brate, junače... ti ćeš mitraljez da nosiš... top bre, TOP! — dere se, širi ruke teatralno, kao da on lično deli unapređenja.

Znam koliko mu se gade takvi, al' se uzdržava. Sklanjam pedera.

— Ajde bre, mr'š tamo, vidiš da pričamo...

Guram kretena u gomilu, nešto kao da protestuje, al' mu nabiše flašu u zube da cugne, te se skloni nekako. Pale baklje, normalno i Cigani trubači, vašar, gungula neviđena. E, kao kreće se, polaze, vade se utoke i piče u nebo. Ma pljušte na asfaltu čaure. Ja nosim našu „astru", moj red, tek dva dana kod mene, hoću i ja, al' mi žao municije, džaba spaljene. A svrbi me metal za pojasom. A njemu krivo, vidim, nisam ćorav, zajebao se prošli put kad je iskukao duži rok za nošenje, delimo još istu utoku, jebiga. Moj red, ceo mesec, ej, mnogo je to. A nije mu sestrić doneo od kuće, ispao neki problem, nešto bezveze, a ima tamo „svašta", kaže. Mogu misliti.

Vidi utoku za pojasom kod mene, uhvatim mu pogled. Pitao bi me da ponese na ratište, al'... kako, moj red... grize se.

— Je l' ti treba nož, evo ti... švedski čelik?... — vadim nož.

Vrti glavom, šta će mu to, ne voli on noževe, ima loše iskustvo, a i ne ume — nema pojma.

— E jebiga, kol'ko ostaješ?

Sleže ramenima, ko to zna.

— Drži — kažem — nosi sa sobom.

Kao da ne čuje. Zajebant.

— Drži — vadim utoku — ponesi, nek se nađe.

Uzima, al' kao nevoljno, ne treba. Bre, navikao da ga nutkaju.

— Dobro, ako nećeš... — kao da uzmem, vraćam ponudu. — Ne femkaj se, bre, nerviraš me. Znam te.

— Ma dobro, daj... — kaže brzo, da se ne predomislim, zna kakav sam. E, da mu vidiš facu. Kakva promena. Tek sad mu je sve OK.

Polazi bus, ukrcavaju se, viču. Kreće, ajde, izljubimo se triput, nema šta da se kaže više. No doseti se nečeg, viče iz gomile, okreće se...

— Ako mi se nešto... — huk mase, prekida — ima — (ne čujem dobro).

— Šta? — vičem, cepam grlo.

— Kući... trešnja. — (ne razumem).

— Kakva trešnja? — sležem ramenima.

— Trešnja, tamo... — pokazuje nešto rukom. Pa ka meni prstom. Tvoje je, čitam, ne čujem.

Širim ruke, ne seri, bićeš OK, srećno, no masa arlauče, i puca se, i trube, baš na mom ramenu, duva Ciga. Uđe u bus, prepoznatljiv, mitraljez da nosi. Uf, što bih ja voleo činove da delim. Ti si ovo, ti si sad to i to. Milina. A streljamo tek onako nekog, da vojska vidi šta je rokanje u meso. Jebiga, posle je kasno da vide da su se zajebali.

14

Čim je zadrhtao prozor od suptilnog udara, znao sam da je dan dobio ubrzanje. Loše, očigledno. Reže mraz napolju, otvaram vrata gromadi. Velika čupava glava, ruke ogromne. Beše li to iz istog plemena?

Stavljam kafu, iznosim rakiju. Čekam, u slutnji. A on ne otvara situaciju. Sedoh najzad, kafu da popijem. Mrznu mi noge i srce, loše vesti o Cepenki, očigledno. Ne mogu da provalim koliko su loše. Najzad, objašnjava:

— Naš ti je 'tić najebô dole...

Šturi su glasovi, Cepenka i grupa upali u zasedu, ne zna se šta je bilo posle. Traju borbe na tom području, nema prilaza.

— Koliko je staro to što se čulo? — pitam.

— Ima je'no dva meseca, može bit' više — kaže.

Setim se da mi je pre otprilike toliko vremena pala šolja i razbila se. To baš ona, okrnjena, „invalid šolja" kako je Crni uvrtao stvari. Njegova. Možda slučajnost. Ako je uopšte slučajno.

— Šta ćemo sad? — sečem ćutanje. Može on celi dan ovako.

— Ti do VMA, čeka te naš, neka tjela su već dopremljena... — zastaje. — Ja ti to ne mogu — krije pogled pa nastavlja. — A ja ću do jednog mog plemena, da vidim nekakve spiskove u Đeneralštab...

Sumnjam da bi se Cepenka predao, nije to njegov stil. Psujem, izbacujem, rutavo počeo dan. Počinjem da se spremam, a u stomaku mi težina, kao kamen. Gromada ćuti i puši. Nije baš pričljiv — očigledno.

Vozi žestoko. I dalje trošimo malo reči. Razmišljam — mala je verovatnoća, smirujem se, da su baš oni pukli i da je baš Crni najebao i da je već izvršena razmena poginulih ili da su već dopremljena nepoznata tela... Rat bre, živi imaju prečih stvari na frontu.

Sve je to malo, nikakva verovatnoća, a opet, evo me, probijamo se u gužvi ka VMA. Meni teži deo posla, prihvatam bez roptanja. Izdržaću, pogledaću, nema — gotovo, napijemo se i posle se nadamo da je negde, mrzi ga da se javi... ili tako, drži ga mrzovolja, ratuje, šta li. Rat bre, nije turnir u badmintonu.

Dogovorimo se, izlazim, okolo sneg, al' plato ispred očistila vojska. Nama je ujutro, iz susedne kasarne, na jutarnjoj gimnastici, u mraku VMA izgledala kao svemirski brod, onako osvetljen... Samo što ne poleti u nebo. Javljam se gušteru na ulazu, zove nekog mršavog, koji me brižno prihvata. Objašnjava gde me vodi. Mogao bi i on, al' dugo nije video brata, njegov ujak i tamo — objašnjava povezanost, nema veze, ovo-ono... ajd' bre, zajebi me, sam ću. Shvatam, izbegava i on iz nekog razloga, ne čudim se preterano. Vodi me kroz hodnike, fino, toplo, neon, tu i tamo me ošine miris u prolazu, miris parfema. Zgodne su ovde medicinske sestre, čuvene po svojoj lepoti.

Uvodi me u nečiju kancelariju, odmah, iz susedne prostorije ulazi lekar, zabrinut, težak, lice kao Buda, onako, čudno prosvetljeno. Za trenutak, kao da mahnu rukom, napusti ga zabrinutost, ko zna o čemu je razmišljao i lice mu dobi neku čudnu svetlost i smirenje, kao kod monaha. Opusti nas smirenim glasom. Taj čovek zna šta radi, zaključim. Ima vremena za kafu, i doktor nije pio. Mršavi se izvinjava, objašnjava nešto i izlazi. Sad ja ćutim, mislim, vreme je za ćutanje. Kancelarija je pretrpana nekim kutijama i kartonima, papiri na sve strane — piše *Obdukcioni nalaz*. Da, na pravom sam mestu, al' ne bih da rijem po fasciklama. Onaj moj drug, brat, ovde, kao brojka, zapisnik sa te i te grobnice, ma nema šanse. Najzad me doca pita, da pokuša da nađe koordinate — kad i gde. Objašnjavam šta znam. Osobeni znaci, je l' se to tako kaže? Tu je bar Crni nepromašiv, ljudina jednostavno. Zamisli se doktor nešto. Vrlo kratko, al' dovoljno da me preseče. Zapalim cigaru, šta ću, a u piksli već gori moja nedovršena. Doktor ubrzava, vadi tovar fascikli, šta li su. Daje mi nekoliko, samo on zna odakle ih vadi. Upozorava me na prizore. Mrtvi nisu lepi, znam. A naročito ova tela, na kojima su se zlikovci iživljavali. Ili su dugo bila u zemlji, raspadnuta, u procesu. Zemlja radi svoje.

Gledam, a on mi okrenu leđa, radi nešto sistematski, pedantno. U stvari, samo skupljam odlučnost. Ne verujem u mogućnost lošeg razvoja, ali me čudan strah grli, a najviše me plaši saznanje da na ovom mestu ovde — e, ovde je sve moguće...

Polako pokrećem ruku, ubrzavam, otvaram lažnom silinom, privlačim. Prizor — mrštim se... Ali nije ovaj jadnik. Ovog će neki drugi da prepozna, jadan i on. Ima smeđu kosu i crte lica drugačije. Nije, definitivno. Mala doza olakšanja. Sledeći — šta da se vidi... no, nije, nije. Lice sačuvano, jeste krupan, ali nije Crni. Dalje — nije, vidljivo odmah. Još malo, još dva kartona. Gasim, palim novu cigaretu. Osećam se vrlo napeto. I... loš me osećaj ne napušta. Okrećem. Stariji čovek. Visina i glomaznost. Teške povrede, oči poluotvorene, mučan prizor. Kopam nogama pod. Grozno. Definitivno ne. Okrećem brzo poslednji karton, fasciklu. Da idem, da završim što pre. No slika, čeona kost i kosa, jako slična — leži bočno, profil. Moj mozak prepoznaje, nešto je tu isto, javlja. Glava prilično očuvana. Okrećem drugu fotografiju i tu više nema dileme. Kako je to moguće? Kako je OVO moguće? Oči ponovo i ponovo pretražuju fotografiju, deo po deo, slažu, upoređuju, ali ne, dileme nema — Crni je. Valjda osetivši užas prepoznavanja, doktor me gleda, okrenuo se. Smrdi filter cigarete, klimam li glavom ili to neko drugi govori? Doktor uzima pažljivo fasciklu, čita o teškim povredama, slomljena noga, kost, i pokazuje ulaznu ranu na glavi:

— Nije se dao živ — objašnjava, barutne čestice na slepoočnici, izgorelost kože. Odnekud, iz daljine dolaze reči i ređaju se kao cigle ispod mene. — A ovo — pokazuje sliku stomaka — to je iživljavanje na mrtvom čoveku.

Nema sumnje, ožiljak na levoj nadlaktici potvrđuje moje sumnje. Taj ožiljak je od mene, mojim nožem, ono davno... ostade da mi vrati isti takav, kad-tad, nije stigao, jebiga...

— Kalibar je 9 mm, najverovatnije — nastavlja, ali sam ja već ljuštura. Nešto pišem, potpisujem, šok prolazi, funkcionišem, ali i dalje u neverici vrtim glavom. Kako je moglo to njemu da se desi? Probijao se kroz život kao bager, rušio sve, više silom i vezama, al' skoro neranjiv. Trebalo je kum da mi bude na svadbi, kad je bude, da krunišemo dugogodišnje prijateljstvo. A počeli smo kao smrtni neprijatelji, što su se lovili da se istrebe. A sad, evo ništa... Ništa, samo jebeno ništa.

— Ništa — ponavljam mršavom. I u glavi mi neko viče: ništa. Zavija taj kao kojot.

— Kako to? — vodi me napolje.

— Ništa, nema nam ga brat više... — skoro ležerno rekoh, kao ono — vidi, pada kiša.

Mršavi dobi neočekivani udarac od mene, kao u pleksus, samo se savi u plastičnoj stolici, klonu čovek. Otvorio usta. Kao riba.

— E, idem ja — rekoh. Ne mogu nikog da tešim. Ostade on. Čujem, guta vazduh. Nekako sam sišao pa razmišljam — reče li doktor nešto na vratima ili ne? Izađem iz zgrade, gušter me sa prijavnice pogleda značajno. Možda teturam? Ošinu me hladnoća, onako direktno. Zastao sam da zapalim. Sklonim se malo udesno, sneg kao perje. Polako, sasvim polako mi noge otkazuju. Drhtim, a sad mi nije hladno. Krupne pahulje ležerno padaju, nema vetra. Ugazio sam u sneg. Obara me, teško mi, čudna malaksalost me slabi. Guram slike od sebe, ali se neprekidno i neprekidno vrte iste. Ponovo deo po deo prolazim, jako koncentrisan — sumnja otpada, ali i dalje ne verujem. Sedam u sneg, definitivno slab, bez trunke snage. Teška mi glava, stavljam ruke na lice, izbija me. Suvo, bez suza, samo malo krenuše. Trese me. Kao ne dam se, jak sam. Kad ošine rat preko lica kad neko blizak nestane, e, tad sve ima čudnu boju, stvari postaju relativne. Smirujem se, naporom dovodim u red. Svestan sam da me ljudi zagledaju u prolazu, no nije me briga. Onaj gušter, brižan, izašao u košulji, već tovar snega na njemu, pita:

— Ej, jesi li dobro?

— Nisam — kažem. — Vidiš da nisam...

— Jebiga — kaže. Nagledao se takvih prizora. Mlad, nije stigao da ogrubi kao ja. Ustajem, malo sigurniji na nogama, klinac ode da radi svoj posao, trese sneg... Čistim kosu od snega. Krupan je, dobar za grudvanje. Stojim na stanici i stojim. Znam šta treba da uradim, al' ne žurim. Mokar, hladno mi je, al' svaka sekunda mi znači. Poštedeti njegove još par sati, jer loša vest je tu, neće ih zaobići. Malo, malo, znači li to? Znači meni, zadržati crno kod sebe, izdržati sa teretom, malo, što duže. No nema filtera za te stvari. Udar pečatira lice. Najzad ulazim u trolu, ljudi me gledaju sažaljivim pogledima, zar je toliko jak trag na meni? Blenem kroz prozor, od snega grad dobio neki čudni šarm.

Dolazim ispred kafane, stigao sam prvi. Čujem glas:

— Ništa u Generalštabu, nemaju pojma, a?...

Okrećem se. Shvata, čim me video. Zar tako loše izgledam? Mislio sam da sam jači. Hvata se za glavu, psuje, okrenu se i udari po gajbama, prsnu srča. Istrčaše njegovi iz kafane, čuli, spremni da me zgaze, za tuču oštri. Zaglaviše na vratima, nejasno im kako i šta je, pogled na njega ih zbuni i ubrzo ih loša vest natera na suze. Mrzim i da vidim kako muško plače, al' ove gromade, e, to mi je još teže.

Uvedoše me, s poštovanjem, svi me tapšu, vrte glavom umesto reči, donesoše lozu da me ugreje. Objašnjavaju pojedinima šta je i ko sam. Rastrčaše se, sa šanka zovu Crnu Goru, svi se uzbudiše, ko majci da javi tamo, braći rođenoj, niko se ne usuđuje... najzad plače čovek na telefonu, užasna atmosfera. Ja ćutim, srkam lozu, a glava mi teška. Oko mene užas. Uđe čovek što mnogo liči na Crnog, skočiše svi, brat njegov rođeni. Dovedoše ga do stola, kad završiše sa izjavama saučešća, pružih mu ruku. Zagrli me, pa sede:

— Ti si njegov cimer?

Klimnem.

Izvuče teško pitanje, sa velikim naporom, gajio nadu...

— Je l' on to tamo?... Sigurno? — pita.

— On, nema sumnje — vrtim glavom.

Možda se nadao da sam pogrešio, al' ga moje čvrsto uveravanje ubacilo u očaj. Trese se, al' ne pušta suzu. Divim mu se, koliko snage treba za tako nešto. Grle ga drugovi, braća, rođaci.

Objašnjavaju da su javili u Crnu Goru, a onda se rastrčaše, telefon zvoni non-stop, haos je, ali imam utisak da svako zna svoj deo posla. Stižu novi ljudi, dostojanstveni, kafana njihova, rođak drži, svi se našli i dele bol, lakši je. Sede postariji čovek u crnoj košulji, pozdravi se sa poštovanjem, okićen zlatnim lancima. Urezano lice, nije mnogo visok. Temeljan. Sed malo. Smirenih pokreta. Piće stalno stiže, brat sede do mene, još jedan, ja nekako u centru pažnje, pita me direktno ovaj u crnoj košulji:

— A ti si mu urezô nož u ruku?

Nisam znao da se zna za to, sležem ramenima, kao, pa ja, jebiga. Klima glavom sa uvažavanjem, oštro me ceni, zna više o meni nego što slutim.

— Ja sam ujak... poštujem to.

Šta to poštuju? Nož u ruku? Ili nož u njegovu ruku? Crni je bio spor za mene tad i uvek, i znam, malo je ljudi imalo muda da mu se na bilo koji način suprotstavi, ali očigledno nešto nisam znao o Crnom. A ovaj ovde, njegov ujak, ovaj je baš zajeban, osetim takve ljude.

Isključim se nekako, samo mi je kvrcnula slika u glavi, nepozvana, kad mi je rekao da će kao kum mom detetu (ono, ako bude muško) da dâ neko crnogorsko ime (zar nije lepo, ljepše ne mož' biti), a ja mu rekao da je lud i tu se smejali...

Nisam ni osetio kako mi je suza pobegla. Uhvatiše me da plačem. Sklanjaju glavu, vrte. Brišem se nadlakticom. I nije me sram, no mi je lakše, ako može biti lakše. Ne gubi se brat svaki dan.

15

— Jeb'ga, neko danas baš ima sreće! — upade u kuhinju simpatičan brka. Mislio sam da je kuvar ili neki ekonom, nešto slično. No, ispade neki čin. Grejao sam se pored vatre, a i kuvalo se nešto izazovno, te sam očekivao da pre ručka napunim stomak. Džaba sam se nadao.

— Znaš li da pucaš? — upita me, pružajući mi automat.

— Znam — rekoh.

— Šta ćeš sa njim? — upita onaj drugi, iza njega. — Tek je došao.

— Ide sa nama, nemamo ljudi... nek se malo prošeta, neće mu škoditi — čujem kako priča iz dvorišta. Ovaj slegnu ramenima. I ja slegnem ramenima. Ovde je fatalizam jako zarazan, očigledno.

Upala neka grupa, napravila štetu, pa ih gone, svi se digli, a ovi izgleda primećeni kako se izvlače svojima na sasvim neočekivanim mestima, pa da kao presečemo.

Ajd' super, mislim da pobegnem od ovog tupljenja ovde. Nisam baš oduševljen dočekom. Gro ljudi je negde na položaju. Daleko, no baš daleko se retko čuje, kad vetar nanese grmljavinu topova. A iskreno, neki poseban doček nisam ni očekivao.

— Evo ti — donese mi isti brka neki ruksak, rap sa municijom i jednu bombu.

— Uzmi, te mu daj neku čuturicu — naredi ovom što je trovao vojsku kao kuvar.

Trovač izvuče iz kutije neku prljavu. Rekoh:

— Ja bih nešto jeo — bez stida. Učila me baba, ko se stidi, taj ostane gladan.

— Ajde, al' brzo!

Kuvar se najzad smilova, te me utoli topla čorba od neke trave, neslana, al' jebeš ga. A dok sam čekao da me pokupe, zapalismo od mojih cigara. To ga odobrovolji, te stavi i kafu i poče da priča, dok sam ja rasklapao kalašnjikov sa drvenim kundakom. Na vreme da proverim mašinu. Taman oštro zatvorim poklopac sanduka i zakočim, kad upade ponovo brka i klimnu glavom. Rade su ga zvali, a vidim — oštro me je ocenjivao. Verovatno mu se svidelo što sam proveravao oružje koje mi je dao. Osta kafa nepopijena, upadoh u kamion, sednem na neke gajbe. Klimnem ljudima, no već je bio sumrak. Klatili smo se par sati. Zahladi, a samo se žar cigara video. Nisam čuo nikakvu priču. Nisam ni mogao od motora.

— Ajde, izlazi.

Iskočimo na put. Asfalt. Mala ekipa, al' odabrana. A? Jes' moj.

Kamion se okrenu nekako i vrati. Ućuta negde dole. Rade nas okupi. Kratko reče za mene:

— Ovo je novi, od juče, nađite mu se — pogledaše me na tren. — Idemo da presečemo par mesta — nastavi on — možda nam uđu na nišan. Bucko, ajd' kreni.

Crni Bucko klimnu glavom i ležerno siđe sa asfalta pravo u šumu.

— Mali, drž' se mene — pokaza mi proćelavi sa puškomitraljezom.

Skinem i ja automat i krenem za ćelom. Bar je zgodan za orijentir.

Al' ko je išao šumom kroz noć, zna kakva je to jebena stvar. Ajd' nekako dok smo silazili niz brdo (ili šta je to bilo), al' kad smo počeli da se batrgamo naviše, e to je bilo baš naporno. Jebem ti planine, znoj me okupa. Pa štipa za oči. Kako li se ovi iz Holivuda nikad ne znoje?

Zastanemo na ivici proplanka. Rade je valjda ocenio da nema vajde ići dalje. Sednemo u šumici. On se izgubi na par minuta, a onda se vrati sa čuturicama punim hladne vode. Vidim, odlično poznaje teren.

— Tu spavamo, a možda ih na pojilu i dočekamo — reče svima odluku, pružajući prvo meni čuturu. Bio sam mu zahvalan za to, jer svoju nisam napunio.

Onda Bucko iz svog ranca izvuče nešto hleba, te konzerve, pa smo se uz narezak okrepili. Ćela je već zahrkao, nabivši se u rastinje. E, što ti je iskustvo, pomislim za njega.

Dok sam smrvljen od umora čekao san i gledao kroz granje parče meseca, pomislio sam kako li je neki debeli Hans, tamo onih drugih ratnih godina, psovao i Hitlera i rat i sve što ga je nateralo da lomi noge po ovim planinčinama. Tu sam nekako verovatno i zaspao, čvrsto držeći remnik puške. Nije mi bilo mnogo hladno, mirisale planinske trave, a umor stigao. Relativno lako zaspim. Probudilo me lagano komešanje. Ćela mi klimnu ćelom i mi se spustimo do izvora da se umijemo. Civilizacija, jebote. Još se baš nije bilo razdanilo. Zevao sam, al' me preseče hladna planinska voda, ostavim je na licu da se osuši, dok se ćelavi obrisa rukavom.

Ostali su nas čekali spremni. Razgledao sam malo bolje ostalu trojicu. Sasvim obični momci, samo je jedan imao sekiru za pojasom. To mi se baš dopalo. Kao i to da je cela ekipa sastavljena od samih ćutologa. Nastavili smo sa Buckom na čelu. Vešto se provlačio, ali oprezno. Sada je po danu bilo lakše verati se po planini. Posle tri-četiri sata batrganja po planini, Rade se okrenu i pogleda me. Verovatno je po meni određivao da l' je vreme za odmor. I normalno, odmah smo zastali i izvukli još par konzervi. Ovaj put bez hleba. Ratni doručak. Tu me upita momak sa sekirom:

— Možeš li?

— Ide — odgovorim kratko, pokušavajući da skinem čizme.

Rade mi kratko dobaci:

— To se ne radi.

Posramljen, prekinuo sam s tim poslom. Pa u akciji smo, ne na plaži. Nastavili smo. O nekom mom zveranju levo-desno u potrazi za mogućim neprijateljima nije bilo ni govora. Prvo, uzdao sam se u ove planinske vukove, a drugo — duša mi je bila u nosu. Naročito je Bucko bio nervozan i oprezan. Znao je da zastane i dugo posmatra situaciju ispred sebe.

Rade bi onda dao znak i mi bismo, ja sve gledajući u Ćelu, čučnuli brzo. Odgovaralo mi što me ne zapitkuju mnogo. Video sam da se dobro poznaju, da i međusobno ne pričaju mnogo. Te ni ja nisam pokušavao da zapitkujem. A izgleda da se u ovim krajevima baš mnogo ne rabe reči.

Oko podneva smo se već popeli na neku visoravan i Bucko nas odvede blizu neke razvaljene kolibe. Nakon oprezne provere ostataka kolibe, krenemo kroz kupine do maleckog potoka.

— Odmori — reče Rade i navalismo na vodu.

Sunce je jako udaralo, iskoristio sam odmor, te properem malo čuturu i napunim vodom. Nadam se da prethodnik nije imao neku boleštinu. Onda sam ih ponudio cigaretama. Značajno klimnuše glavom i željno prihvatiše.

— Uf — glasno iskomentarisa Bucko, ispustivši dim.

— Jesi li gladan? — upita me Rade. Kao da mi se učini da me smatraju maskotom. Odrečno klimnem glavom. Kao, ma mogu ja.

— E, ja jesam — dobrodušno priznade Bucko, što nasmeja ostale. Nije bilo mnogo razgovora, čak i u ovom momentu opuštanja. Bacili smo opuške na isto mesto i nastavili. Upitao sam, smejući se:

— Ima li još mnogo?

— Pa... — klimnu glavom Rade, dok mu se brkovi nasmejaše, otkrivši zube žute od duvana. — Ima, ima...

Pentranje se nastavljalo. Užasno su me bolele noge, a automat predstavljao teški komad gvožđa. Čak mi psovke presušiše. No, ćutao sam, čekajući da se neko prvi otkrije. Ćela prvi:

— Ja ti ne mogu više — tiho, al' ga je Rade čuo.

Više sam shvatio nego što sam čuo odgovor „još malo".

Verovatno smo bili blizu mesta gde se očekivalo da prođe grupa, čim je Bucko zastajkivao sve duže i duže, a ostali (i ja prateći) otkočili alatke. Ovaj iza mene u koloni, mršavi, mimikom mi je pokazivao da izdržim. Verovatno je ukapirao koliko teško podnosim ovaj marš. Nenavikao, jebiga. Rade priđe Bucku. Ovaj mu je nešto prstom pokazivao. Brzo smo se bočno spustili dublje kosinom u šumu. Zastali smo na nekom planinskom putu, pokrivenom lišćem. Bolje rečeno, na stazi.

— Tu čekamo večeras, do jutra — reče Rade.

Bucko i Sekira podeliše svakom po konzervu i parče slanine, sumnjivog mirisa, i nešto šećera u kockama. Ja sam odmah zagrizao slaninu, čist planinski vazduh mi otvorio apetit, kad mi Rade priđe i povede malo ispod staze.

— Tebe ću ovde, tu, ostali su u čelo zasede, a ti gledaj u Raču i ne boj se...

Ne bojim se, hteo sam da protestujem, no mi slanina pravila probleme, zato klimnem glavom.

— Evo ti ga Rača gore — pokaza na ćelu. — A ti gledaj da odavde ne nalete slučajno, reži sve... — pokaza rukom odsečno. Ja opet klimam glavom. — Doći ću ujutro po tebe, ne brini — ode.

Odmah mi je bilo jasno da mi je sledovalo mesto za penzionere, ali se nisam bunio. Odmah sednem. Počeo sam da skidam čizmetine jednom rukom, dok sam drugom rukom balavio slaninu. Dok se videlo — Ćela mi nazdravi čuturom iz svog legla, verovatno antifriz, i pokaza mi dlanom da ne brinem, sve je, kao, pod kontrolom.

Odgovorih mimikom da je sve OK. Onda sunce zađe i pade noć u planini na našu malu zasedu. Zasedicu čak.

Bilo mi normalno što sam van centra zasede. Rade je znao šta radi i razumljivo je bilo da čoveka bez vatrenog krštenja i kog ne poznaje dovoljno pomera na nevažno mesto. Umiren tim rezonom nastavio sam sa naporima da, dok je koliko-toliko vidljivo, svoj položaj učinim nešto udobnijim, pomerivši razno suvo granje što me je žuljalo. Slanina me baš zasiti, a smrad čarapa je bio neizdrživ. Valjda će to oterati komarce koji su forsirali stil japanskih samoubica i uletali u oči. Obrišem lice i ruke o košulju, a onda skinem i čarape, mokre od znoja. Kakvi žuljevi. Osetim ogromno olakšanje, spustim pažljivo automat i počnem da masiram umorne tabane, suprotno načelu opreznosti. Šuma se totalno umirila, zvuk se fino prenosio, pomislio sam da je sve pod kontrolom. Malo razgrnem šiblje da imam bolji pregled ispod sebe, no mi se taj napor učini besmislenim, te se manem ćorava posla. Negde u daljini kao da roknu nekoliko pucnjeva, al' moje nevešto uho nije tome pridavalo veći značaj. Posle ugodnog prepuštanja samoći i mraku, ponovo se fino namestim, navučem čarape i bacim ranac ispod sebe, namestim glavu na RAP i fino zaspim. Probudio sam se posle nekog vremena, gladan, te se nakon kratke nedoumice odlučim za šećer u kockama. Pustio sam da se kocke raspadnu na nepcima. Planinska hladnoća je već bila osetna. Nastavio sam da dremam zgrčen, bacivši tek pogled na mesto gde bi trebalo da bude Ćela. Šuškao sam, zabijen u hrpu golog lišća. Učini mi se da je ova akcija još jedna uzaludnost koju rat i vojska nose. Kao u vojsci — dižu buku, jure te, trči, brže, ovo-ono, i onda čekaš negde zaboravljen tri sata da se pukovnici ponapiju kafe i ostalog i da počne to što treba da počne. Sranje bre.

Zapalim cigaretu, samoća u trenu beše nepodnošljiva. Sakrivši žar najbolje što sam mogao. Da me Rade sad vidi, jebao bi mi sve po spisku. Setim se Saliha, druga iz vojske. Izbrazdano lice, osmeh kao rastrgnuta harmonika. Legenda koja se s Crnim non-stop kačila. Taj Salihović je otišao na stražu da čuva kasarnu, i dok smo se zezali da za drugo i nije, njega su već sa straže sproveli u vojni pritvor. Normalno, Crni je već znao šta se dogodilo: samo što je Legenda ostao na stražarskom mestu, izvadio je cigaretu da zapali. Kako nikad nije imao upaljač, prišao je ogradi i prvog civila pozvao:

— Ej, čilac, je l' imaš vatre?

„Čilac" mu je zapalio cigaretu, onda se okrenuo i otišao u kancelariju, obukao uniformu — lično komandant kasarne! I Saliha pokupe dok je još pućkao prvu! I sad sam se smejao. Odmah smo, posle erupcije smeha, otrčali da ga vidimo, tako nešto se ne propušta. A što nam je bio smešan, onako bez pertli, dok smo ga zezali i Crni nudio cigarama.

— A jeb'ga — bio je njegov jedini komentar dok se smejuljio. Dobri stari naivac, večito osmehnut, da li je danas na drugoj strani? To nisam mogao da znam. Mir u planini je dovlačio neke stare snimke u glavu. Setim se još nekih, sa kojima sam igrao košarku na vojnom objektu, dobrih, loših, čudnih, svakakvih. Setih se Kreše, napogrešivog trojkaša, začuđujuće preciznog i upornog, a ličio je na nežnu devojčicu. Gde li je on? Da li i dalje negde pogađa iz nemogućih situacija — večito crvenih ruku zbog grube igre pojedinaca koji nisu voleli da gube. Nije se ljutio, samo je još luđe šutirao i pogađao iz nemogućih daljina, svetећi se na taj način sirovinama sa kojima nije imao ništa zajedničko, osim činjenice da već trista dana spavaju krevet do kreveta i dišu isti vazduh.

Polako je počelo da biva sve hladnije, učini mi se zora će. Najmračnije je pred svanuće. Bivalo mi dosadno. Ćelu nisam video — što bi bio fazon da me zaborave. Umirih laki napad bezrazložne panike. Rade je bio ozbiljan čovek, a i ostali ljudi su izgleda na svom mestu, kao da su celog života spremani na ovako nešto. Od dosade počnem da čačkam pušku, spuštam nišan, dižem, nišanim nešto u mraku šume. Baš mi se nije spavalo, oštra hladnoća me grizla najviše po licu, a ukočenost nervirala. Pokušao sam da vidim broj puške. Uzalud sam je prinosio očima, mračno. Takvu sam dužio u JNA i bio ponosan na nju. Dok sam na obuci imao M-48, staru, sa grbom FNRJ. Na ovoj zemlji samo se države menjaju, a oružje ostaje isto, malkice nagriženo rđom, al' upotrebljivo. Kako li mi beše broj puške? 6642 ili 4266? Nešto sitno, no stara, očuvana puška. Cev bez rđe. Najviše me oduševilo što sam kod pešadinaca tad video mitraljeze švarcloze, sa godinom proizvodnje 1943, „Krupp" fabrika, i sa orlovima sa kukastim krstom na nožicama.

Izlizan metal. Srebrnast. Jebote, al' su me ti mitraljezi fascinirali. Kojim sve ljudima je to oružje presudilo? Gde je sve nošeno, pucano, koliko je krvi tu proliveno? Kako je zaplenjeno? Da l' je bilo na ruskom frontu ili po ovim krševima ovde? Istorija cela. Oficiri su se jako ponosili, videlo se kako su strogo pregledali rad i čišćenje jadnika zaduženog tim žderačem.

Pustih dalje da me nosi misao. Bilo je mnogo misli i slika za-kačenih po hodnicima sećanja, mnogo reči ostavljenih da se oslušnu, okuse, lizne težina koju nose. Nemam pametnija posla, pa poče da raskrčavam prašumu prošlosti. Bujalo to, bez sigurne ruke koja bi oborila ono nepotrebno. Balast. A bogami i zapalila. Suvišno. Te mi se ovo čekanje van sveta, u nekoj crnoj šumi, gde ne postoji sutra i gde je vreme stalo, učini kao idealna prilika za lakši obračun sa sobom. Pa prošlost mi je u ovom trenutku jedini siguran oslonac, mada za neke stvari nisam više siguran šta je moje i šta se stvarno desilo. Plašim se, mnogo je tu bilo preplitanja. Uranjanja. Ako mogu voda i ulje da se pomešaju. Neko uvek zna šta je šta. I ja, ako budem imao hrabrosti, i ja mogu to da razdvojim. No, pitanje je hoću li? I kome treba istina?

Setih se slike u džepu bluze. Mrzelo me da je vadim. Kao fol, fora iz legije stranaca, zbog neuzvraćene ljubavi pobegao u avanturu.

Romantično, baš. Samo što je ovde drugačije. Nit je ova avantura romantična, nit ću da izvadim sliku i dugo je gledam (mrzelo me, a i mračno je), a i ljubav je bila uzvraćena, meni i još nekolicini. Pa mi nije jasno što nosim kurvinu sliku u džepu. Jeste, lepa je na slici, uživo još bolja. A bilo mi bezveze da je iscepam. U stvari, naslađivao sam se momentom kad ću žarom cigarete da izbrišem taj osmeh i upaljačem zapalim ostatak. Fotografije uvek gore crveno.

A čekaću da se skupi bes, mržnja, promašaji, i da me uhvati kriza i par (desetina) piva. Ne bih sa dve-tri flaše da palim sliku, to mora da bude totalno uživanje. Ekstaza čak. Ma totalno pomračenje bre. Uma.

Pokrenem se ukočen. Neki kamičak me žuljao u desnoj čizmetini. Razmislim ležerno šta prvo da uradim, da proverim imam li metak u cevi (zaboravio) ili da skinem i istresem čizmu. Lagano skinem okvir i izbacim metak, te ga vešto uguram nazad, međ „braću", i ponovo vratim u cev, na ispaljenje. Zakočim. Skinem čizmu, no ništa ne ispade. U tom momentu puče nešto jako, reznuše dva rafala, vika kroz šumu. Skočim na noge, neoprezan i iznenađen. Roknu bomba u šumi, baš rastrese. Otkočim nervozno, dok sam desnom nogom po granju napipavao gde mi je čizma. Opet rez rafala, tu blizu i neko probijanje kroz šumu. Zgrčim se, kad nešto banu iz žbunja pravo na mene, uznemireno. Njihov. Ukoči se (na cev naleteo), ja se ispravim, uperim mu automat u grudi. Zastade, na skok spreman ili u trku uhvaćen, svejedno. Da pucam li? Zbunim se, a neće mi glas iz grla, da viknem predaj se i to. Desna mi noga u neko granje zaglavljena, traži čizmu. On podiže desnu ruku sa nečim u njoj, oružje? Strah mi beše jači, pritisnem obarač panično i ispalim dugačak rafal u njega, u grudi mu. Prevrnem ga i odbacim nazad. I onda tišina... jebena tišina. Klasičan odstrel, pomislim nekako, ili se ta misao probi kroz sve u mojoj glavi, ne znam. Čučnem, dok su mi prskale slepoočnice. Usta zevala nasuvo. Očekivao sam nešto još... no ništa se ne pomeri.

Ovaj je umirao tu u šiblju. Spustim pušku i na brzinu navučem čizmu, sa lišćem u njoj. Jebote, da me vidi Rade.

— Gotovo. Je l' gotovo? Ne pucaj! Rade ovde! — povika već pomenuti. Iza drveta. — Ne pucaj, gotovi su! — nastavi i iskoči pažljivo. Potrčao ka meni odmah. Sav promenjen. — Sve u redu? — upita me očinski, dok je gledao ka nogama koje su virile iz žbunja. Ropac li? Dugo to traje, izgleda.

Ustanem lagano, dok su se ostali okupljali. Pokušavam da budem pribran i da zakočim automat, dok je ruka lagano drhtala.

— Al' si ga rezneo.

Dođe Sekirče i izvukoše nesrećnika. Rača mi tutnu zapaljenu cigaru. Mora da sam mnogo loše izgledao kad me ponudi rakijom.

— Uzmi, valja se.

Opeče me, ne pitah ga što valja. Da l' mi se na licu videlo?

— Izvucite ih na stazu — kratko naredi Rade za mrtve, dok je zvao štab, bez uspeha.

Tek tad se ostatak ekipe opusti, kao posle dobrog lova.

— Vidi ovog, majku mu, neki čin — komentarisali su za „mojeg".

— Ma ne bre, panker — uzvrati drugi. Nasmejaše se svi, izađem na stazu, omamljen svim ovim... i primetih ostalu trojicu, čudne — iste uniforme. Baš su naleteli, izgleda.

Miris krvi u otužnom mirisu šume.

Izvukoše tog poslednjeg, a Rača mi donese i tutnu u ruku:

— Tvoje!

Škorpion. Možda je to držao u ruci?

Tek tada shvatim kako se sve brzo odigralo. I vreme mi je da se trgnem, da ne pomisle da sam seka-persa.

— A, ne, ti odmaraj, znam kako ti je — presrete me ponovo Rača. — Ja svog prvog nikad nisam video kako izgleda — nastavi. Baš me uteši.

A ja svog prvog moram videti. Odlučnije priđem gomili, zapalim još jednu cigaru. Stegnem se i pogledam. Baš sam ga rascepio preko grudi. A lice mu ne vidim dobro. Pokrenem se da i to vidim, bolesno radoznao, ali neko, ko shvati moje namere, zadrža me lagano.

— Šta će ti to? — progovori tiho.

Nastavim u svojoj nameri, obiđem ostale.

Utrča Rade:

— Sve ih pretresite, Kontra to traži — pa me pogleda.

— Bljak — iskomentarisa neko od naših. Rača verovatno.

Počnem da vadim, smireno, iz bluze. Rade i Rača krenuše da pretražuju šumu, negde se izgubio jedan automat. Ubrzo donose i njega i snajperku, presrećni. Izgubljeno bilo u metežu. Izbacim na put sve iz dostupnih džepova. Ostali rutinski pretražuju mrtve neprijatelje. Otvarač za konzerve na crnoj pertli, karta koju Rade uze odmah da tumači, dva upaljača, oba neispravna, hemijska olovka, zgužvana kutija cigareta, kesica engleskog kikirikija, načeta. Pazim sam da se ne uprljam, krv se još ispod razlivala. Primeti to Rade, pa me zovnu, a ostali nastavljaju. Skinuli futrolu za škorpiona, glomaznu, te mi je uručiše, i još par metaka, iz džepova valjda.

— Tvoje, alal vera! — nasmeja se Rade široko, i pljesnu me po ramenu. Al' ima ručerdu. Izvukli još neke fotografije i pisma.

— Au, al' mu dobra pica — iskomentarisa prvi. Skaču svi da vide.

— Snaći će se ta — ubaci neko.

Dolaze slike do mene.

Neka žurka li, razbacane face po krevetu. Flaše. Vidi se predratno vreme, izobilje na stolu.

Sasvim običan mladić u nekoj šarenoj košulji. Zagrlio crnku, ona mila, velike oči, jedra, al' stisnute usne, prgava može biti. On fin, tolerantan, zaljubljen. Ona kontrolisana, al' ipak ležerno navaljena na njega, slutim, na propalom kauču, u nekoj crvenoj svetleće drečavoj košulji.

Druga slika — ona se smeje, on tužan, a ona oduševljena nečim, neko nešto provalio, vic možda. Prolazi mi kroz um, možda je tad video, u tom trenu, kako je glupa, kako mu ne odgovara, koliko je pogrešio, pa se zato baš pred slikanje rastužio. Treća slika, ona sama na obali neke reke, u miniću od džinsa. Lepe noge ima, al' što nije navukla cipele sa štiklom, pa raspustila kosu. No lepa i ovako. Siguran sam da ima posvete. Oko te slike se moji otimaju — komentari su, zna se kakvi. Okrećem da vidim posvetu, slika je baš iskrzana, vidi se da je mnogo držana u ruci.

Držana, a u drugoj ruci cigara, a?

Čitam posvetu, razdirem nečiju intimu.

Klasična posveta. Vraćam sliku da joj bulje u noge. Da ga baš ja nisam... možda bih i ja penio oko nogara. Ovako mi glupo da mu mrtvom oduzimam čast devojke. Šta lupam bre? Kakva čast u ratu? Produvao si sinak, produvao, vrlo brzo. Svaki rat je glupost za one koji su u njemu. Al' ovaj, ovaj je posebno glup. Tako mi se sad čini. Možda i ima nekog smisla, pa će na kraju, kao na kraju krimi filma, sve da se razjasni. Sad mi baš nejasno. Izuzetno. Odustajem od ideje da ga pogledam u oči, sve mrtve oči su iste. Udara me velika futrola škorpiona, dok ostali zevaju kroz durbin snajpera i tamane konzerve tuđeg mesa. Setim se slike, možda je ipak tužan, jer je znao šta će se desiti ovde, u crnim šumama? Odbacim ideju kao nemoguću, ali ipak odlučim da iscepam sve svoje slike gde sam tužan. Za svaki slučaj. Rade uzalud pokušava da razgovara sa štabom, zeza baterija. Ovaj sa kačketom iz nečijeg ranca izvlači nov maskirni prsluk. Gledam ga, a on mi radostan dobacuje:

— Njemu više neće trebati.

— Ako ti je mali broj, baci meni — provaljujem se.

Mislim se, u ovoj crnoj šumi se eonima ništa nije promenilo. Niti će.

16

Vreme je čovek koga moram ubiti. Ili je mrav, buba, bilo šta u travi. Sunce pakleno prži, čak i mene, u senci, udara u udarenu glavu. Ležim na stomaku, blenem u travu i pokušavam očajnički da se priberem. Ostali gledaju okolo da ne nalete čistači. Čekamo noć i spas, ako uspemo da se prebacimo do naših. Šanse su nikakve — ili će nas pobiti ovi ili naši, onako nervozni. Ćutimo, bez vode smo, čak i ne psujemo, čuvamo snagu. Mokri od znoja, crveni. Pokušavam da uživam u poslednjim momentima života, ovako kontuzovan, ali mi ne polazi za rukom. Povraća mi se, sve mi se okreće. Izbacujem neku žabokrečinu, samo se Mikica malo mršti na mene, pruža mi čuturicu. Rakija. Spiram odvratan ukus. Imam mnogo zemlje u ustima. Peku me oči. Al' živ sam još uvek. Sunce se okreće, bauljam, pratim senku. Što bih voleo da sam negde, negde daleko. Nije mi do plaže, peska i zemlje imam u ustima, kosi, svuda, do mora isto. Slano. Šta će mi? Popio bih reku. No ipak se uzalud trudim da uživam u ovom sranju. Džaba — nisam ti ja Japanac da imam takvu filozofiju. Do pre par sati sam mogao da skupljam muve i da ovi krelci pišaju na mene. Pokušavam da se smejem. Prva runda je moja. A još se igra. Ako me neko vidi, pomisliće da je od sunca šenuo.

— Eno ih — upozori Velja. Svi se ukočiše, jedino ja ne mogu da vidim gde su. Goniči krenuli da gone. To im je posao. Ako krenu ka nama, gotovi smo. Lepo — gotovi. Završi se ovo mučenje, ili me ubiju ili se ubijem. A ako ne nabasaju na nas, to mu dođe isto, možda će kasnije drugi da nas sjebu. A možda i neće. Ratna sreća reklo bi se. Ili je imaš ili je nemaš. Prosto. Žmurim, a okreće mi se ceo svet, kao da sam se otrovao duvanom. Nemam šta da povraćam, a grči mi se utroba. A jutros — jutros sam popio kafu bez šećera, nestalo ga — a to ne volim. I znao sam da će biti nekog šita, stislo me kao pred ispit, kad su udarili. Moćni i mnogo jači — videlo se da smo pukli. Malo smo pucali i kad je postalo mnogo čupavo, počeli da bežimo — jebiga, šta drugo. Te kad me pukla stodvadesetmilimetarska, odnela me kao lutku, za mene je poluvreme bilo završeno. Možda je trebalo da ostanem u rovu, možda nije, ko ga zna. Slomio sam se od zemlje, malo odskočio. Smrad baruta i tišina, bubnji u ušima, a sve se okreće i osećaj da su mi za leđima, da sam gotov. Strah, nepodnošljiva gomila straha, a noge ne slušaju, nemoćne. Povlačenje bez mene nije povlačenje, za mene je smrt. Pokušavao sam da se dignem, da izvučem zemlju iz očiju, al' bez daha bauljam, tražim gde mi je automat. Bez njega kako ću, kao pseto? Gde su ostali, ima li živih? I naši, pizde preko reke, igraju fudbal, umesto da rokaju topovima, čije je bre ovo, a? Sranje... nema mi automata. Dovlačim se do drveta, povraćam po sebi, brišem rukom i pipam. Sluzav kao puž. Golać. Da me je udario neki komad granate ne bih mogao da se setim ničeg, a ovako me zviznuo neki busen zemlje. Sećam se mirisa kreča, kao kad me oborio onaj klinac u šesnaestercu, na debiju za omladince — kad nisam znao šta ću sa loptom, on me pukao sa leđa, bez logike. A ja baš glavom na liniju, kreča se nagutao. Tad smo poveli sa 1:0, a čim sam se tog bezveznog setio u ovom trenutku, znači da me je busen drmnuo u glavu, tamo gde su zaboravljene stvari, pa sad naviru. A ne trebaju mi, nema mojih, a nemoćan sam, krv mi curi iz nosa, osećam toplu traku, vidim na rukavu. Dugo ne osećam, nema možda, ne vidim se. No me nemoć više uplaši — noge ne slušaju, pipam, nema rane. Ne mogu da ustanem. Uplašim se. Jako se uplašim. To je to — pade mi na pamet. Krvari mi leva ruka, počinje da boli. Opipavam je desnom i smirujem se. Pištolj je tu. Živ se neću dati — al' se malo dvoumim, hladno razmišljam kao da je o nekom drugom reč — da li da pucam par puta u njih ili odmah režem sebi glavu, čim stignu? Ovakav, u polunesvestici — neću ništa pogoditi, pa da me rane ili zarobe, a onda kolju. Toga se bojim.

Neka, jebeš, svoju glavu neću promašiti. Ne čujem ništa, vadim zemlju iz levog uva, tresem polako glavu. Gotovo, razmišljam smireno. Sad sam došao do zida. Zar mi ovako izgleda kraj? Baš je glup. Gde li su mi saborci? Ko će me se setiti — ni grob mi se neće znati. Ubacujem u cev, fino ulazi metak koji će me poštedeti bola. Ma jebeš ovaj život, baš mi se ništa ne sviđa. Kao tešim se. Stavljam cev na slepoočnicu, isprobavam, pa se dvoumim. Da nije bolje ispod brade? Kako je hladan, prija. Ma samo stegnem kažiprst i gotovo...

— Kretenu, šta radiš to? Pusti, majmune, to! — dere se neko na mene, čupa mi utoku iz ruke, kao detetu igračku. Neko se vratio po mene. Mali Miki. Vratio se po mene, ej! Radostan sam, nego šta.

— Sunčam se, jebiga.

— Ti si neki zajebant, šta? Hvataj se tu, pukli smo mnogo...

Diže me nesigurnog i pokreće, više vuče kroz šiblje, sve dalje, padam, pomaže, nemam vremena ni da se plašim, nit me šta boli. Krpa sam, lutka — ne osećam noge, al' idem, pratim — nabadam, izvučene košulje, majice, kroz grmlje — samo zatvorim oči, nek grebe. Pritrča još neko, uhvati me, te me povuče u neku jarugu... vidim, ima nas više.

— Kako mu je? — pita neko.

— Stigô sam na vreme, na — dade moj pištolj nekom, teško dišući. — Hteo je...

— Jebiga — sležem ramenima. Nije to meni za otvaranje konzervi, nego za konkretno.

— Pa ne bismo mi tebe ostavili, strikane — briše me. — I duguješ mi dvesta maraka — smeje se.

— Majku mu, to li je... sledeći put ću više da ti uzmem, za svaki slučaj.

— Ajde dalje, pukla je linija, začas će oni — komanduje neko hladne glave.

... I eto, tako sam se našao ispod drveta, dok smo skretali misli ne bi li skrenuli patrolu koja nas je tražila. Tražila je kavgu, ne baš nas. Bez mnogo šansi, skrivali smo se. Žmurka u po bela dana. Ni ja. Naročito ja nisam imao šanse. Realno, cenim. Te se prepustim sudbini, drugo nisam ni mogao. I probao sam da uživam, sa glavom u travi. Nerazumljivo, al' istina. Ne znam šta mi došlo. Trenutak prosvetljenja pred blizinom smrti? Nekako sam ostao bez straha, tamo gde sam nišanio svoju glavu. Eto, jednostavno mi je sad svejedno. A kad bih bar mogao da vidim svoju sahranu, ali neću sad o tome, da slutim najgore. Bre, čim se rodiš, znaš da ćeš da mreš, kad-tad. Šta ima loše u toj morbidnoj želji da gledaš svoju sahranu? Oni koji su te voleli ili nisu znali da te toliko vole, kad osete da te nema, oni ima da se oderu od plakanja i tuge. A oni koji te nisu voleli ili ti bili neprijatelji, doći će da uživaju ili da se uvere, ma to je sve u ljudskoj prirodi. Pa šta onda ima loše u toj želji da gledaš odnekud, makar sa neba, svoju sahranu. A? Fina ideja, možda naučiš da ceniš život, ma kakav bio. A možda i ukapiraš da si bio loš prema nekim ljudima, pa probaš bar da se ispraviš, recimo u sledećem životu. Ako te izvuku, ponovo. A ideja ne ispada tako lako iz mene. Razvijam je dalje, rekoh — dum u glavu, pa sunčanica — pa mi zato svašta pada na pamet. Smejem se nehotice. Zamišljam — baš da vidim da l' bi ona došla izdaleka. Avionom, nego. Kad bi mogao da je vidim. Baš tad. A zamisli — ja pukao, a ona zakasnila na avion. Pfff. To i liči na nju. Uvek je kasnila...

17

Da ne dužim, tragači nas nisu našli, gola sreća, tona sreće. Šunjamo se do linije. Našli smo nepokriveni deo. Čini se da je tako, tanka linija fronta. Kao prazno, nema njihovih, a naše linije samo slutimo gde bi mogle biti. A jebiga, čistina. Sumnjamo — minsko polje — naše, njihovo, nema veze — ubijaju mine i nas i njih.

Sakupljamo snage i procenjujemo rizik. Kratak predah pre konačnog dogovora. Setim se mog omiljenog filma — kad Švabe idu ka svojima i viču lozinku (na engleskom): „Demarkejšen, demarkešejn!", a debeljko za šarcem ih sve izreza. Osim glavnog. Sve mi se čini da naši to isto nameravaju. Baš je glupo poginuti od svojih, ili u minskom polju.

— Vreme je da se rešimo — seče Vuja — kako ćemo...

Otprilike znamo, nekako kroz mine, a onda... jebiga, mesečina, šta će pomisliti kad vide da se šunjamo, Bog zna...

— Ja ću prvi — prijavljujem se, nešto mi došlo, svaki mi je sat čist ćar... Tamo sam već bio mrtav, ovo je preostalo.

Mesečina je dovoljno probila da im vidim lica. Nismo deca da se molimo ili ubeđujemo.

— Imaš li nož?

— Uvek.

Popio sam preostalu vodu, sebično, al' moram brzo da bušim, treba mi. Ne osećam strah. Vadim nož, klizim polako iz starog rova gde smo se bili sklonili. Još nesiguran, na glavi skorela krv i blato, nema veze. Bauljam polako do grma odakle mislimo da počinju mine. Nismo sigurni, možda su mine nešto pre, no rizikovaću. Onda počinjem, sve sigurniji. Pomičem se, dobro mi ide. Nalazim prvu, čujem dodir noža i mine, obeležavam. Počinje vetar lagano, raskopčavam košulju, prija mi. danas me sunce ošinulo, cvrči toplota iz mene. Idem relativno brzo, zastajem, buljim u mrak, vetrić rasterao ono malo oblaka, mesečina kao reflektori na Zvezdinom stadionu. Čekam, vreme prolazi. Znam da su svi iza nervozni. Biti između dve vatre je sigurno smrt. Uf. Odlučujem da čekam još pola sata da se desi neko čudo. Ja verujem u čuda. Zabijam glavu u sitno rastinje i nekakvu bodljikavu biljku. Volim ovaj miris letnjih trava, taj lenji, opuštajući miris. I zrikavce što prave buku. Neka ih, još glasnije samo. Opuštam se, ako je to sada moguće, odmaram umorno telo. Rešen. Predat. Puštam misli ka mesecu — ko li i odakle gleda ovo čudo. Možda na moru neki par, ona u letnjoj haljini, one prozirne, nabubrele bradavice, teške sise, vino, posle se on utiskuje u nju na pesku. Svira muzika sa neke terase, biju talasi, onako lagano. Idila. Kako mi brzo naleću slike — odmah se prelazi na stvar. Ni meni ništa ne fali, ovako premoren baš bih zaspao, šteta što nije seno. Jedanput smo kao mladi izviđači na nekom maršu — probali da spavamo u senu, samo na glavu gurnuli neku ćebad. Ko je šta imao. Milina, al' bode i svrbi — nenavikli. Setio sam se da smo ujutro, da se zezamo i zagrejemo, uzeli sekiru sa obližnjeg panja i cepali drva sa velike gomile. Ko će bolje, zajebavali se, otimali za sekiru „daj malo ja", te uradili dobro delo. Tad iz stare naherene kuće izađe zbunjena sitna starica u crnom, onako živahna i obradovana gomilom iscepanih klada ode da nam skuva kafu, te dok to bi, mi smo na smenu privršili gomilu. A kad stiže i rakijica posle odmora, vredno smo složili cepanice i seli da zapalimo po duvan. Starica iznese malu stolicu i sede, te se zapriča sa nama, željna razgovora. A sa teme na temu, o stoci i kokoškama, pa o narodu koji se odselio, o starosti i bolesti i brzini života...

— Začas prođe, samo se, vidiš, osedelo...

E da, pre nego što smo krenuli dalje, svakom je rekla nešto čudno, kao vrstu upozorenja ili saveta. Neko se zamisli na reči da ne vozi pijan, dešava mu se, neko mahnu rukom na upozorenje o starijoj devojci koja će ga uzeti pod svoje (neće ga ni mlađe, gde će starija). A meni reče nešto čudno, a sad mi, iz neobjašnjivog razloga, sve to pade na pamet, iskoči iz potisnutog:

— Gledaće te đavo plavih očiju, kroz nešto (pokaza krug belim staračkim prstima), al' te neće uzeti.

Ej bre, ja sam jedini ozbiljno shvatio njene reči, bila mi je jako ubedljiva, jezivo ubedljiva, ali nikako da razumem ili shvatim na šta se odnosilo. Svašta sam okretao, obrtao, mislio sam da je neka devojka koja će plavih očiju da me zavede, gledajući me kroz krug-prsten, šta li, ama ništa. Gde je ta plavih očiju, sam ću da se predam. Ništa, ma godinama. Ma bilo je još nekih predviđanja, Ciganke na ulici, tipa: bićeš bogat, živećeš u inostranstvu, ovo-ono. Gluposti za turiste, ali ovo me baš žuljalo. Starica je znala šta priča — jer onaj se pijan skrkao kolima. Još se leči. A onog smandrljala starka, baš starija od njega, te rinta kao rob i još je srećan što je tako. Pamtim ja to, verovatno su me planinske trave vratile u to fino vreme, ali to je daleko, a meni je vreme da bodem zemlju dalje. Prekrstim se, pa smiren krenem da tražim mine. Strah me malih, paštetica, nemam vremena da i njih tražim, možda promašim neku i onda... Ionako je sve u božjim rukama... Na otvorenom sam, nego evo me, majke vam ga mutave... Psujem.

... Zastao sam na golom prostoru. Lepa livada, kao stvorena za fudbal. Ravna. I meka. Izuzetna. Jedino što krije paštete i crne pogače za nesrećne i neoprezne. Al' jebiga, nema savršenstva u ratu. Našao sam još nekoliko mina, obeležio, nekoliko metara napred oslobodio. Ali ima ih još mnogo, osećam nervozu iza sebe, smrdi prosto. Žurim, sve sam neprecizniji, puštam čula i instinkt da mi vode ruku, gde da ubacim nož u zemlju. Zamišljam, jer mi neki čudni udar straha prođe kroz telo, strese me čak, zamišljam kako me neko gleda i podignem se, bez razmišljanja. Isturio u prkosu glavu kao gušter i nasmejao se u noć, ka nepoznatom strelcu, što iz tame me kao vreba. Ajmo — sličica. Više sam se nakezio u očekivanju zrna da me ošine i prekine ovo sranje i stanje. Iz mraka ništa ne izleće, ništa se ne dešava, tren-dva očekivanja, pa nastavljam sve brže, jer vremena je sve manje, nešto mi se beli horizont. Jeza me ne napušta i osećaj, instinktivan, da me neko gleda. Ma zateći će nas na sredini i pobiti kao pse, a posle će da se biju u glavu što su to uradili, kad shvate. A da vičemo, ne vredi, pucaće obe strane. Ko sme da veruje, ovako... Vratio sam nož u korice. Odlučujem. Igraću na čistu sreću, sve na jednu kartu. Ja sam ti bre poznat kockar. Dovoljno je ovo. Zauzeo sam nešto kao niski start, taman da ovi iza mene shvate šta nameravam, pa okrećem glavu, ali ne vidim ih, nit ih čujem. Samo nejasne senke. Slutim gde su. Dugačka poljana, bogami. Nemam vremena za poslednju želju, nemam vremena za strah. Ma nemam ni šta da izgubim, osim sebe. Nek gledaju gde ću nogu da stavim, pa dokle stignem... Stegnuo sam se, zgrčio kao opruga, zamislim da sam dobio finu loptu u polje, da imam samo pedesetak metara do gola i skačem. Oštro. To je desetak sekundi, dok ima snage u meni, a posle... Šta posle? Ko je rekao posle?

Utrčavam, u mislima primam loptu, tu je bek, finta, sečem oštro levo, pa instiktivno pravim beg desno, pun stadion u mojoj glavi. Startujem, pravo, jako — zastajem (ljudi ustaju sa stolica), polulevo prodirem, onda iznenadni cim u desnu stranu (TV reporteri jedu mikrofon), puštam loptu malo, skačem (izbegavam poslednji oča-jnički start centarhalfa s leđa), teturam se (zakačio sam nogu od krtičnjaka), ali neću da padnem, ne, njemu žuti karton samo, možda

crveni, ostajem na nogama, jedva. Trčim pravo (sâm sam pred gol-
manom), vuče me brzina. Imam snage za još malo, korak-dva unutra
u šesnaesterac. Šansa (svi su na nogama), iznenada propadnem u
prazno i ošinu me nešto po glavi, padnem u rupu, pre novog udarca
u glavu i cepanja iste, čujem, dere se neko:

— Hvataj ih žive, žive...

E, ne... (svi psuju na stadionu)...

— Srećne ti rane, junače — prilazi starac u bašti kafića, opsovao
bih ga, al' neću, ne zna čovek da... al' zato ovim mojim, što se iza
klibere, jebem majku. Malo su preterali sa zavojima, a ova budala što
me hvatao živog i on me tukao kao tuđeg, dobro što mi lobanja nije
prsla. Još me glava boli, tutnji unutra, al' ipak pijem pivo. Ne može
gore od ovoga. Srećnici se opijaju iza, ja samo kvasim grlo. Zezanje,
smeh, živi smo... Čudo. Podrigujemo, što od piva, što od jake hrane.
Nahranjeni gledamo devojke, tu i tamo prođe neka dobra. Ržemo
kao konji, smejemo se. Sede domaći, lokalni sa nama, pozdravljaju
se, smeje se i on, zarazni smo sa raspoloženjem. Smejem se i ja, šta
ću... svima sam drag. Vuja pijan, mnogo pijan, diže se, ljubi me,
grli, „beži bre pederu" vičem, šta će ovi da pomisle, smejemo se živi,
udišemo punim plućima i pevamo. On posle plače, stiglo ga (ej, on
plače!), pa se smeje, diže ruke, muzika glasna, peva. Veselim se, a boli
glava, boli. Miki prilazi:

— Al' šprintaš, majku ti...

Smeje se i domaći, ćutljiv neki momak, sunce se taman sprema
da zađe, polako, pomeram se na stepenice, teška mi glava, a boli, no
trpim. Vidim nekog u belo-plavoj majici, na štrafte. Iznenada izniče.

— A, eno ga Rus — pokazuje flašom piva ka Rusu domaći.

— Ej, Rus, ba, priđi. Je l', ba, vamo, priđi, jebô ti sunce svoje —
govori ovaj ruski, vidim.

Tip dolazi, ma pravi Ruja — vidi se. Plava kosa, plave obrve,
providne plave oči. Žila čovek, plavi brci i isečena majica bez

rukava, istetoviran padobran na desnoj mišici, još nešto na levoj. Ne vidim šta.

— Popit s nama, a? Piješ nešto?

— No možno — smeje se očima i seda na stepenice. Gledam opremu. Snajperka. Ruska. On gleda mene, domaći ide po pivo. Optika obična, standardna, ali za pojasom torbica sa IC sistemom, čini mi se.

Gleda on mene, vidi da ga proučavam, domaći donosi pivo.

— Ti Avganac, a? Živeli baćuška.

Klima glavom, on Avganac, veteran, ali me gleda i dalje. Bre, kakve plave oči ima. Mora da sam mu smešan sa ovim turbanom na glavi. Udaramo se flašama, palimo od mojih cigareta — kaže slabe mu, požuteli prsti, ogrubeli. Ne priča ni on mnogo, duva onaj dim. Baca od sebe. Ustaje, kaže meni:

— Nu, maljčik, dosvidanie — i smeje se široko. Malo sam ponižen. Ali ne osećam da mi se ruga. Uhvati on snajperku i fino ode iznad kafića i zamaknu u šumu. Nečujan. Ovima to normalno, konobarima, al' ga mi bogami fino otpratismo pogledom.

— Što piju ovi Rusi — nagnu pivo domaći, pa nastavi — sinoć je pijan na čeki zaspao... I zato vas nije poubijao.

Dobacuju:

— Jes', nas, bili smo bre kô brzi Gonzales — smeju se i dižu flaše. Smeh. Vuja povraća u ćošku.

Domaći vrti glavom, čudi se nešto. Dotrča još jedan:

— Je l' prošao Čort ovde — pita.

— Eno ode u lov — pokazuju iza na šumu.

— Pu, jebem mu majku đavolsku, treba u štab... traže ga.

Sležemo ramenima, sutra bre to, i tad već pade noć, mada je meni bilo crno i pre i posle toga.

Ko pogodi šta sam sanjao, dobiće gajbu...

Setih se greha moga. Ili, ne znam — možda i nije. Kad smo se batrgali oko nekog gradića, naletim na njihovog, iskidanih creva među rukama i kost se belasa — smrdi svuda i bije. Dimi se, prži se meso negde. Ljudsko. A on se naslonio na kućicu za pse (baš to pamtim), sa limenim krovom. I umire polako, vidim po očima. Znam taj pogled. E, sad me muči, da l' bi bio greh da sam ga ostavio da u bolu, polako i mučno umire, ili je greh što sam ga, onako, reznuo u glavu, da mu olakšam muke. Ne bi bilo načina da se spasi, čak i da su ga Ameri avionom spašavali. Te se ne sećam da l' sam, pod adrenalinom i svim onim paklom u ušima, znojav, u hodu — da l' sam ga odmah, bez razmišljanja kao psa... ili sam stao... da vidim šta ću.

Ne mogu da se setim, da me ubiješ. A važno mi, baš mi sad važno — jer iz nekog razloga grunulo u glavu, a znam, ima zašto. Nikad mi se ništa ne dešava bez razloga. I kad sanjam — isto. Sanjam stvari koje mi se ostvaruju, čak i košmari nekad. Ma užas. Jedino mi se glavni san ne ostvaruje. A možda sam sâm kriv. Ko će ga znati. Te se mučim, preturam groznu sliku, al' nikako da, kida se film, da mi ulete te dve minute kada sam ili nisam odlučio šta ću sa njim. I kako...

Bre, rat je baš zajebana stvar, mnogo čovek uprlja ruke. I to ne zemljom ili govnima, pere se to, već krvlju. A to se ne skida.

A ja ne znam koliko sam prljav.

Povraća mi se, sve mi leluja kao u čamcu. Ne vredi, osim žute žabokrečine nemam šta da izbacim iz sebe. A što me glava boli, prska. No ne odustajem, potpisao sam, na svoju odgovornost sam izašao iz bolnice. Gledam, a šta mogu da vidim iz ležećeg položaja — ništa. Pričaju mi gde smo. Pažljivi su. Više buljim u plafon auta. Dosadno mi je i mučno. Čini mi se da sam sav balav. Nemam snage ni da misao usmerim na nešto, da se uhvatim za neku sliku i razvijem je. Da malo izađem iz agonije. A lepo mi je instinkt govorio da odem taksijem, da ne sedam u auto, al' jebiga. Pošto je sekao, kočio, uskakao, najzad smo se zabili u autobus i odbili, dovoljno da se prevrnemo u jarak pored puta. Dvaput sigurno. Lakši potres mozga, dijagnoza. Njemu ništa, neko čuva budale i pijance. Al' mislim da sam ja tu ispao budala što sam seo u kola. No, kasno je sad za kritiku. Neće mene lakši potres mozga da spreči da prisustvujem sahrani mog brata. A kako li težak potres izgleda, kad je ovako mučan ovaj lakši? Dremnem malo, srećom sad voze mekše. Ovog mog vozača kao grize savest, ćuti. Baš je ćutljiv. A ni meni nije do priče. Sve mi je gore. Čak mi se čini da na tren izgubim svest. Ali sad je kasno da kažem: „Stoj — ne mogu više, vratite me u bolnički krevet". Blam bre. Izdržaću, makar umro.

Stižemo na najgori deo puta, baš zajeban, krivine, uspinjanje, rupe. Izvrnuo sam želudac kao čarapu. Zaustavili smo se, a planine mi se vrte ispred očiju kao ringišpil. Sve teže se orijentišem.

Malaksao, na kraju snage, spustim se pored kola na parče ledine i par dlaka trave i legnem, čvrsto se držeći za tlo, kao da ću propasti.

— Nije ti dobro? — pita me Milić. Odmahujem glavom. Nije.

— A da idemo do doktora?

Odmahujem glavom. Ne. Neću. Sležu ramenima. Zakasnićemo. Znam. Pridižem se. Kontrolišem dok daju gas, silazimo, škripe gume. Režu se oštre krivine.

— Još malo — bodre me.

Mora da sam se malo onesvestio kad ne pamtim kad smo stigli. Prskaju me vodom.

— Hoćeš da popiješ? — nudi me vodom.

— Rakije — tražim. Da sperem odvratan ukus. To ih oduševi, njih nekoliko. To je čovek, odmah rakiju traži. Uvede me u kuću, pridržava me jedan, slab sam, sve mi mrda ispred očiju. Nesiguran. Objašnjavaju ostalima ko sam i šta se desilo. Svi brižno vrte glavom, vide, izgledam loše. Umio sam se malo, osvežio. Bolje mi je. Nijansa. Izjavim saučešće ocu, pa majci. Energična žena, jaka, drži se. Zapalim sveću, stanem pored odra.

— Brate, evo me — mrmljam. Čuje on mene, znam.

Pridržava me njegov brat. Šapuće da sednem. Vidim, dogorela sveća. Kaplje po mojoj ruci. Ne peče. Da se nisam onesvestio stojeći? Nemam pojma. Sednem, teška atmosfera, kao na sahranama. Počeo sam ponovo da padam, pokažem očima, izlazimo na vazduh. Tu sam se onesvestio, prekid filma.

... Iz agonije sam se trgao, mučan bol u glavi, stalan. Pirka vetar, vidim, pokrili me ćebetom, ležim napolju na kauču. Tišina oko mene, čuje se žagor iz kuće. Zvecka pribor za jelo. Iznad mene na grani, neka ptica posmatra me čudno. Trljam oči. Znam gde sam, pretpostavljam. Žedan sam, strašno. Podižem se. Tek na stolici do mene, sedi oslonjen rukama na štap — starac u nošnji. Kao sa starih slika — „Stari Crnogorac, serdar taj i taj". Pravi je, brci sedi, izborano lice. Uspravan. Gleda u mene. Naslonim se. Ćuti taj. Proučava me izgleda. Mora da je đed. Ili pra đed. Mnogo mi izgleda star. Cenim i ja njega, vraćam mu pogled. Nego da se umijem. No me sram da ustanem. Verovatno je sahrana završena. Bez mog prisustva, slabića. Sto pored mene, čaša vode, šta li je. Mirišem je. A đed ne progovara. Ali da me gleda — gleda me. Čini mi se kroz obrve. Čudan mi, al' mator je, pa ko zna šta mu se mota po glavi. Bolje se osećam, mnogo bolje. Pogledam drvo. A ono — trešnja. Kao da znam sve ovo, osećaj već viđenog. Ogromna, razgranata trešnja. Volim trešnje. Lake su za pentranje. Ja sam kao Japanac. I oni vole trešnje. Cvet obožavaju. Ustajem ukočen. Polako, da me ne baci ponovo u nesvesticu. Mogu. Dobro je. Malo me zanosi, no dobro je, ojačao sam. Šta sad? Ući unutra, tražiti vodu ili čekati da neko izađe. Pravim par koraka 'vamotamo, neodlučan. Prilazim kamenom zidu, stepenik-dva do trešnje. Zgodno. Biti mlad. Popeti se. Osećati vetar u kosi. Ta bezbrižnost mi nedostaje. To je ta trešnja što mi je Crni pominjao. I on je verovatno voleo da se penje i gađa košticom đeda, viče iz nje. A ogromna je. Šumi vetar prijatno kroz nju. Plodovi su zeleni, tek odbacila cvetove. Rodna, vidi se.

Ne znam šta mi bi, krenu noga sama, ubacio je u račvu i već bio na grani. Još potez-dva — da proverim vidi li se more, kao da udara odnekud, osećam mu miris. Čujem li to galebove? Ići ću još gore, kratko mi treba, neće niko videti ovu moju ludost. Prebacujem se oko stabla, biram bolje. Već sam na sredini, pogled puca. Kamenje, kuće, kamenje. Lišće zaklanja. Obgrlio stablo, pripio se, tražim nogom granu. Siguran. Obratim pažnju na rupu u stablu, detlići? Pred očima mi, bukvalno. Iza suvog lišća kao da ima nešto, oprezno sklanjam. Radoznao. Tkanina prljavozelena. Pipam prstima. Šta li je? Zaglavi mi se ruka. Usko, oderem ruku. Čačkam uporno, boli me leva noga, trne, na njoj stojim i levom rukom se držim, kolenom napravio blok. Dunu vetar malo jače, no znam ja trešnje, zar sam malo padao iz njih? Ubacim prst ispod, zaglavilo, guram trulež. Izvlačim nešto, zapinje, cepa se tkanina. Tvrdo, pod prstima se oseća šta je. Teško kao pištolj. Pa oblik. Čvrsto hvatam i prebacujem iz leve u desnu ruku, smrdi vojna mast jako. Silazim, precizno odmeravam, već sam pri dnu stabla, vidim, gledaju me jedan od braće i ujak. Đed ćuti. Normalno. Skačem sa drveta. Prate me ćuteći — dok prilazim drvenom stolu i stavljam nestrpljiv. Otvaram polako. Zainteresovani prilaze. Gost se popeo na trešnju, našao nešto u stablu. Polako se ukaza tamni metal, raspada se gornji sloj tkanine, žicom obmotan. Odvijam kao malu bebu, pištolj je sigurno, nema dileme.

— Bereta — kažem. — Bereta šest tri'es' pet.

— Đedova bereta — kaže ujak i gleda je.

— Đede, evo ti berete đe je bila.

Deda gleda, nešto mu pogled mutan i suv.

— Mog sokola više nema — čuh ga prvi put.

20

Prvi dan sam prespavao. Probudio se samo da jedem, u polusnu, stomak traži, a šta sam mrvio — pojma nemam. Već pri kraju drugog dana mi beše dosadno, a zbog prethodnog spavanja san neće na oči, te sam celu noć palio cigaretu za cigaretom i zevao u noć, dosadan sam sebi. Sporo se pokreće dan. Vikend, nigde oficira. Dežurni poručnik je samo konstatovao da sam tu. Već u ponedeljak, „odmorni" sa vikenda, naoštreni za dokazivanje, dolaze moj kapetan i poručnik, da nas malo pogledaju. Kao u zoovrtu. Od Crnog ni glasa. Ćuti u susednoj prostoriji. Čuo bih ga — glasovit je. Pokrenuše nas da čistimo vojnički krug, mlatimo metlama, dok četa zeva u nas kroz prozor. Dižu ruke, mašu, smeju se. Osećamo se kao zvezde razreda. Vraćaju nas da ponovo očistimo — „ostav", viče sa uživanjem vodnik, mršavo bledo stvorenje sa cvikerima, tankih nožica. Taj je važio za najvećeg idiota, usred zime, bez grejanja, terao nas je da skinemo košulje. Nije po „pravilu službe". Pederčina, a posle je otišao u toplu sobu da se greje grejalicom. Smrzavanje bez sna. Kažem, taman sam pomislio da nije pritvor tako loš — ždereš, pišeš pisma, niko te ne dira. Ali se ovaj grebator navrzao da očistimo pistu, pa to je. Vidim i Crni, znam ga, guta psovke. Mrmlja kletve. I očistimo kao radnici gradske čistoće. Crnom je to bio jedini kompletan rad u celom vojnom roku u JNA. Ma radnik-udarnik. Verovatno nam se smeju, Crni preti nekom ka prozorima. Prođe i to. A u menzi imamo prednost, upadamo preko reda. Uz pratnju. Jedemo jedan preko puta drugog — svima u menzi smešna situacija. Jedva se gledamo. Čak nas oficiri komentarišu, vrte glavom. Vidim, ovaj put nam se loše piše. No, šta je tu je. Zavrćem rukav, malo se zavoj na laktu desne ruke pomerio, Crni gleda u to, zaustavio ruku sa viljuškom u vazduhu. I moj vod iz reda gleda, muvaju se, pokazuju glavom.

— Provociraš, provociraš... — reže preteći.

— Ma ne seri bre, vidiš da se odmotava, ajd' pomogni — poturam mu lakat da veže čvor.

— Oca da jebem, ako si ti normalan... — reaguje na ovu moju drskost.

Ništa, spetljam nekako i vežem. Vrate nas u ćeliju, to jest u sobe kod prijavnice. Dođe razvodnik da pozajmi upaljač, ode i ne vrati se. Psujem, zapalio bih cigaru, ne vredi, nema dijabole nazad. Motam cigaretu u ustima, raspada se filter, a novi stražar ne puši, briga ga za nas — rešava ukrštene reči. Ne reaguje na uvrede. Prođe još jedna dosadna noć. Ujutro iscrpljeni, niko nam ne govori o našem statusu, kuva se nešto. Slomiće se kola na nama, smrdi na to. Ceo dan smo zabrinuti, pritisnuti teškim mislima. Tu, nešto malo iza ponoći, uskoči nekakav pukovnik iz vojne policije, izvukoše gomilu pijanih vojnika, brukaju Titovu nepobedivu armiju, jedva na nogama stoje, nabaca ih sve u jednu prostoriju, a Crnog prebaci kod mene. Stražar-dežurni, nije ni probao da objasni naš položaj, krajičkom oka gleda „enigmu", da se rasčisti gungula pa da se baci na rešavanje. Konj, rekoh. Ovi pijani slatko zaspaše, sve podriguju. Pukovnik se pokupi sa svojim momcima sa belim uprtačima, važnim, i ode dalje. Crni nosi svoju posteljinu, baci je na susedni krevet i sede, ovlaš je razvuče. Ma mrsko mu, vidim. Vrtim onu cigaru, ležeran, skoro ga i ne gledam. Ne pali ni on cigaru, a obično truje. Jeo ih je ova tri dana. A između nas — hladna reka. Ne gledamo se, bukvalno. Šta li razmišlja, pokušavam da provalim. Šta ako ponovo skoči na mene, onakva gromada, čime da se branim? Onomad u „mokrom čvoru", dok sam se spremao za brijanje, upao je sa piskutavim zemljakom Damjanom i još jednim koji je držao vrata. Sve isteraše. Na početku mi se učini kao prizor iz filma, po zatvorima, beše mi smešno. Nisam ni slutio da će tako daleko ići. Ali ovaj put je moja koža bila u pitanju.

— Je li ti, što TI zajebavaš? — isprska me pljuvačkom Damjan.

A Crni se opasno približio, da mi vrati dug. Vidim, dobiću batine tek tako. Visoki i jaki, u čizmama. Ja u zelenoj pidžami, u papučama, bosih nogu. Ma i jedan mi je dosta. Nemam šta da čekam, presečem i odalamim desnom rukom, laktom u ogledalo, jako, sručim staklo u lavabo uz tresak. Brzo izaberem, proberem, posečem se na oštru ivicu, al' stegnem veći komad u desnoj ruci. Preteći oštar. Pa ne dam na sebe, pa nek cena bude veća.

— Viđi ovo pašče... — pogleda Pljucko u Crnog.

— Viđi šta zna...

Pribijen u ugao, ostavljam malo prostora, da ne mogu obojica da krenu u isto vreme, a jednog ću već da isečem po licu ili gde dohvatim... Video sam kako Crni bije, onaj gušter što su se zakačili oko kolača, još mu fale daske u glavi.

— Momci, zajebite, ovo nije igra... — vapi onaj što drži vrata, vidi u šta se uvalio. I Pljucko bi se povukao, ali Crni, koji dugo vreba priliku za konačni obračun — njemu đavo ne da mira, računa kako da mi izbije parče, sečivo iz ruke. Sitno kaplje krv iz moje ruke i sa lakta se spušta tanka topla struja.

— Ma ko vas jebe — psujem, izazivam, sad da bude definitivno rešeno. Jeste, bilo bi rešeno, kad udarivši vrata, upade brkati poručnik Bakić i zateče nas onako u gardu. Nije imalo šta da se objašnjava, nego Pljucko na stražu, ekspresno na dva meseca, Crni odmah u pritvor, a ja na previjanje, pa u susednu ćeliju. A pre ćelije, izjava kod dežurnog oficira. Bakić ga je nakitio „da je on sprečio pravi pokolj, te ovo, te ono", al' nema veze. Niko mu nije rekao da se nešto sprema. Neko od ovih što su se brijali ili umivali. I tako. Tu smo, gde smo.

Crni šuška, vadi zgužvanu kutiju cigareta iz džepa na košulji, i roni prstima po njoj, ali džaba, prazna. Psuje tiho, nejasno, i baca zgužvanu kutiju u ugao. Iznervirao se, baca pogled na mene, gledam ga. Misli da mu se podsmevam. Kreše zipom, na koji je mnogo ponosan, u prazno. Klip-klap. Smotam staru cigaretu da je ne vidi, filter od pljuvačke raskvašen, vadim kutiju Malbora, teatralno izbacujem cigaretu, vrtim međ prstima i njušim pod nosom. Sad me gleda direktno, konta da l' ga provociram. Ne sklanjam pogled, da ne misli da se plašim. Ali ovo opasno liči na dva ovna, ako se ovde potučemo — dobićemo produžetke vojnog roka još dva meseca. A onda...

— Nemam upaljač, zapali mi... — kažem ležerno. Još nije stigao da reaguje na ovu provokaciju, kad mu poturim kutiju cigareta pod nos. — Uzmi, vidim da nemaš...

Šta je jače? Mržnja ili nikotin?

Zastaje:

— Oca da jebem, baš si ti puknut u glavu... — izvuče cigaretu, kresnu zipo, zapali. Povuče dim željnim plućima, duboko. Pruži ruku ka meni, zapali mi bez reči cigaretu, pa se grunu na krevet. I ja namestim sebi fino jastuk. Milina. Ćutimo u mraku. Dogoreva mi cigareta, prinosim drugu, pa zapalim od pikavca, on primeti:

— Tu ti je zipo, pušti to — pokaza na ormarić.

— OK.

Primirje znači. Zabavljeni svojim mislima, ćutimo i plivamo dalje. Ujutro nas zapanjeni oficiri nalaze u istoj „ćeliji”.

— Koji vas je kreten stavio zajedno? — urlao je major, inače jako fin i smiren tip. Mi smo ćutali, onako čudno solidarni. Manji smo od makovog zrna, pogrbljeni. U kancelariji majora smo — prvo je preko telefona urlao na ženu, pa na zastavnika na objektu, pa je rasturio mladog poručnika, a poslao je po onog vodnika — da se tek njemu najebe majke. Brzo izmenjam poglede sa Crnim, diže veđe zabrinut, „kao, najebasmo mnogo". Nas je čuvao za desert. U prisustvu našeg kapetana počinje dreka:

— A pun mi je... vas dvojice, šta mislite bre, gde se nalazite? U Sing-Singu?

Udara po stolu pesnicom, besan. Mi trepćemo i gledamo u tepih. Ovo će da bude žestoko. Uto zvoni telefon, prekida ga, taman je bio u zanosu.

— Ko je to u pičku materinu? — ipak smiruje glas.

Menjamo poglede sa kapetanom, on slegnu ramenima, kao „ne znam šta mu je danas". Ma zabole ga za nas.

— Da, ma naravno, naravno... nije, ma raport, da... kakve lepe vesti? — pažljivo sluša. — Nemam pojma... ne zajebavaj, ma ovna dajem, ne jagnje... e, vala, do mojega, baš, odlično, e pa bilo je i vreme, hvala ti baćo, zovem te, ma sigurno. Sto posto, ne brini...

Spušta slušalicu nasmejan, malo gleda ćutke ispred sebe, probire po razgovoru, upija bitno. Kapetan se ukrutio:

— Šalji po zastavnika Smiljanića i donesi jednu... ne, dve boce „rubina".

— Imamo razlog za slavlje? — teče ljiga sa kapetana. Smiljanić je najbolji majorov drug, zemljak i klasić — nešto krupno se desilo, razlog za slavlje.

Major se potapša po ramenu, sav ponosan:

— Sletela je zvezdica — kao malo dete nasmejan.

— Čestitam... potpukovniče — kapetan, savio se, ljubi mu dupe. Fuj. Crni isto grči lice. Žvaće limun.

— Čekaj — još nije... ali hvala, hvala Tončiću.

Kapetan presrećan, kao da je on lično dobio čin, zastade na vratima, da, i mi postojimo:

— A?... — pokaza glavom na nas.

Major gestom Cezara odmahuje, čisti nas iz kancelarije, uhvatio slušalicu da javi vest nekom...

Zaglavljujemo se na vratima, hvatamo priliku, da se ne predomisli.

— Šalji ih na Objekat — čujemo. — Da ih ne vidim dva meseca.

I nećeš, jebiga. Skidamo se za dvadeset dana. Trčimo niz stepenice, smejemo, kapetan je iza nas. Trči po „rubinov" alkohol.

— Jebiga — psuju u četi. — Opet ste se izvukli — pljuju. — Kako? — šire ruke ka nebu. Svi nas otpisali.

— Ko mi je dirao krevet? — čuje se Crni kako zavodi red — psuje nekog.

Počelo je. Upada kapetan sa vodnikom, vodnik žmirka kao mačak.

— Pakujte se, odmah idite gore.

Idemo u podzemni objekat na dežurstva, a nadzemni je sa košarkaškim terenom, čuvaju se zečevi, motaju se psi. Tu su livade, debele senke u šumi. I obližnji dragstor. Za pivo i uz pivo. Kakav obrt. Smejemo se.

— Mesta za džombe — vičemo dok se brzo pakujemo.

Na objektu nas dočekuju razdrljeni, znojavi, igrali košarku. Crvenih ruku. Grubo se igra ovde, samo pljušti po rukama.

— Gde je zastavnik da mu se javimo? — pitam nasmejan i nudim cigaru Crnom. On spušta automat, opremu, pali sebi, pa prinosi plamen zipa meni. Banda gleda, ne može da veruje.

— U kafani, dole — mašu glavom. — Gde bi bio, jebe se njemu...

Jaka kafana, pet prljavih plastičnih stolica i tri gajbe ispred dragstora.

— Idem do zastavnika, unesi mi opremu — kačim svoj automat Crnom na rame.

— Uzmi mi medeno srce, ne bilo ti teško — kaže uzgred, uzima mi ranac i silazi stepenicama u objekat.

Ovi gledaju, ne mogu da veruju. Zinuli. Crni mi nosi opremu, ja mu kupujem po prodavnicama.

— Jebote, ovi šenuli — mlati košarkaškom loptom Bole Bosanac. Idu iza mene:

— Šta to bi, jarane?

— Eto, vidiš... — smejem se. — Sitno. S-i-t-n-oooo! — cepam grlo.

Zastavnik Jova, pred penzijom, pije sa meštanima. Dobroćudan, uvek razuman. Vojnička majka, retki su takvi. A i mi smo se trudili da ga ne izneviramo. Sve je funkcionisalo izuzetno na objektu.

— Evo mog Zvrka — viče, obradovan. — Sedi vamo. Daj pivo! — viče u prodavnici.

— Zastavniče, mi da se javimo — uvaljujem se u plastičnu stolicu nasmejan.

— Ko to mi?

— Pa ja i Crni — kao, mi u paketu, uvek.

Sve nas je znao po nadimcima i pojedinima izmišljao svoje. Mene je zvao Zvrk. To mi bilo odlikovanje. Najveće. Mogao sam svašta da radim i tolerisao mi je.

— Ti i Crni u paketu? — mnogo je, hoće da kaže. Vrti glavom. — Ako mi se opet ovde koljete... — podseća me, znam. Odmahujem glavom, kucamo se, natežem pivo iz flaše, prija.

— Neće biti ničega.

— Obećavaš? — diže sede obrve. Kao Deda Mraz je.

— Dajem reč Titovog vojnika...

Brzo prolaze dani. I sporo, svaki dan nosi težinu cifre vojničkog čekanja — „kad će biti gotovo”.

Košarka, do poslednje kapi znoja, sunčanje, dizanje kanti sa betonom, retka bekstva do reke — prolazi nekako. Možda sam najbezbrižniji u životu bio baš tad, spreman, naoštren, jak, u sebe siguran, da se ubacim u veliki grad, čija svetla posmatramo noću sa brda i maštamo o lepim devojkama, koje su retko gledale vojnike.

— Šta bih dao za jak dvogled, da upadnem im pogledom u sobu — mašta Bole.

Sviđa nam se ideja, jašta. Razvlačimo je, zagoreli. A sa Crnim komunikacija normalna, a svima smo čudni. Posmatraju nas na oprezu, nije im baš jasno to primirje. Jedino menjamo brze poglede kad on zasuče rukave, pa se vidi rez, fin ožiljak, a i ja onda pokazujem zvezdasto belilo na laktu, kopam po rani. Ne dam da zaraste bez ožiljka.

Trebalo je da se razdužimo sa JNA, ja u petak, on u ponedeljak. Teški su ti dani, dok je čovek u uniformi, razmišlja o vremenu kratko, do sledećeg dana, meseca, do prvog odlaska kući, na vikend, odsustvo, sve to. Do kraja vojnog roka. Ali sad su misli drugačije. Šta raditi posle vojske? Gde ići? Zaposliti se? Kako? Šta? Nije mi se napuštao veliki grad. Jedino sam to znao, ali nisam znao kako da ga izvedem. Negde pred kraj vojnikovanja sa Crnim smo izveli prvo zajedničko snalaženje. Smanjili smo broj zečeva za dvadesetak, lokalnom gazdi kafane uvaljeni za dovoljnu svoticu. I nešto velikih konzervi graška, to niko nije voleo da jede. Gušteri nisu smeli da pisnu, džombama smo dali dve gajbe piva, a oficiri, zastavnici, osim Jove, nisu ni znali koliko tu ima zečeva. A zečevi kao zečevi, pare se kao ludi.

Novac podelimo bez problema. Mislim, da smo ranije počeli saradnju, svašta bi tu bilo. Tenk bi prodali, garant.

Opraštamo se od objekta i svih drugova, klasića naših, ono malo što ostaje posle nas. Zvali smo kući zastavnika Jovu da se pozdravimo sa njim, glas mu drhti, osećamo da mu je drago što smo se setili, ponavlja:

— Ženo, moji vojnici, moja deca.

Stignemo u kasarnu, u četu. Ma niko nas ni ne konstantuje, već je krenula podela moći oko onih koji ostaju, nas poštuju. Pitaju o svemu. Toliko. I čekaju da odemo. Ovako zajedno, mnogo smo mi jaki. Mlada vojska nas posebno gleda sa divljenjem, samo se iz predostrožnosti pomeramo ispred novog potpukovnika, van pogleda mu. Stigla mi civilna odeća, probam je, a neobično mi, čudno, sam sebi sam drugačiji. Iz kreveta me gleda mlada vojska, zavidi glasno, broji svoje mesece. Crni nešto muva u kancelariji, vrti telefone. Krivo mu što se skida posle mene, ali jebiga. Došao dan kasnije. Razdužim se u četvrtak, lako i bezbolno, skupim opremu od guštera, ali tek u petak ujutro adio. Provodim vreme nervozno. Nit mogu da spavam, nit me drži mesto. Nemam ni nokte, izgrizao.

Dođe i to jutro. U polupraznoj spavaoni, budan, čekam znak za ustajanje. Nešto mi se ne veruje da je gotovo. Doručkovaću, ne zbog gladi, nego zbog rituala — da se pojavim u civilu međ gomilom uniformi. Dugo sam to čekao. Ma ne jedem, samo brljam po tanjiru.

Gotovo, sve završeno. Zastajem, pozdravio sam se sa svima redom, nikog valjda nisam preskočio, okrenem se i bacim poslednji pogled i krenem ka kapiji. I lak i težak. Nema velikog ushićenja. Veštački ga stvaram. Na kapiji isti vojni policajac, onaj Konj, smeje se i nešto priča, al' ne čujem, staklo prijavnice debelo. Zastajem i vadim cigaretu na bus stanici. Da vidim gde ću — kad poznati zvuk. Klip-klap.

— Kako je lepo biti civil?

Crni u civilu:

— Milina!

Smuvalo je to muvalo.

— Jebote, kakav si ti maher.

— 'Oćeš da pališ ili ne, sav mi benzin potroši...

Objašnjava:

— Povuka' sam neke veze u Đeneralštab...

Ćutimo, onako čudni u civilu.

— Da jebe oca... veliki je ovo grad — pokazuje mi reku automobila. — Gde ćeš sad? Kući?

— Pojma nemam, kući mi se ne ide...

— Našao sam neki stan, apartman, al' velim, veliki je za dvojicu, al' neka — gazi pikavac. Ne gleda u mene. — No, sestrić mi je upa' u neki problem. U zatvor je malo. Pretuka' je neke ljude, ljudina.

— I? — sležem ramenima, ne razumem šta mi priča.

— Pa bi li ti prihvatio taj apartman, na prva dva-tri meseca, dok se jado ne snađeš u ovi veliki grad?

Zbunjen sam, no hvatam priliku u letu. Nemam izbor.

— A gde ti je to?

— Da ti istinu velim, nijesam vjerova' da ćeš pristat...

Sedamo u taksi.

— Gde da vozim? — pita brka.

— Tamo, u Muda brdo!

— Šta ti je to Muda brdo?

Smeje se brko, pokazuje žute zube:

— Aj čoveka, pa na Labudovo brdo.

Eto tako — postanem cimer svom najvećem neprijatelju. Vođen samo instinktom da je rat između nas gotov. Da sam seo na voz, otišao bih na neki drugi kolosek sudbine. Skretnice su vrlo čudne, samo Bogu znane. Sa razlogom sigurno, kako inače. A u muda smo nedavno bili, ništa, baš ništa novo.

21

Uvek sam mislio da su blesavi svi što ustaju u tamnu noć, u četiri ujutro, zbog lova ili ribolova. Izaći iz tople postelje, tumarati po kući, pa na minus hiljadu čekati iste takve kretene, e, to se ne uklapa u moj stil. Jebeš lov, uvek sam mrzeo rano ustajanje. E, al' jutros psujem sebe onako slatko, i češem se tamo gde me svrbi. Jebiga, srećom sam sve spakovao noćas, odmah, u naletu oduševljenja. Baš i ne znam kako su uspeli da me nagovore, al' me miris oružja pokrenuo da krenem u lov. Mada bez lovačke puške, „idemo da se zezamo". Kao. „Ajd'", mislim, ko bre da nosi pušku u lov. Odakle mi? Nego se setim ranca i izvučem ga vešto sa tavanske grede. Koliko je ono vremena prošlo? Dovoljno da ga golubovi isprljaju. A tako se lepo spava na njemu. Sad, vidi, odbačen. Malo sam nezahvalan prema stvarima. A verovatno i prema ljudima. Šta ću, malo mi fali da budem savršen. Znači, sredim još sinoć sve što treba i legnem, čudno smiren. Moj uobičajeni san me je čekao, epizoda ko zna koja, al' se čovek na sve navikne, pa i na noćne more. I tako, dok sam kuvao kafu, koknem čašu rakije, al' me zgrozi, te zajebem i kafu i rakiju, navučem uniformu, onu novu, maskirnu, toplu, strpam par pakli cigareta i rezervne čarape. Onda iscepam starim rukavicama prste, nabijem kapu na uši i istrčim napolje. Kao zid hladnoće, na mrak i sitnu kišu naletim. Ma došlo mi da se vratim, no mi se na ulici učini neko od onih lovaca, pa mi bilo bezveze da se povučem. Krenem, kad nije lovac, već komšija pekar. Pali cigaru, viče:

— U lov, a?

— Ma u lov — odgovaram nevoljno. Šta te briga — mislim.

— Bate, a 'de ti je puška?

Jebiga, ako će svako da me pita gde mi je puška... nismo u kvizu.

— Ja koristim samo top — lupam.

Vrti glavom, al' briga me. Stignem do raskrsnice. Zavijaju dva sitna žuta psa, motaju se, cvile od sreće. Dođe i četvrti član, trlja oči, skupljamo se. Ekipa luda. Magi me lupa po ramenu i komentariše:

— Jebote, mislio sam da ćeš da zajebeš, da ne dođeš.

Ma to sam i ja mislio.

— Vidi, Raleta nema.

— Ko ga jebe, da ne čekamo više — ubacuje se Šema električar.

— Šta to vučeš u rancu, mnogo pešačimo?

— E, pa imam ja kondicije, ostalo... — mislim izdržaću.

Upadamo u raskantanu „ladu nivu". Stavljam iza leđa svoj teret, psi mi ližu ruke iz gepeka. Krećemo, ne čekamo nikog. Valjda nas čekaju divlje svinje.

— E što volim te odlaske u prirodu — priča Šema dok pali cigaru. Pridružujemo se, gušimo. Priča kreće uobičajenim tokom, oko žena, alkohola i para. Ovaj treći, Borko, obećava da će da rasturi ženu kad se vrati iz lova, svež vazduh — „mnogo dobar za organizam". Zezaju ga, već se neko privukao da pomogne ženi. Prima zezanje. Atmosfera super. Svi se znamo dugo, poznajemo se u dušu. Šema koristi priliku dok prolazimo kroz polupusta sela i priča o uzaludnom kopanju — „opet promašili, a mapa sigurna".

— Majku mu, bar nešto da iskopam, bar ćupče.

— Jebeš pare — ubacuje se Magi. — Da znate šta mi se desilo pre neki dan?

Pravi pauzu dok pali novu cigaretu.

— Povezem jednu pre neki dan i odemo na piće, onako bezveze i... bi šta bi — smeje se bezobrazno.

— Koju to?

I dalje se pravi lud, mozgamo, pominje naoko nevažne stvari i nebitne ljude, zavarava trag, zeza. U trenutku shvatamo o kojoj se radi.

— Jebi se — galamimo svi u glas. — Ma nije valjda? Lažeš? Seronjo.

— Istina je — smeje se u retrovizor. Neverovatno — svi smo se bacali na nju, redom nas je odbijala. Niko ništa nije uspeo da uradi. I eto sad, kao udata, iskoristila je situaciju.

— Žene — stručno objašnjava i vrti glavom.

Ma čudimo se, ali ne previše. Pogrešila je, svesna da je posle svega mogla i bolje da prođe. Ne to — bolja kuća, bolji auto, letovanje, zimovanje, već muž i okolina, to je razaralo, ujedalo iznutra i najzad slomilo. Malo smo i razočarani — jer kad je i ona popustila...

Dug je put, izlokan i pun kratera. A mi radoznali:

— Pričaj kurvo, kako je bilo?

On se kliberi. Maznuo je trofej za koji smo se svi otimali. A Šema vadi priču koju svi napamet znamo, kako mu je u ono vreme „pobegla sa nišana" i nikad više nije došao u tako povoljnu poziciju.

— Ma kad se namesti situacija... to samo od sebe krene — i dalje žali.

Dugo se znamo, mnogo štošta smo zajedno prošli, žurke, pijanke, nove godine, devojke, tuče, zajednički poslovi, radne akcije, pomaganja, slavlja, tuge... kilometri, filmovi i filmovi. Ostao je dobar filing. Ne pitaju me ništa, ali bih oko nje imao šta da pričam. Nečeg je bilo, visilo u vazduhu, ali se zbog nečega nikad do kraja nije razvilo. Bog već zna zašto je to tako. Viđamo se po gradu, u prolazu. I sa zadovoljstvom i sa tugom primećujem promene u njoj, debljinu, manjak sjaja u očima, nije to više korak srne, već pokret umorne žene. Sve žene mi u tim godinama izgledaju kao da ih je život prevario. Mnogo se nudilo. Velika očekivanja, kad ono... ništa. Eto, najzad je pala, u trenutku krize, depresije, žala za prošlim danima, šta li? Slomila se. Nešto smo svi zaćutali, kao da plivamo po prošlosti. Pokušavam da je izbacim iz misli, nije tu baš bilo materijala za sećanje — par slika, par plesova, toplina i ono njeno, nešto tajanstveno. Sad mi nije bitna. Nije više. Al' pamtim i to da je ponekad bila zla. Ujedala je, umela da odbaci bez dokučivog razloga, da povredi. Mada, mislim, sad malo stvari mogu da me iznenade kad su ljudi u pitanju. Uvek očekujem sve najgore, a ostalo, kako bude. Tišinu prekida Šema:

— E, tek ću sad da je zgazim — smejemo se, vidi šta njega muči.

Da naplati stare račune. Godine čekanja. Četvrti član posade — Borko, smeje se, smiren. Brzo se oženio, prva i duga veza, spontano su ušli u brak kao što su i spontano počeli da se zabavljaju na našim okupljanjima, kao da su se samo čekali. Njemu ništa ne smeta, sve mu je ravno, radi, ćuti, pomaže, tu je uvek. Nije mnogo prošao, al' mu ne smeta. Smeje se našim doživljajima. Seća se i on. A Šema vrti glavom:

— Što li se zalete za tog klipana?

Neke žene baš vole da ih unesreće — primećujem. Tip je stvar odradio brzo, ostala je u drugom stanju. Posle je sve bilo rutina, dok se okrenula, život je već bio na drugom koloseku. Oko nje je među nama uvek bila fer borba, odmah smo postavili jasna pravila igre, jer smo slutili da bi drugačije mogla mnoga drugarstva da stradaju. I niko ništa, uzalud.

— Jebiga — diže ruke Šema od sećanja. Nema vajde od toga. Blizu smo mesta gde ostavljamo džip.

— Izlazimo gore na čuku, pa ćemo se organizovati.

Klimam glavom. Šema čudno pogleda moj ranac, al' ne postavlja pitanja. Kažem:

— Prija mi malo lomatanja po planinama.

Borku duša u nosu, već mu čelo u znoju. Dahće. Nosim lako, preskačem potok. Malo se razdanilo. Penjemo se na čuku, puca pogled.

— Tamo idemo — pokazuje mi šumu u jutarnjoj magli. — Kapitalci — pokazuje mi rukama. Šema pokazuje u drugom smeru, smeje se. Tamo, Rimljani. To mu je opsesija, izgubljeni rimski grad. Šuma, razvlače se pramenovi magle u čudne forme. Malo lagane hrane, sendviči sa suvim mesom, zalivam ljutom rakijom. Počinje nekakav nezgodan vetar. Probija. Idemo dole.

— Silazimo dole ja i Šema i navlačimo na vas, ti ostaješ ovde sa Borkom, evo ti dvogled, a Borko šiba topom. Dole se obično skupljaju, gomila. OK?

— Ma nemaš brige, ostavi rakiju — smeju se.

— Nemoj sve da popiješ, jaka je, deda stavljao neke biljke, oštru travu.

— Idi plaši svinje dole, ne galami — dobacujem.

Odlaze niz strminu. Borko mi pokaza mesto gde ćemo na malom uzvišenju, na kraju useka, da čekamo. Ako krenu kroz usek, na cev nalete. Ako ne krenu, opet će tu blizu da se izvlače. Deo strane je pokriven i nema preglednosti. Predlažem, ima vremena, da se malo pomerim i gledam drugu stranu padine, ako krenu tim pravcem, odavde se ne vidi, bruka ako nam tu prođu. Borko sleže ramenima, kako hoćeš. Prilegao, uživa na slabom suncu. Žmirka kao mačak. I džemper mu siv, olinjao, pa me još više podseća na kućnu mačku pored vatre. Krenem sam, uživam dok mi upadaju noge u opalo lišće bukve. Nalazim lepu poziciju, rutinski izaberem. Raste u meni nešto, smejem se bez razloga, čula kao da se pročistiše, čujem li to bolje ili vetar nanosi zvuk oštrije. Dvogledom osmotrim okolinu, navika. Razmišljam, gde bi odveo instinkt životinju u bekstvu? Trgnem malo rakije, da, čudan oštar ukus, vlat neke trave. Jaka. Zapalim cigaretu, pokriven, u maloj pukotini zemlje, cenim vreme do akcije, za jedno sat i nešto treba da krenu. Imam vremena. Donese vetar zvuk motora, neki auto mi se pričinjava tu u divljini. Da nije od rakije halucinacija? Smejem se. Šta bi još moglo da mi se desi, da budan aveti vidim? Još i to. Ma daj. Privučem torbu. Izvlačim futrolu sa „čehom", sedamdeset petica, poklon od Veljka, kad sam mu ostavio snajperku, osetio se obavezan da mi pokloni nešto za uzvrat. To je ratno drugarstvo. Pade mi Rus na pamet. Gde li je baćuška? Živ li je? Trgnem jednu u znak sećanja na njega. Bože, daj smirenja njegovoj duši, bio živ ili mrtav. Mada su meni svi snajperisti mrtvaci koji hodaju. I ne smeju se. Da, ledeni ljudi. Uvlačim futrolu u kaiš. Samo pet metaka ostalo, moram se snaći negde. Kurve, svi čuvaju municiju više nego žene, pre će ženu da ti da nego neki metak. Mada, i ja sam takav, šta serem. A Veljko, taj čovek od leda, verovatno zeza gazde kafića po Beogradu, reketira, ili je negde po Kolumbiji, Panami ili ko zna gde. Ušlo u krv, adrenalin, kokain, kokaj sve živo. Zajeban tip. A i to „Veljko", to mu nije pravo ime, al' ajde. Nego, da ja vidim šta mi radi najbolji drug, dugo dnevnog svetla video nije, sinoć sam ga sredio, onako temeljno i cev uljem i pepelom cigarete očistio. Sija. Ubacujem okvir. Tu bar ne fali metaka. Bilo je ljudi koji su pričali sa svojim automatima kao sa živim ljudima. Ja to nisam radio, ali sam voleo da kucnem pivsku flašu o cev. Samo sad nemam piva.

— Ajd' živeli, za žive, za mrtve i za one koji će umreti brzo, da se ne muče.

Kucam i naginjem, a kao da svi zajedno sede, sva moja četa, tu do mene u žutoj travi, malo iza. Sigurni u sebe i druge, iskovani, više na drugoj tamnoj strani hodanja, predati, opušteni i već mrtvi. Ćute.

— Oštra ta rakija — reče neko, lepo čujem. Okrećem se, nema nikog, samo vetar ojačao.

— Bre, deda, deda, što si ti brao i u rakiju metô?

Ipak je trebalo da jedem nešto, pomeram pištolj na kaišu, struže me rakija, čujem batrganje i viku, pokrenuli svinje. Mrzi me da gledam gde su, al’ kao živo u ruci skače automat. Ustanem oprezan, kao da sam u akciji, vidim trku, jebeš dvogled. Grunu jedna pa druga puška, dere se neko, al’ ne shvatam šta hoće da kaže. Snimim situaciju, ako utrčim u šiblje — nalećem na njih. Proradi krv u meni, rakija već udarila, kažem:

— Za mnom, junaci — i spustim se trkom dvadesetak metara. U trku ubacujem metak u cev, što ti je rutina. Zastanem kratko, kad iz šiblja iskače zver, progonjena. Osetim malo skrivenog žaljenja, al’ u meni gnev proradi i zlo se izvuče iz crnila. Kratka relacija, pritisnem obarač i skoro bolno sjurim rafalom, srežem u trku crnu životinju. Nešto u mozgu eksplodira, neki bol iseče mrtvu životinju, pancirnoprobojni razdvajaju meso, kidaju kost. Stanem prazan, gotovo je. Šta sam uradio? Krv, lokva ogromna, bezlično meso nečega. A lepo osećam kao da i meni curi nešto toplo niz kičmu, ne usuđujem se da proverim, niti da se okrenem. Iza mene su neki ljudi, čujem, vrte glavom, a pucaju im kosti meko.

— Jebem ti rakiju — tešim se.

Istrčava Magi, vidi prizor, psuje nekog, trči ka meni, ja oborio pušku, tresem se, hladno mi iznenada, tako se prazno osećam.

— Pederu — viče. — Šta to radiš?

Kao da mi neko šamar udari. Ruka sama povuče pištolj. Kao da sam tamo, međ crnim ljudima i crnim sudbinama.

— Kome ti to? — u glavu cev.

Zastade iznenađen. Mora da sam strašno izgledao kad uskočiše ostali, oprezni:

— Dajte ljudi, koj’ vam je...

Puši se i smrdi krv, smrdi neko zlo iz mene, nije moje, nisam ja to. Kao da prineo sam žrtvu zlom nekom bogu, što krvlju i mesom se hrani. Svinja raznesena, gledaju mi automat, ne pitaju, kao da znaju.

Pojaviše se uplašena prasad, plaha, prilaze, njuškaju ono što je ostalo od majke. Ostale svinje su drugde prošle, nebitno, spašene.

— Reši to — pokazuje mi Magi uvređen. Okreće mi leđa. Razumem ga. Al' ne razumem šta da rešim.

— Mi smo gore, a ti reši sa prasićima — pojašnjavaju mi.

Odlaze. Gledam sisavce. Baš su slatki. Brojim ih, šest. A da ih gađam pištoljem nemam za sve. A automat mi se ne pali. Nije to za boraniju, nego za konkretno. Mada su krupna, možda prežive sama. Lažem se. Rastrgnuće ih vukovi. Jebiga, zajebao sam, vraćam se gore, skupljam opremu. Penjem se na brdo, nekako olakšan. Čudno, nisam uradio ništa dobro. Ne okrećem se, mada ih čujem kako njuškaju. Otvrdlo mi srce, godinama sam u tom pravcu radio. Puše, čekaju me. Borko gleda automat:

— Koliko si ti lud. Šta bi sa prasićima? — pita. Objasnili mu frku.

— Ne ubijam prasiće. Samo svinje.

Sleže ramenima. Šema gleda flašu rakije, ostalo na dnu, trgnuli i ostali. Predlaže, pokazuje dlanom kao general, lov je pukao, da se vraćamo:

— Ajmo ovde da presečemo, nalećemo na ruševine. Čisto da pogledamo tragove.

Rimljani i njihove građevine. Kopao bi on, nego. Bez mnogo priče pokrećemo se. Menjam prazan okvir, stavljam pun u hodu, svi okreću glavu, no ne pitaju. Spuštamo se kroz neko trnje, psuju. Kupine bodu.

— Jebali te Rimljani, gde nas to vodiš?

— Ma gladan sam, žedan, piša mi se, al' me mrzi — Borko i njegovi problemi.

— Još malo pa izlazimo na osmatračnicu. Ajde, ne budite sise.

— Ma sisaj ga — progovori najzad i Magi. Ćutimo, još uvek je neka napetost. Taman da se popnemo skroz do osmatračnice, kad pokaza prstom Šema:

— Opa, gledaj dole — auto, crveni „fića". Pola rđa, pola boja. To sam čuo malopre? — Znam čiji je — nastavlja. — Kopači.

Konkurencija, nije rekao.

— Polako, da ih istresemo... iz gaća.

To unosi novu živost u naše redove. Ovi se lože, skidaju puške i počinje prikradanje. Opet smo dečaci koji se igraju rata. Prikradamo se do ivice šume, čujemo delove razgovora, tup udar krampa. Kopaju, baš žestoko. Šema zuri kroz granje:

— Znam dvojicu... kolege — krenu da izađe. Razgrće šiblje. Mi za njim.

Prekinuše rad, na trenutak uplašeni:

— O, lovci... uloviste li što? — da probiju led. Mršavi, ispijen, crn, kao majka mu. Odgovaram umesto svih:

— Ništa baš, pucamo samo u svinje — to je baš preteći zvučalo.

— Kopate, a? — pali su Šemi u šake, sad će da ih malo zajebava.

— Eto, brate, mora da se živi od nečega — hvata na sažaljenje drugi, lokalni alkos. Za tri flaše rakije ili vinjaka sve radi. Bukvalno. U sivoj demode košulji, leptir kragne, ispala mu rebra, ispio ga alkohol. Ovaj prvi je prirodno mršav. Treći u rovu, krije pogled. Automat mi na gotovs, ovi ostali ih opkolili, iznad njih smo. Primetiše kalašnjikov.

— I... kako ide? A?

Kopka ga šta li traže ovde, ukopali se, izvukli neke cigle, vešto primećuje, gura nogom Šema. Malo mu krivo, tako mi deluje, mislim da je i on znao za ovo mesto.

— Dole je bunar — pokazuje prstom. — Tamo je kula verovatno — gleda u rupu. — A šta bi ovde trebalo da bude? — pokazuje svoje znanje kolegama.

Kopači slegnuše ramenima i pogledaše u trećeg. Nemaju pojma.

— A ti bre, šta ti imaš da kažeš? — ne odustaje. — Ti si gazda projekta?

Jak mi projekat. Podiže se čupavi. Duga masna kosa. Ma znamo li se od negde? Taman da progovori, kad mi sinu:

— Vidi pičke. Raspop — priđem. Da budem sigurniji. A tu ga presečem. Zaneme.

— Ko? Znaš li ga? — pita me Šema.

— Raspop, rekoh ti.

Spuštam mu cev automata u stomak, repetiram.

— Nemoj brate, nemoj baćo... — ukapiraše stvar Alkos i Mrša. Tu u rupi, u planini, nije svejedno. Može svašta da bude.

— Ćuti bre... — presečem.

Ispravio se, kolena mu klecaju. Mislim da me se setio. Našao je, vešt, nešto novo ili ide istim tragom? Iz žutila lice mu prelazi u belilo.

— Nećeš valjda? — ne pitaju previše, malopre su videli da je bolje da ćute. Mada im se ne veruje da bih mogao.

— Šta? — mrdam lagano cev od stomaka do glave. — Da ubijem vašku?

Mali stisak kažiprsta i oslobodio bih svet smrada. Malo će da odskoči automat, njega će da baci na zid rova, da ga svije unutra. Pokrijemo zemljom i gotovo. To mu je i grob i spasenje, ko zna koja bi još sranja uradio. Počinje da drhti, kao da oseća moja razmišljanja, a ja ozbiljno hoću da ga reznem. To sad vide i ostali, da se dvoumim i da je situacija jako ozbiljna.

— Ej, imaćemo problema, policija, ovo-ono, pa ovi — pokazuju na kopače. Mrša digao ruke, predaje se. Alkos seo u rov, ne drže ga noge.

— Pusti — pokušavaju lagano, ponovo. — Ne prljaj ruke!

— Baćo, nemoj nas — njega ko jebe, hoće da kaže.

Zamislim se, imam li pravo da se mešam u poslove Boga? Ko mi je dao pravo za tako nešto? Nisam li dovoljno sranja danas učinio? A ništa lakše, bar sada, ovde, mali pritisak prsta i gotovo. Raspop se naslanja leđima na zemlju i deo zida što viri sa strane. Desnom rukom steže crvenu ciglu sa strane, iz zemlje iznikli, grč.

Ma nisam normalan. Definitivno. A on, skoro ne diše, cev mu je u glavu uperena. Možda nikad nije bio bliže smrti. Oštrina mog pogleda dovoljno mu kazuje.

— A vi, m'rš. Dovoljno je za danas — pokazujem im puškom pravac gde da beže.

Iskopaše se nekako, sve grebu, pa na gumenim nogama, hvataju se ledine i nestaju u šumi. Ovog sam otreznio. Sigurno. Pustim malo tišinu, da se ptice bezbrižne čuju iz šumarka i kapi, kiša počinje slaba, namokre malo.

— Da te ne vidim više! — pomeram automat od njega, kočim.

Odlučio sam, neću ga. Odahnuše iza mene napeti. Njemu noge otkazuju, smandrlja se u kopanje, zatvara oči šakama, plače li? Briga me, mašem glavom ekipi, ajde. pokazujem nebo, kiša. Da l' ova spira grehove, ceo da pokisnem?

22

Primirje je došlo u pravo vreme. Vođen nerazumnom odlukom da okončam život brzom smrću, u par slučajeva sam poveo dva očajnička juriša na cev, gde me samo Bog iz nekog svog razloga spasio. Čudo da ne dobijem zrno u telu, gde mi je poklopac automata bio izbijen pogotkom, a rikošet čudnom putanjom prošao ispod leve mišice, probivši uniformu. Meni ništa. Pošto se nisam pazio, dobio sam poljubac snajpera — tane mi prošlo pored usana, kad sam nonšalantno krenuo u šetnju tranšejama. Kad su videli šta se dešava, napiju me ovi iz ekipe toliko mnogo, da sam plakao od nekog unutrašnjeg besa. Očajnički pokušaj da me spasu od mene samog. Posle tog odsustva više nisam bio isti, a niko nije znao šta sam pokupio, šta me je to pojelo iznutra. Kakav me to fatalizam uhvatio. Razočaran, video sam gde idu plodovi borbe, čuo razne priče, uverio se kako se živi u pozadini, a posle odlaska u rodni kraj — definitivno pao. Obeležen nečim, žigosan nevidljivim znakom, devojkama nisam bio interesantan. Pokušavao na hiljadu načina, smišljao i nadmašivao sebe u verbalnim bravurama i prilazima, ali uzalud. Biznismeni sa zlatnim polugama oko vrata, ponavljači i problematični tipovi, puni para, sa jakim automobilima, sa pomanjkanjem morala — u ovom vremenu su isplivali visoko. I taj svet oko njih sa svojim kombinacijama, koji je vrebao šansu da uštine deo kolača i postane neko i nešto najkraćim putem. Nisam imao šansu — ja sa svojim idealima i pričom o ljubavi. Samo sam izazivao blagi podsmeh i čuđenje.

Zar ne vidiš gde se živi, blagonaklono mi je skrenula pažnju jedna devojka. Vidim. U miksu raznih problema, ni opijanje nije donelo olakšanje. Ni Bogu se više nisam žalio na sudbinu. Nit prekorevao. Uspeo sam, ma koliko mi je teško bilo, a to je najteže — prihvatiti takav poredak stvari, takve udare, al' čvrsto odlučio da meni nema mesta u sistemu gde caruje laž i prevara, korupcija i klanovi. Odučim da prihvatim Njegovu volju, Božiju, al' odlučim i da je najbolje da poginem brzo, našavši u toj odluci kratkotrajno smirenje. Znao sam duboko i dobro da ću biti zaboravljen od gomile za tri dana, a da će me najbliži pominjati, neki sve ređe i ređe. Išao sam daleko u tome padanju da sam zamišljao svoj grob, u snegu, pod borovima. Mirno i lepo mesto da te svi zaborave. Ovakav govnarski život, za to nisam bio spreman, nit sam pristajao na to. A svuda me je sve podsećalo na smrad. Gadno.

Neka improvizovana tribina, zastave, a parole svuda, normalno. Par crnih džipova, nekoliko boljih automobila, veliko obezbeđenje, gužva, novinari i kamere, mnogo političara svih nivoa. Pa priče o junaštvu, da mi branimo našu svetu zemlju i ognjište, bla, bla, truć. Znam to napamet. Gade mi se takve manipulacije, a i bio sam umoran i nervozan, te me je dodatno nervirala sva ta gužva. U stvari, kad bih bio pošten, sve me je nerviralo. Nisam ni pokušavao da sakrijem. Počnemo da se zajebavamo. Ovi domaći se baš pale na to, na jake govore, al' ih ovi dobrovoljci, naročito ovi iz Beograda, ubiše od zajebancije. Priča šaner Trta kako su političari iz vrha kupovali kod njega kradenu garderobu, „Milano brate", te je mogao da kresne ženu jednom političaru „za dva kompleta i jedne cipele". „Markirano brate." Domaći pizde, psuju „pedera beogradskog". Zezanje nastaje. Al' šaner zna šta priča, uvek je imao pravu informaciju. U ratu je tako, lopovi plivaju najbolje...

Komentarišemo sledećeg govornika, ukočenog pederka, bledog, negovanog, ali strogog izraza lica, stisnutih usana, zlatnog okvira naočara. Tu je i Ruja, Rus, na opšte čuđenje, umešao se u masu. Počinje pederko vatren govor, vrca mržnja, bodri nas...

Jebem ti, ovo mi se više zgadilo nego što sam mislio. Ma smrdi, kad kažem. Takve kretene smo mlatili u osnovnoj školi, izbacivali iz tima za fudbal, da ne slome naočare, ali su zato uvek bili neki faktori u razrednoj zajednici, mladim omladincima i svuda gde je trebalo da se palamudi. Retko je ko umeo da popije ili da priđe devojci. I sad jedan takav, on nam drži govore, on nas kao bodri. Ma jebi se. Okrećem se sa namerom da izađem iz gomile, Rus zapaža moj zgađen pogled. Smeje se očima, klimam mu glavom, kao „vidiš li ti ovog”.

— Sabaka — kažem. Rezignirano. Pas. Znam ruski. Učio.

— Sabaka — smeje se.

— Gde ćeš ba? — pitaju me.

— Ma u majčinu, ne mogu ovog da gledam.

U kafani pijem neku brlju od kafe, na drugom pivu sam. A nešto me muči kiselina u želucu. Bre, došlo mi. Primirje traje, bezveze. Pa me ubijalo to vreme za razmišljanje. Sikćem prosto. Miting se završio, rastura se polako sve, razilaze se mitingaši, kad eno ga Ruja, nosi svoju snajperku, opremu, ali i moj automat i moj ranac. Stavlja na sto. Gledam ga začuđen.

— Pošli... maljčik.

— Ja ne maljčik — sevam pogledom. Protestujem, al' uzimam automat. — A municija, patron, gde je, bombe? — mašem rukom kao da bacam.

— Bojpripasi? Budet vse — klima glavom.

— Ajd' kad kažeš — jebe mi se gde ćemo.

Zavlačimo se u šumu, bez mnogo reči ga pratim, a posle sat vremena zastajemo pored nekih stena. Rus zastaje, osmatra okolinu. Zatim prilazi travi, skida dve suve grane, proverava pod prstima pažljivo, a onda podiže poklopac, od grana i puzavica napravljen. Ukaza se mini-skladište u zemlji — otvara sanduke, pokazuje:

— Zabrat, nu.

— Nu pogodi — kažem.

U jednom sanduku kalašnjikovi, različiti — mađarski sa potkundakom, pa ruski, olinjali, kineski — prepoznajem. Ovo mora da je ratni plen. Trag skorele krvi na kundaku. U sledećem sanduku oprema, biram RAP torbicu sa okvirima municije, proveravam i dopunjujem punim okvirima. U trećem razna oprema, pištolji, noževi, bombe, a u najmanjem sanduku puno satova, činova, oznaka protivničke vojske, dvogleda, kompasa, dimnih bombi, šrafcigera, upaljača, konzervi, ma svačega.

— Pažaluista — ponosno nudi đavo iz Rusije.

— Harašo, harašo. Super harašo — oduševljen sam.

Bio je vredan, radio je nožem i žicom u rovovima. To je za one koji vole adrenalin. Uzimam dve bombe. Ovde ima svega. Zapažam *Bibliju* zaštićenu kartonom. Uzimam je, ćirilica, ruska. Otvaram, a na prvoj strani crno-bela fotografija: nasmejan vojnik, plave kose, sa mitraljezom, negde u ljutom kršu slikan. Nebo i kamen. Majica ista, plavo-bela, štraftasta.

— Eta moj brat, desantnik... — objašnjava i pruža ruku za *Bibliju*.

— Gde taj? — pitam bezveze. — Padobranac?

— Ostal v Afgan — kratko kaže, vraća pažljivo *Bibliju* nazad. Zatvara i maskira skladište. — Pašli? — zabacuje snajper na leđa, a ubacuje metak u cev, u ruski kalašnjikov. Navikao je na takav. Isto uradim, zakočim, pa za njim. Nešto mu se sa bratom desilo, osetio sam taj lagani udar tuge na njegovom kamenom licu. Avganistan. Zar je moguće da se događaji od pre dvadesetak godina, tamo u toj nepokorenoj zemlji reflektuju na ovo parče neba? Na moj maleni život. Bez pitanja pratim negde, u nešto, čoveka koga cenim, ali ne poznajem dovoljno. Mada, bilo je i luđih stvari koje sam radio u životu. Teren je sad nepristupačniji, provlačenje je teže. Sporije idemo, računam da smo negde oko linije fronta, ali nikako da ocenim u kom pravcu idemo. Zastajemo u maloj udolini, pokazuje da je vreme za odmor. Stavlja snajper, polako i detaljno kontroliše okolinu. Nakon provere terena seda sa izrazom zadovoljnog čoveka, nudi me svojim cigaretama, pali i sam i nešto razmišlja, gledajući na sat. Ruski, neuništiv. Raketa. Malo udari sitna kiša, prođe brzo oblak. Dade znak da se kreće, ponovo snajper nađe mesto na njegovim leđima. Stigli smo do malog platoa, sve vreme ćuteći. Pruži mi maskirnu kremu. Namazao sam lice. A onda i on vešto razmaza, sa dva kratka pokreta. Ubacio je nekoliko zelenih grana u moju opremu. Bebisiter. Isto je učinio i sebi.

— Bistro — pokaza da ga pratim.

Brzo se prebacimo preko dela brisanog prostora, jedno dvadesetak metara, ušli smo u šumicu, a onda kroz visoku paprat i neko oštro cveće dopuzali do same ivice visoke trave. Ispod se ukaza lepa, senovita čistina. U zasedi smo, pomislim, i namestim automat. Prostrem ga ispred sebe.

— Ne — reče kratko. Pogledam ga začuđen. — Čekamo — pokaza dlanom nadole.

E pa sad mi već ništa nije bilo jasno, ali ajde. Taman je postalo dosadno, a i sunce me udarilo u glavu, namestim se kao za dremku, nek Ruja gleda okolo — kad iz pravca neprijatelja iskočiše šumskim putem, jedva vidljivim, dva vozila. Dva crna „suzuki" džipa. Zastaju, i iz njih polako iskaču ljudi u crnim i maskirnim uniformama.

— Maljčik — daje mi dvogled.

Gledam bandu. Jedan jako zadrigao, sa crnim naočarima za sunce, gega se na krivim nogama, debeljan, paše kaiš ispod stomaka. Saplić e se o krtičnjake. Drugi sed, elegantna crna košulja. Ne vidim, ali pretpostavljam da nosi dobre crne lakovane cipele.

Do njega upadljiv tip sa crnom maramom, crn prsluk na golo telo, rukavice bez prstiju i sa automatom što liči na M-16, američki. Šta misli ovaj, gde je, u Holivudu? Očigledno obezbeđenje, ostali u uobičajenim maskirnim uniformama. Imaju mitraljez na „suzukiju", od „čika Brovinga". I tipa koji je zalepio ruke za njega. Osmorica. Sedmorica — debelog ne računam. Ostavljam dvogled. Šta sad? Rus gleda. Hteo sam da pitam šta čekamo, što ne mlatimo po crncima, kad čujem vozila sa naše strane. Tri „lade nive", naše, lepo se vide, bučno. Upašće u zasedu, gotovo je, da pucamo? Al' pogledam, Rus gleda, ne reaguje, a neprijatelj isto ležeran. Ma neprirodna situacija sasvim. „Lade" se polako, normalno zaustavljaju i iz njih lagano izlaze uniformisani i neki civili. Šta je sad ovo? Gledam dvogledom — tipovi prilaze i grle se, ljube vrlo srdačno. Psujem u neverici. Prepoznajem facu sa naočarima, njegovo lice guštera. Govornik sa mitinga — vrlo srdačno pada u zagrljaj debeljku. Pa se gledaju, tapše ga po stomaku. Debeli koristi stomak-eliminator, smeju se, a? I ovi ostali se smeju, kao mladi izviđači. Očigledno, nije im prvi put. Kakav je ovo... mrmljam, dok tražim pravu reč. Besan sam, vrlo. Varničim.

— Ovi se nešto dogovaraju — konstatujem. — Ti si znao za sve ovo? — pitam Rusa kao da mi je on kriv. On me gleda, smireno sleže ramenima:

— Biznis — kaže.

— Kakav crni biznis... — gledam, dok se akt-tašna i velika zelena torba vade iz „suzukija" i stavljaju na haubu.

— Vse — kratko odgovara Rus.

Tip pokazuje svežnjeve — pune ruke, svi se zadovoljno smeju, veselo, natežu iz flaše, viski izgleda. Nazdravljaju. Ma druženje. Piknik.

— Da pucamo? — predlažem. Da pobijemo stoku. Bum-bum?

Pokazuje mi prstom:

— Sabaka. Tvoj sabaka.

— Sabaka. Džukac je to, ne sabaka. I nije moj. Za izdaju metak — zapenio sam. — A ne viši državni interesi.

Ma kao vojvoda Mišić što je streljao dezertere kod Valjeva 1914. godine. Rok u glavu. Pričalo se tiho na frontu da cisterne prolaze, dvadesetak-tridesetak za jednu noć, da šleperi odlaze puni nečega, da se plaća sve, a trune se u rovovima. A ljudi, vešti ljudi prave novac... da se kući nema, gladno, dok se nečiji sinovi šetaju i provode. Razjeda to. Pada disciplina, krade se, vadi nafta iz tenkova. Pa se pije od nemoći, besa, nema autoriteta, discipline, razloga da se gine, razloga za borbu. Trunemo iznutra, polako smrdimo, gnjilimo kao kruške. Podižem automat. Spuštam kočnicu. Okupljeni su oko crnog džipa. Oko novca.

— Stoj — pokazuje. — Idem tam, blizko, a ti rezat za desjet minut. Zaderžat banda.

Klimam glavom:

— Može.

— Ako menja ne budet, mi ubirat v bazi. Harašo?

— Super harašo, idi — pokazujem mu da požuri.

Čort ode. Nešto je đavolsko smislio. Nestaje kao duh u travi. Gledam i čekam. Napet. I druga flaša je pri kraju, samo tip na brovingu nije pio, niti se pomerio od mitraljeza. Pažljivo gleda po okolini, spreman. Ostali ležerni, zadovoljni. Brojanje je završeno, gledaju nekakvu kartu, cimaju motorole. Ugovaraju još nešto, računaju, smeju se. Obaram kočnicu. Ruski đavo je negde blizu, a meni se čini da se razilaze. Trgovina je gotova. Pozdravljaju se za rastanak. Jedna crna uniforma pali motor „suzukija", dižem i uz brzo nišanjenje režem rafal ka debelom i Psu, pa prenesem ka „suzukiju". Da mi je snajper da skinem mitraljesca — pomislim. Debeli kleče i pobode nos u travu, a naočarko polusagnut, ukočen od straha — stoji na mestu. Promašen čovek. Crna košulja vuče torbu sa sobom, pare pa deca i žene, a mitraljezac reaguje munjevito i profesionalno — okida dug rafal u mom pravcu. Zuje teška zrna iznad mene, blizu. Dovršavam rafal po drugom „suzukiju", ostavljam vozača zalepljenog. Počinju i ostali da uzvraćaju paljbu. Dve „lade" u rikverc poskakuju besno po livadi, beže, naočarka ne vidim, već su ga uvukli na sigurno. Štepanje „čika Brovinga" sve preciznije — menjam položaj, novi okvir, i skoro ne nišaneći palim tri duga rafala po trećoj „ladi" i preostaloj ekipi. Hvatam dvogled iz trave, dok broving otkida grane oko mene i bežim nazad. Za dvojicu sam siguran, debeli je ostao. Pretrčavam čistinu u jednom dahu dok me prati brovingovo lajanje. Zamaknem u jarugu, direktno se spuštam i brzo odbacujem prazan okvir. Menjam. Ne verujem da će krenuti u poteru za mnom, ali današnji biznis i međusobno poverenje sam im pokvario. Šta li je Rus uradio? Ubrzano se vraćam našim položajima. Ovo je prvo kršenje ovog primirja. Ako ukapiraju da me nema, možda povežu situaciju, a onda ja treba mnogo toga da dokažem. Znači — riziku-jem metak u leđa ili „nestao u akciji". Mnogo je novca u igri, džakovi, mnogo moći, one prave, realne i smrtonosne. Ovo nije zajebancija. Osećam, iako tvrdoglavo sebi ne potvrđujem, da mi je dosta ovog sranja i da želim da se vratim nazad. Ovo je sve trulo, truli kompro-misi, politikanstvo, uzmi grad, izađi iz njega, prodaj teritoriju koju si zauzeo uz gubitke. Pun mi je svega. Bes prestaje. Nije vreme za to. Zastajem znojav. Postajem oprezniji. Rezignacija će doći posle, znam sebe. Na potoku zastanem, posle sat vremena brzog hoda, te operem lice najbolje što sam mogao, skinem maskirnu šminku, odbacim granje i „uljudim se". Ha. Mučim se da smislim priču, dok se Rus ne vrati. Moram se ubaciti nekako u neku kafanu. Vrtim po glavi koja je najpogodnija za to. Najbolje da sačekam suton, veče, skoro će. Približavam se gradiću. Ako ne naletim na neku našu patrolu. Naočarko je već digao uzbunu i ispričao kako su upali u zasedu, ali se herojski borio i izvukao. Ma još će orden da dobije. Seronja. Zastajem iznad grada i posmatram dvogledom. Pametno bi bilo da prođem na drugu stranu, skroz, pa se spustim šumom do bolnice, tamo neću biti sumnjiv. Bio, na primer, u poseti ranjenom drugu. Pa posle pio u kafani. Mada, malo je kasno za posete. Ali kog zabole šta sam radio. Ali to podrazumeva sat vremena hoda, a ovako umoran nikako da se nateram da to uradim. Već se pale ulične svetiljke, tu i tamo. One što nisu pogođene u raznim šenlucima. Sa Rusom sam zaobišao liniju fronta, rovove i gnezda, bili maltene na ničijoj zemlji. Provukao me kao iglu. Odlučujem se na drski povratak direktno, žuljaju me čizme. Polako se uvlačim u grad, niko me ne primećuje. Nikom nisam čudan posebno. Grad je pun vojske. Zeleni se. Ispred kioska, žedan, brzo pijem pivo i varam glad viršlom. Uvlačim se u školu, gde su nam spavaone, umivam se sa zadovoljstvom. Vreme je večere, malo je ljudi u spavaoni. Bradonja me pita:

— A đe si ceo dan?

— Pusti, ne pitaj — odgovaram. — Glava mi je ovolika.

Pokazujem. Skidam čizme, bacam se na krevet. Oružje ostavljam na opremu. Čujem ih kako se vraćaju, pravim se da spavam. Tiho šuškaju, o meni pričaju. Nestao sam ceo dan. Vuja me drma:

— Ej, jesi živ?

— A? — fol, otvaram oči.

— Sve u redu? — pita nagnut.

— Da, sve...

Polako se smiruje situacija. Mirno, samo se čuje disanje. A meni sve počinje da smeta, ovo razvlačenje, danguba, ova nejasna situacija — jeste rat, nije rat. Poželim da sam daleko odavde. Iscrpljen, nekako uspem da se opustim i zaspim. Pravo čudo, ali jak umor radi svoje. Lak san imam. Iz nekog kovitlaca i sna, gde stojim a vetar mi tera lišće u lice i prašinu, tako jako da jedva dišem i imam utisak da samo što se nisam ugušio — neka nagla hladnoća me natera da oprezno „poluotvorim" oči. Mračno, sačekam da mi se naviknu sanjive oči na mrak spavaonice i ugledam prvo nečiju ruku, kako se polako približava mom automatu. Nešto mi ne dade da skočim. Skrenem pogled, samo malo, ka nečijem debelom vratu. Ćelavko nekakav. Ne liči mi na krađu opreme, pomislim, ili nečeg drugog iz ranca, nije bilo bogzna šta da se ukrade. Srce mi bije kao ludo. Ćelavi polako uzima automat i prinosi cev nosu. Miriše, izgleda. Pa se okreće i klima masnu glavu ka nekom, ne vidim kom. Ostavlja pušku i pažljivo se podiže. Pucaju mu kolena, čuje se. Škripi stari parket pod njegovom težinom, a on okretan kao baletan. Skoro sam se nasmejao. Mada je situacija bila vrlo ozbiljna i toga sam bio svestan. Otkrili su me vrlo brzo. Hoće li me sad na ležaju napasti? Pomeram ruku ka nožu. Najmanje su dvojica iznad i iza mene. Bez šansi sam skoro. Ne vidim šta nameravaju, a ceo um se pretvorio u jedno čulo, da uhvati makar slabašan nagoveštaj opasnosti i napada. Čujem ih kako izlaze tiho i zatvaraju vrata. Pomeram se pažljivo i zurim u mrak, okrećem na drugu stranu naglo, dok vučem nož, spreman. Izašli su. Razmišljam šta mi je raditi. Život mi je ugrožen, ovo mi neće proći tek tako. Sad su se uverili da sam bio tamo, cev na barut smrdi, pucalo se. Držim dršku noža u ruci, dok hiljadu kombinacija pravim u glavi. Skoro je bezizlazna situacija. Imam samo pola sata da odlučim šta ću i to da počnem. Skoro će zora — cenim da je negde oko četiri ujutro. Ako krenem sam u noć biću sumnjiv, verovatno su ostavili ljude da me čekaju napolju. Nestaću u nekoj rupi, tek tako. Ne prezaju ni od čega. Zabrinem se ozbiljno. Uto se otvoriše vrata, trgnem se — uđe neko brzo i zatvori za sobom. Po mačijim koracima prepoznam odmah — Rus.

— Vidim ne spavaš — konstatuje kratko. Gleda u nož. — Nemamo vremena. Idi u toalet i čekaj me tamo. Bistro.

I otvori prozor i iskoči kao duh. Navučem čizme, dokumenta strpam u nedra, ostalo mi nebitno, i onako aljkavo razvučen izađem iz spavaonice. No mi misao titra u glavi — Rus odlično govori jezik. Ošinu me svetlo, a kao češam se po trbuhu, zevuckam.

— Što je... — pita dežurni. — Ne spava ti se?

Još dva nepoznata sa njim meze i piju lozu. Gledaju me, kao nezainteresovano.

— Ma žedan sam... — ne obraćam pažnju na njih. Vučem noge. Podmuklo me gledaju, kao jagnje za klanje. Mrcvarim se lagano niz hodnik, svestan pogleda u leđa, u dnu je mokri čvor, već čujem pokvarene česme. Upadam u smrdljivo carstvo i osluškujem da ne krenu za mnom. Mirno je. Pored prozora Rus, pokazuje mi da priđem:

— Znaju da si ti bil — meša srpski i ruski. — Ubiće te.

Bučno otvaram vrata WC-a, pa zatvaram. Smrdi pa truje.

— Ne boj se, pašli — mora da sam klecnuo, te je primetio da mi nije svejedno. Pokazuje da ga pratim. Pratim ga kao robot, ne pitajući mnogo. Udara jutarnja hladnoća. Iskačem za njim kroz prozor i brzo trčimo kroz koprive i kupine. Brz je. Istrčavamo na raskrsnicu u blizini i prelazimo je. Zastajemo:

— Moraš da bežiš — okreće se.

— Vidim — skidam znoj sa čela.

— Drži ovo — daje mi torbicu. — A ovde ti je bomba. I ovaj čovek... — pokazuje mi nekog u mraku. Primećujem kola i naslućujem da nekog ima u njima. — On će te odbaciti deo puta, deo ćeš sam. A evo ti moja puška — skida snajper sa obližnjeg drveta u blizini i izvlači iz platnene futrole. — Nemamo vremena za drugo oružje.

Magacin je daleko. Uzimam snajper.

— Gde si se izgubio? — pitam za našu akciju.

Iz torbice koju mi je dao vadi svojom ogromnom šakom svežnjeve novca, smeje se:

— Ako budeš drug, odnećeš pola ovoga u Rusiju — na ovu adresu.

Adresa naškrabana na omotu od svežnjeva.

— U Rusiju? Zajebavaš me? Kakva sad Rusija, jebote...

— Da, u Rusiju — tebi ovde nema života neko vreme.

Al' me ubedi. Jebô me pas kad ne sedim mirno na dupetu, nego ću da ispravljam svetske nepravde. Šta sam zasrao kad moram u Rusiju.

— Na mostu u kafani „Stari most" čeka te naš čovek, on brine dalje o tebi. Daj mu ovo — predaje mi neki braon koverat. — On zna ostalo.

— Kol'ko ima ovde? — pitam za novac.

— Dovoljno — tapše torbicu rukom. — Ne brini se maljčik, u sigurnim si rukama — rukujemo se i grlimo. — A u Rusiji je lozinka „Kursk 2". U muzeju Domovinskog rata u Voronježu. Tamo ćeš ostalo da završiš. I to je važno — tamo...

— Koje ostalo? — mrmljam. — U pičku sve ostalo, znaš...

Gura me ka kolima, bacam snajper na zadnje sedište. Upadam, tip već pali auto. Da pitam još nešto, mi već krenuli. Kao da Čort podiže ruku, ali nisam bio siguran.

Ne reče mi ništa više. Koga da pitam? Gde idem? Odakle toliko poverenja da mi poveri novac? I to kako dobro govori jezik, odakle pa sad to? Mada priznajem — najviše me nerviralo to kako me trzao i manipulisao — ajd' ovde, ajde sad u Rusiju, a posle gde? Aljaska? Afrika? Azija? Majčina? Vrtim glavom ljut na sebe. Posle sat i po brze vožnje, uhvatim desetak minuta sna, klone mi glava. Ćutljivko pažljivo zastade, pa gurnu auto na sporedni put. Čvrst, nabijen tip.

— Ideš ovim pravcem, drž' se istoka. Kad vidiš Drinu — prati je. Čovek te čeka večeras u kafani. Ne brini, naš je. Uradi kô što ti je Čort rekao — izvadi kutiju snajperskih metaka i flašu vode i dade mi. — Nije bilo vremena za više. Srećno.

— I tebi...

Dohvatim se šume odmah, dok je beli auto već odlazio nazad. Zavučem se u žbunje, proverim snajper, okvir. Održavao je Rus to, vidi se. Veže se čovek za pušku, a snajperisti su poseban soj. Najzad otvaram torbicu sa novcem — svežnjevi nemačkih maraka i zelenih dolara. Napunim ruke. Mnogo novca. Pa bombu zavučem u novac, ako leti, da leti sve. Popijem malo vode, pa krenem na istok da iskoristim sveže jutro i adrenalin koji me još drži. Ruja je odlično improvizovao. Evo me, imam šansu da spasim kožu. Mala je verovatnoća da ću ovde da nabasam na bilo kakve ljude, no ipak ostanem oprezan i polako se popnem visoko forsiranim maršem. Stigne me vrućina i umor. Drina je srebrno svetlela. Obradujem se, svaki tren su mi rasle šanse. Odlučim, malaksao, da se zavučem u hlad i odmorim. Imao sam vremena. Torbicu sa novcem stavim pod glavu i brzo utonem u san. Težak san, sunce se okrenulo, a ja nesvesno u snu pratio senku. Odморniji, ali strašno otekao — svalim svu vodu. Malo se i umijem. Vreme je da krećem dalje, ali pre toga poređam svežnjeve. Nisam odoleo. Nikad nisam imao toliko novca u rukama. Najzad nabijem novac u torbicu i spreman počnem silaženje ka Drini. Zahladnelo je, te sam bolje raspoložen išao dalje u susret svojoj sudbini. Mnogo toga se desilo u prethodnom danu, pokrenuo sam gomilu događaja. Još sam vrteo film, ona pucnjava je bila nešto sasvim drugo od uobičajenih borbi i svega što sam preturio preko glave. Posle dobra tri sata silaženja, već u sumrak počnem opreznije da posmatram okolinu. Čak i snajperom. Ocenio sam da ima osam ili devet sati. Nikad nisam nosio sat, a trebalo je. Ovako raščupan i neobrijan nisam imao vremena za raspitivanje o kafanama ovog gradića. Delovalo je živo u suton. Gledam kroz optiku, vrvi od života. Lako uočavam kafane, bašte pune, hladno pivo... posreći mi se, pored benzinske pumpe — kafana „Stari most". Mnogo šlepera ispred, po šljunku parkirani, dimi se roštilj. Spustim se, prilazim još bliže, popnem u drvo, iskidam košulju nestrpljiv. Skinem optiku sa puške, okačim pušku popreko. Ponovo proveravam optikom deo onoga što se naziva bašta. Prikolica šlepera mi zaklanja ostatak kafane. Gosti kao gosti, niko mi ne odskače ponašanjem ili izgledom. Skočim sa drveta, nabijem bombu u džep prsluka i nekako kao ogoljen, bez pištolja krenem, samo nož namestim pozadi na kaišu. Idem što nemarnije, pokušavam da budem ležeran, zapalim cigaretu. Uđem u baštu i smestim se sa zadovoljstvom. Tek letimice me pogledaju dva vozača, prljavija nego ja. Jedan debeli u crvenoj majici bez rukava, i drugi, loše obrijan, nategao flašu, dug cug. Briše se rukavom. Imam fin pogled u bašti, ne ulazi mi se u kafanu.

— Izvolite — pojavi se odrpana, mršava konobarica.

— Da pojedem nešto i pivo.

— Banjalučki ćevap?

— Može, i salatu... šta ima?

— Ima paradajz, pa...

— Donesi to — curi mi voda na usta. — I kafu, ako može slađu.

— Odmah.

Posle kafe navalim na hranu izgladneo, obilno zalivam pivom, poručim još jedno. Pri kraju, dok sam dovršavao večeru, uparkira se šleper na šljunku, diže malo prašine. Iskočiše dva čoveka. Tip u crnoj majici, rokerskoj, „harli" na leđima, daje uputstva šoferu, pa se pridružiše onoj dvojici što ređaju flaše piva. Primeti me dok se pozdravljao sa njima:

— Stigao si — konstantova ležerno.

Ma odakle ga znam, vučem mrežu po mozgu.

— Zaboravio si me? — iznenadi se. — A ko te spasao u onom selu da te ne dotuku?...

— Jebote... — sinu mi. — Mačak, jebote, odakle ti?

— Ma je l' zezaš da si me zaboravio? — vidim, ne veruje.

— Izvini, nisam te zaboravio... al' te nisam prepoznao...

— Ma jes', nije šija...

Ne veruje mi. Ma ne umem da lažem. Podižem nogavicu, na kolenu je vidljiv ožiljak.

— U, majku mu seljačku, obogaljio te skoro... — kaže. — A fudbal i to?

— Za fudbal gotov... gotov.

— Kako si ga, mamicu mu milu... — pokazuje pesnicu. — A i ja sam mu ga sestri... — pa se seti i smeje se. — Ma mani zajebanciju... je l' znaš da sam mu stvarno sa sestrom bio? — smeje se obešenjački. Koluta očima. Taj je u sve žensko stavljao. Verujem, kako ne.

— Ta ti si me osvetio žestoko, na svim poljima...

— Jebiga, koj' li je bio da mu opet provučeš kroz noge... a tu mu ćale, brat, ujak, kum...

— Jebiga, takav sam ti ja, đavola tražim — đavola dobijem.

— Ma ajde, jebô ti fudbal... ajmo do mene.

Pokažem da treba da platim, mahnu rukom. Izađemo iz bašte, pa odmah desno u nemalterisanu kuću. Šoferi me otpratiše pogledom, zakačim prslukom i bombom ovog po golom ramenu. Ne reče ni reč, ali brzo izmenjaše poglede. U kući prijatna hladovina.

— Ovo ti je moja kancelarija, sedi negde. Pivo?

— Ne bi bilo loše — zagledam „kancelariju".

— Čort ti je dao nešto za mene — vrti glavom. — Ludi Rus.

Izvadim braon kovertu. On je nemarno ubaci u fioku. Pokaza:

— Tu ti je kupatilo, pusti se pod tuš... i ne šetaj sa bombom okolo — smeje se. — Prebacujemo te večeras.

— Odlično.

Kucamo se limenkama, vadim bombu i ostavljam u veliku činiju za voće. I optiku vadim. Gleda:

— A gde ti je ostalo? — pokazuje na nju.

— Tu blizu, na drvetu.

— Ne možeš preko s tim.

— Znam. Pokloniću je.

— Hoćeš li? Ček da vidim šta ja imam ovde — ode do ormara i u njemu, tamo gde obično stoji hleb, traži i vadi svašta. — Škorpion, škorpion, hekler... e, ovo meni treba, i ovo... aha, evo ga, evo ti čehinja... osim ako nećeš kolt? — pokazuje mi.

— Mrzim revolvere, daj mi čehinju.

Stavlja na sto i rezervni okvir.

— Municije ima za stogodišnji rat.

Baca mi majicu i bokserice:

— Čiste su.

— Šta je ovo? XXXXL? Ogromne su.

— To ti je model za trudnice. Jebiga, butik Armani ne radi večeras. Idi pod tuš, truješ. A posle odmori, doći ću kasno. Frižider, ovo-ono. Ćao — radim — ode.

Upadnem u kupatilo, ali pre toga proverim čehinju, sedamdeset peticu, pa ponesem i torbicu sa novcem. Malo me interesuje šta mu je Čort poslao u koverti. Đavo izvanredno priča srpski. Garant je obaveštajac. Sve ovo, one veze i organizacija, gde svako zna šta radi i ne pita mnogo — liči na tako nešto. Ali za koga radi? Za svoje, za Ruse? Ili je samo plaćenik? Ko da više. Zaključavam vrata, za jedan dan sam postao mnogo oprezniji čovek. Sa uživanjem se tuširam, puštam da mi mlaka voda opusti napete mišiće. Skidam znoj, pa oblačim čisto. Gledam se u ogledalu — prava progonjena zver. Uvlačim se u vreću za spavanje i uspevam da utonem par sati u san.

— Ej — kuca neko. — Budi se, ja sam.

Mačak oprezno upada. Odakle zna kakav sam bunovan.

— Odmorio si?

— Malo... — klimam glavom i zevam. — Mogao sam još, al' ajde...

— Spremi se da popijemo kafu, pa da se radi nešto... čekam te u kafani. I da mi nađeš snajper — dobacuje sa vrata.

Popijemo kafu, brzo pojedemo po sendvič. Vozači se nisu pomerili sa mesta u bašti. Piju i dalje. Vozimo se belom „ladom" do mesta gde sam na drvetu ostavio snajper.

— Lepotica — kaže, dok je pažljivo ubacuje pozadi. — Ideš čamcem, tako je najbrže.

Silazimo do Drine, čuju se žabe iz plićaka. Komarci ujedaju. Klasika. Iz gustiša izlaze dvojica mračnih tipova sa dubokim čizmama. Stežem pištolj. Nije mi baš sigurno. Lako može Drina da me proguta.

— Ne brini — umiruje me Veljko. — On te vodi gde treba — pokazuje mi tipa. — A ti vidi posle tvoje...

Brzo se pozdravljamo, upadam u čamac, normalno, direktno nogom u ono malo vode na dnu čamca. Psujem.

— I jebeš fudbal, gledaj od čega se živi — dobacuje.

— Ej, Veljo, hvala brate za sve. Daće Bog da se vidimo, a onda...

— Putuj, ko zna...

Da, pravo kaže — ratna su vremena. Ko zna...

Pod plaštom noći, rutinski pređemo Drinu. Pa traktorom do prvih kuća, pa u auto koji je smrdeo na benzin, do uvučene kuće sa velikom sivom kapijom. Penjemo se stepenicama sa spoljne strane, obuveni ulazimo u sobu punu dima i praznih flaša.

— Jebiga — otvara vrata terase, psuje i prazni piksle direktno sa terase i baca dole prazne flaše. Neka se slomi, a neka samo tupo sklizne na zemlju. — Care , ja sam Rade — pruža mi ruku. — Ne brini se, sve je rešeno.

Znam, sve je ODAVNO rešeno.

— Evo ti ovde, kô u svojoj kući, šta ti ja znam, uzmi pivo, rakiju — pokazuje mi. — Ako dođe komšinica da skuva kafu, ti je časti sa dva'es'-tri'es' maraka. Dobra je — pokazuje rukama kolike sise ima. Otvara ormar. — Vidi tu šta ima pa uzmi.

Vidim nešto kao posteljina, klimam glavom.

— I ovo ti je ovde, u fioci — pokazuje punu fioku prezervativa. „Jašta."

— Doći ću sutra, aj' zdravo.

Prvo namestim novu, čistu posteljinu, ovo je neki jebarnik ovde, a ono sa kreveta šutnem na terasu. Pa otvorim pivo, pustim neke drekavce na TV-u, pa izujem mokru obuću i skinem čarape. Milina. Na drugom pivu, dok sam menjao kanale, čujem neko kuca.

— Napred! — izderem se. A ja imam glas za takve stvari.

— Komšija, zdravo, šta radiš? — uđe buckasto stvorenje u nekoj plavo-ljubičastoj bluzi, ovlaš ogrnuta falš trenerkom. — Poslao me Rade da vidim da l' ti treba nešto, jesi l' gladan?

— Stavi kafu da popijemo — odvaljujem. — Pa nek ide život.

Udarilo me pivo? Možda.

— E, kafica može, i meni se pije — krenu ka šporetu. — Kakva da bude?

— Slatka, nego.

— Joj... i ja pijem slatku. Jebeš gorku kafu.

Pevuši nešto dok pere šoljice. Zagledam je, čvrsto deluje. Seda do mene na krevet:

— Joj bolan, pusti ovu.

Pojačavam refren na TV-u.

— Jes' slatka — komentariše pevačicu. — Ma je l' ti slatka?

Mrdam glavom. Može da prođe.

— Baš si ti neki. Samo ćutiš. Jesi, bolan, za pivo? — veselo stvorenje nema šta.

— Može, može pivo — već sam zviznuo dve flaše.

— E, mislim — ako ne pije, onda i nije od naših — pa nastavlja dok otvara flaše. — A da te pitam, jes' na liniji bio, tamo? — mrda glavom, pokazuje. Gleda uniformu i pištolj na stolu.

— Malo.

— Joj... kako ja volim heroje — seda, pa skače po kafu.

— Ma nisam ti ja neki heroj — nisam nikakav, ako ćemo.

Donosi kafu, pa se onda kucamo flašama. Pije iz flaše, puna života. Seda blizu, pored mene. Pa me, kao ovlaš, dira po kolenu. Priča nešto neobavezno. Okrenem još par piva, već mi uši gore. Sve slobodnije me dira po kolenu i naviše.

— Ma ima me, prava sam Bosanka — smeje se. — Al' da te pitam, al' budi čovek pa mi iskreno reci...

Nalivam se pivom. Slab sam ti ja karakter. A i iskrenost mi nije jača strana.

— Nego, sva si nekako... — hvatam je za lakat i privlačim. Jebeš pitanja. Kao da pucam u žirafu u zoo-vrtu. Ostavljam flašu ne gledajući. Jedva dočeka. Poklopi se preko mene. Baš otresita, životinjski nasrće. I ja ubijen samoćom i željom, čisto životinjska potreba za toplinom, a tako ljudska, razumljiva. Otimanje i osećaj da se živi, makar i ovako, tren zaborava, ali donosi olakšanje, celo telo, kao struna napeto, istopi se u ženskom mesu, što zahvalno prima i traži još. Navlači na sebe, kao da nema života iza ove sobe i iza ovih zidova. Kao dva davljenika, čudno spojena u talasima, izbačeni nekom voljom sudbine. Pa neko olakšanje i lebdenje kao u polusnu. Ujutro joj tutnem sto maraka:

— Dobru kafu kuvaš — malo napravi potez kao da će odbiti, no prihvati sasvim normalno.

— Ćao mili — prozbori umiljato, poljubi me sasvim zadovoljna i ode. Ostavila mi je skuvanu kafu, otvoren prozor, bol u glavi od mnogo piva i jedno rasterećenje. Skupa kafa u ovim krajevima. Brzo se tuširam. Taman se sredim, kad upada Rade, umoran, blatnjav, crn od podočnjaka. Miriše na reku i tinju:

— Nema odmora dok traje obnova. Ajde zemljače, došla mečka po tebe, bata Rade radi to u velikom stilu.

Guram čehinju za pojas, uzimam cigarete. Smeje se.

— Je l' bila Neda?

— Ko?

— Komšinica.

Klimam glavom.

— Opasna je. Jesam ti rekao... a što dobru kafu kuva — taj Rade se non-stop nešto smeje. Veseljak neki. Pijem stojeći najslađe gutljaje i smejem se. Silazimo betonskim stepenicama, dočekuje me čovek u odelu i crn, nov „mercedes". Kožni mantil uredno ostavljen na zadnjem sedištu.

— Ja sam Miki — kaže. — Ili Saša, kako hoćeš — to nam je bila sva komunikacija do Subotice. Vozi brzo, oštro. Čitam novine, a vidim ne puši, ne palim ni ja. Smejem se nekim izveštajima sa fronta cinično.

— Vidi ovo, majke im ga... — sam sebi govorim. Istinu su odmah streljali. Na periferiji Subotice me ostavlja, kaže. Miran kraj. Vidim po novinama, danas je nedelja. Sve je mirno, usporeno. Posmatram retke prolaznike. Tamo, na frontu, svaki dan je dobar da pogineš. Ulazimo autom u dvorište, lepa bela kuća, visoki zidovi, garaža unutra sređena. Očekujem, ne znam zašto, gipsane lavove i orlove. Srećom, nema ih. Stariji tip sa bradicom i mlađa plavuša me sačekuju. A ćutolog mu odmah daje rikverc, ma ni zdravo, srećno itd. Klasični poslovni ljudi ispred mene. Ona u pantalonama i kostimu. Ulazimo u salon, kožne fotelje, sve ostalo sa ukusom i merom. Prava klasika.

Bradica kaže ženi:

— Uzmi mu mere, ovakav ne može.

Lepa žena me mirno skenira:

— I pribor za brijanje — klimnu glavom i izađe.

— Brzo ćemo, hoćeš ruski, moldavski ili makedonski pasoš?

— Makedonski — odaberem posle kraćeg razmišljanja.

— Znaš li makedonski?

— Ma pričam sve svetske jezike — mahnem rukom.

Nasmeja se, smešna mu ta bradica. Kao neki slikar.

— Odlično, ja te prebacujem do Budimpešte. Plaćanje unapred — reče cifru.

Izvučem jedan svežanj i odvojim sumu, i dodam još četiri-pet papira više.

Nastavlja:

— Tamo ćemo videti koliko je karta do Moskve. Povratnu?

— Ne — odgovorim kratko. Ne znam ni sam koliko ću se zadržati u Rusiji.

Jebote, svi znaju da idem za Rusiju. Mada sam zadovoljan organizacijom. Prava štafeta.

— Pištolj i uniformu ostavljaš ovde. Biće sačuvano.

Klimam glavom, važi.

Vrati mu se žena sa kesama, ma nema ni dva sata da su prošla. Garderoba, cipele, jakna. Pruži mi pribor za brijanje i pokaza kupatilo i peškire. Istuširam se, obrijem, iskoristim nekakav losion posle brijanja, te mi sve ispeče lice. Navučem farmerice na čist veš, i o tome je mislila, pa crna košulja, svaka joj čast, po meri. Uđem, a oni već postavili fotoaparat ispred plavog razapetog platna.

— Moraš nešto da uradiš sa kosom — reče žena, postavi me na stolicu i lakom i češljem me dotera. — Sada je već bolje — pokaza mi da sednem ispred fotoaparata. — Okej, ptičica.

Ode Bradica sa snimkom, a žena ostade da donese kafu.

— Probaj jaknu. I cipele — reče.

Odlična koža. Miriše. Volim taj miris. Obujem cipele. Pa jaknu.

— Ogledalo? — pitam je dok u kuhinji zakuvava kafu.

— Tu desno — pokaza mi pa se okrenu. — Odlično — reče sa divljenjem.

Pogledam se, ne mogu da verujem. Kao latinski žigolo. Zalizana kosa. Veliki napredak za nekog ko je do malopre ličio na zver iz šume. Zavalim se u kožnu garnituru, bez jakne, normalno — da pijem kafu i viski. Zadovoljan metamorfozom. Pokaza mi na torbicu:

— Glupo je da je nosiš sa sobom. Bode oči.

Iscepana, prljava, zelena vojna torbica. Baš upada. Donese mi crnu, elegantnu. Prebacim svežnjeve, manji deo u velike džepove jakne, a deo u torbicu. Otprati me pogledom, taj moj nehajni postupak. Mora da u novcu ima nešto erotično i seksi. Mršava plavuša poče da se igra uvojkom kose. Sitno dupe, sva vižljasta, male grudi, ali kako hoda izazovno. A takav joj je i pogled. Napuni nam čaše viskijem. Tek sad je pogledam, izazvan duplim viskijem. Uputim joj direktan, najbezobrazniji pogled koji sam imao u arsenalu. Na moje iznenađenje i radost, ne samo da je uzvratila već je izazovno i polako krenula jezikom preko svojih usana. Uzvrpoljim se. Ovo je sve poludelo — pomislim. Ceo svet je otišao u majčinu. Ustade, dopustivši da je dobro odgledam i vrati se sa novom kutijom cigareta. Na trećem viskiju dođe muž.

— Biće gotovo sutra — pogleda nešto za nijansu duže ženu, zna je izgleda, no ne reče ništa. — Ostaćeš ovde, ima...

— Bio bih vam zahvalan — počeo sam kao diplomata.

Sutra smo već bili u Budimpešti.

— Srećno — reče plavuša, dok je Bradica isterivao auto. — Ovo te čeka — mislila je na utoku, pokaza rukom ka ćošku sobe. Nasmejem se umesto komentara. A i ona, kad je shvatila igru reči.

Na granici Bradica progovori mađarski. Bez zadržavanja, onako, baciše pogled na nas doterane, Bradica u odelu sa kravatom. Na aerodromu me ostavi u restoranu, pijem kafu i sok, posmatram svet što prolazi. Čudno mi. Tako mirni, putuju ljudi, razne sudbine i fizionomije se mešaju, privlače pažnju, neko više, neko manje.

— Znaš dalje sam?... — pita me dok mi pruža kartu. Trgne me iz posmatranja ljudi. Gledam ga belo. — Mislim, tamo u Moskvi? — pojašnjava. — Javiću da si krenuo. Paket je isporučen — reče teatralno.

Stjuardesa mi pokaza mesto. Normalno, obratim pažnju na nju. Svi muškarci bulje u stjuardese. Bolje u nju nego u zemlju ispod. Ne volim avione. To bre može uvek da padne. Ali taj njihov profesionalni osmeh, to ne volim, mada mora da im nije lako, svi na njima vežbaju udvaranje. Iskoristim priliku da vratim film, etapu po etapu. Organizacijom koja me je stavila na avion za Moskvu za nekih 48 sati, zapanjen sam. Tek sad vidim koliko o nekim stvarima nemam pojma, te koliko sam sitan šraf u celom tom mehanizmu. Jako nebitan i zamenjiv. Rusu je mnogo bitno da neko odnese taj novac u to mesto. A odakle mu to poverenje u mene? Ipak je to ogroman novac. A uostalom, odakle mu pare?

Jedini odgovor je, kad smo pokvarili biznis onoj mafiji, da je vešto uskočio kao što ume i zgrabio neku torbu. To i liči na njega. Nasmejem se malo glasnije, pa me starija debela žena sa naočarima na pola nosa i glupom pundom pogleda kao ludog. Čitala je *Orkanske visove*. Verujem — petnaesti put.

— Dobra knjiga — namignem obešenjački. Baba se zgrozi i pomeri pogled. Gde baš ovo da sedne do mene?

Slećemo, daleko je ta Moskva. Izlazim lagano iz mase užurbanih ljudi, hladno je, navlačim jaknu. Rusija, baćo. Iz održavanja momak, u žutom kombinezonu, pokazuje mi da priđem:

— Dobrodošli v Rusija. Gde idjot? — pita na finom srpskom. Idiot.

Taman da ga oteram, šta njega boli gde idem, podozriv sam ovih dana, ali ipak kažem, da ga otkačim:

— U muzej, Kursk — radi sticanja znanja, normalno. — Volim muzeje.

— U Voronjež? — nastavlja dosada. Baš je uporan.

— Nego — jebeš ga ima li drugi muzej. I služe li kafu tamo u tom muzeju.

Ubaci me u vozilo, direktno na poseban carinsko-policijski punkt, pa brzo udaranje pečata u pasoš, nismo ni iz vozila izašli, pa luda vožnja između parkiranih ogromnih aviona do posebne piste i manjeg aviona sa elisama, gde me je preuzeo lično kapetan. Manji avion, loša plastična sedišta. Par ljudi kao putnici, nezainteresovani, dva pijana poslovna čoveka pevuše neku rusku tugovanku i nalivaju se votkom. Odabrano društvo, samo su mene čekali. Brzo smo bili u vazduhu. Ova primopredaja je izvanredna, mislim da je to novi rekord u istoriji izbegavanja svakakve moguće kontrole. Dremnem, mogu i na dasci da zaspim kad sam umoran. A nije daleko, samo par hiljada kilometara.

Iz dubokog sna me trgnu nuđenje flaše, i mahinalno povučem fin cug. Ožari me votka, sve izgore, ali herojski otrpim, i uz balavljenje pijanog biznismena na mom rukavu, sletimo u maglovit grad. A hladno u majčinu. Iznenadim se kad sam ukapirao da me niko ne čeka na pisti. Šta to bi? Gde je odbor za doček? Uđem u aerodromsku zgradu, a sve zagledam očekujući da mi neko priđe i povede me dalje na adresu koju mi je Ruja dao. A tamo — pola-pola. Lova je tu, spremna. Pala neka siva noć, vidim kroz ogromne prozore čekaonice, navaljuje sneg, a meni uši već smrznute. Ova jakna nije za surovu klimu. Reže koliko je hladno. Nema veze, uzeću taksi. No, videvši da sam očigledno stranac, podmukle face taksista i raznih neobrijanih pijandura i besposličara, prava horda, krenuše na mene kao hijene, da me razvlače i vuku za ruke, da se psuju i pljuju. Otimaju se oko mene. A nude vožnju, navodno. Ovo je situacija gde nema kontrole, počnem da se otimam sve jače, a opasno je što nigde ne vidim policajca ili bilo kakvo drugo službeno lice. Drže me za ruke, dok, kao, nude cenu vožnje i pitaju gde da voze. Jasno mi je da će me uvući u kola, prebiti, opljačkati i ostaviti smrznutog u nekoj rupi. Hvata me panika, mnogo ih je i kao hidra me drže za ruke, ne puštaju plen, i uz malo muke me pomeraju ka izlazu. Malobrojni putnici i aerodromsko osoblje ne obraćaju pažnju na gužvu, sklanjaju se čak. Mogu samo glavom da udarim nekog, ali procenjujem da ne bi imalo efekta, samo bi popio veće batine, tu odmah. Grozničavo razmišljam šta da radim, a ono nekoliko reči ruskog koje sam znao zastaje u grlu, kao ovca koju vode na klanje. Ovako se nikad nisam uplašio, ma nikad, već se besnije otimam, ali me čelične ruke drže kao malu bebu. Kao mengele. Iznenada, kao da sam otrovan, puštaju me bez reči i pokunjeno se razilaze! Zbunim se, oslobođen iznenada. Osvrnem se, kad iza mene stoje dva tipa, atletski građena, u urednim odelima i dugim kožnim jaknama sa (pamtim) kožnim crnim rukavicama. Prilaze mi i uz mimiku kao izvinjenje pokazuju da ih pratim. Kao robot, još nesiguran na nogama od ogromne količine adrenalina, pratim prvog, a za mnom ide njegov klon. Ispred velika ruska kola, „čajka" ili „lajka" jebeš ga, upaljenog motora sa spremnim vozačem, crna i elegantna. Koji su sad ovi? Mafija ili Bezbednost? Ulazim, šta ću kad su tako ljubazni. Prija mi toplina u kolima i osećaj da sam možda na sigurnom. Ko god da je, mnogo je jak, jer je one klošare razgonio samo svojom pojavom. Nisam čuo da l' su im nešto rekli, ali je bilo poučno. Ipak, priznajem, osećam se poniženo. Vrlo poniženo. Smotali su me za tren. Kakav udarac mojoj sujeti.

Krećemo kroz sneg, dok pahulje skoro vodoravno naleću na šoferšajbnu. A posada i dalje ćuti. Najzad, onaj prvi, što je seo do mene u kolima, izvinjava se i koliko razumem, objašnjava da su zakasnili zbog nečega. Da mi se dalje takvi problemi neće više dešavati. Klimam glavom u znak razumevanja, te ga to umiruje. Voze me širokim bulevarom, pitao bih kuda, ali odustajem. Gledam ružne zgrade, tipske, sa tek nekim detaljem koji ih razlikuje od susedne, te oljuštene fasade i limene barake za prodaju nečega, ljude zaštićene ogromnim kapama kako lagano prkose mećavi. A drvored, sve pod konac. Vozimo se već sat i nešto, toplina me omamljuje, dremnuo bih prepušten situaciji. Noć, nazirem da smo skrenuli negde ka periferiji, vidim svetla u malim kućama. Jadnim, skromnim. Jadan narod, pomislim. Teže ide moćni auto, kaljuga, nije asfaltirano izgleda, ovo je kao neko selo kome se veliki grad približio. Vozač zastaje par puta, pita retke prolaznike, koji poslušno prilaze i pokazuju. Još malo. Zastajemo, izlazi pratilac, proverava nešto skoro u mrklom mraku, daleko je jedna jadna ulična svetiljka, pa klima glavom. Pokazuju mi da smo stigli. Izlazim kolebljivo u veliki stud, svojim tanušnim cipelama odmah upadam u nešto neopisivo i uz veliku pomoć jednog od njih dolazim do kapije, gde je deo koji je nešto malo očišćen od snega, tj. nema ga kao na ostalim delovima. Nešto mi pokazuje i odlazi u auto koji zamiče nazad. Otvaram kapiju, ali se veliki pas zaleće na mene. Trgnem se nazad, a njega spreči lanac, te mi ostavi dva metra unutra u dvorištu da stanem na beton sa malo snega. Vide se tragovi lopate, neko je skoro čistio sneg. Uzaludan posao, čini mi se, gledajući tamno nebo iz koga neprestano sipi. Ruska zima. Čuvena. Vadim svežnjeve iz džepova i torbice, ne mogu u mraku da pogodim pravi. Rus je na jednom napisao adresu i ime, bar da znam da sam na pravom mestu, da ne obradujem pogrešnog. Pas uporno laje, a ja ne mogu da pročitam ništa. Mnogo je mračno. Daleko je ona svetiljka, odem li do nje potonuću u sneg kao u živi pesak. Upaljač mi vetar gasi, ma koliko pravio zaklon. A ovo kuče, na samo metar od mene, zateže lanac i pušta penu. Psujem žestoko, kad se otvaraju ulazna vrata i mlaz svetlosti me obasja. Uspeo sam da pročitam adresu i ime, dok je glas oštro terao psa u kućicu. Neka žena, zagrnuta nečim kao pelerina, pokazuje mi da priđem:

— Pažal'sta, pažal'sta.

Polako prilazim dok me prati tiho režanje.

— Eto Šolohov sorok pjat? — pitam za adresu.

Gleda me starija žena, onako mokrog i smrznutog. Pa me pogleda u noge i jadne cipelice. Smilova se:

— Da, eta... privet — pokazuje da uđem.

Penjem se uz stepenice. Pas ne prestaje da negoduje. Zatvara vrata, da vetar ne tera sneg u kuću. Malo je toplije. Pitam dok otresam sneg sa nogu:

— Vi Julija Jaruševa?

— A, njet, njet... ja hazjanka... — pokazuje mi da uđem. Starija žena, seda, oko šezdesetak godina, toplih očiju. Ne razumem je, možda je Rujina majka. Pokazuje mi da uđem. Pratim je, ulazimo u toplu sobu, peć mi prva pade u oči. Normalno, kad sam se toliko smrzao. Pokazuje mi da priđem i donosi stolicu da sednem, onda meko priča sa nekim, ne vidim sa kim. Sednem pored stare pećke. Udar toplote me poklapa kao talas. Baba ne prestaje da priča, odlazi u kuhinju. Koristim priliku da razgledam — stari tepih, okrečeni zidovi, nameštaj — samo osnovno. Čuje se, baba vadi šolju iz visećeg ormara, i ne prestaje da priča iz kuhinje. Brzo mi donosi šolju, čaj, a za njom se stidljivo ukazuje lice slatke devojčice od jedno četiri godine. Dete me gleda ispod oka, radoznalo. Pijem čaj i kontam, to mora da je njegovo dete pa zato šalje pare, neće da mu dete odrasta u ovoj bedi. Gledam fotografije po zidovima, učini mi se poznata faca, ali je daleko za preciznije prepoznavanje. Devojčica se zavukla ispod stola i posmatra me oprezno. Raskopčavam se, toplije je, donosi mi starija žena tople papuče i pokazuje da skinem cipele. Nećkam se, no noge su mi mokre. Na kraju prihvatam, a ona ne prestaje da priča svojim toplim glasom. Obraća se devojčici koja klima glavom. Iznosi cipele u hodnik, a uto iz hodnika utrča veliki žuti mačak, ogroman. Pogleda me, pa se uz maženje na kolenu lagano pope meni u krilo. Baba oduševljeno pljesnu rukama i pokaza devojčici scenu. Ogromna životinja se udobno smesti u mom krilu, zatvori oči i sa zadovoljstvom poče da prede. Pomazim je polako, a ona izvi glavu sa uživanjem. Devojčica se izvuče ispod stola i priđe na korak-dva. Pitam je:

— Kak tebja zovut? — moj čuveni ruski. Znam i ono „kakvaja tvoja familija"?

— Maša — stidljivo i tiho reče i približi se korak. Ogromne svetle oči i svetla kosa na svetlom licu. Mali anđelčić. Mačka se ispruži dalje u svom uživanju. Pomazim je iza uva, intenzivno nastavi da prede. Žena se smeje i gleda scenu. Devojčica prilazi bliže i stidljivo mazi žuto čudo. Nešto mu tepa na ruskom. Žena mi pokazuje da sednem iza na krevet, pored peći. Pomeram se pažljivo da mi ne ispadne mačka i predenje se nastavlja. Devojčica se penje na krevet i nastavlja da nešto govori mački.

— A skoljko god pri tebja?

Pitam za godine, dete me ne razume, baba objašnjava šta sam hteo da je pitam. Dete mi pokazuje četiri prstića.

— Četiri?

Klima glavom. Smejem se. A ona i dalje nešto tepa mački, baba joj donosi šolju mleka. Pije i preko ivice šolje me gleda. Mačka oseća mleko i podiže glavu, ali je mrzi da ustane. Devojčica vraća šolju babi, lagano zevne i levim ramenom se navali na mene, ispruži nožice na krevet i uz lagano nevešto maženje debelog mačora sasvim se opusti i lagano zaspa! Baba prilazi i gleda, smeje se dobrodušno. Objašnjava da je umorna, igrala se ceo dan, i donosi mi još jedan čaj. U tom momentu čujem da se otvaraju spoljna vrata, i sa šubarom i pokrivena snegom ulazi mlađa ženska osoba. Gleda potpunog stranca sa mačkom u krilu, detetom koje koristi njegovo desno koleno kao jastuk, u papučama i sa šoljom čaja. Zbunjena je, osmehuje se zbunjeno. Baba upada sa objašnjenjem i još više zbunjuje pridošlicu. Gleda svoju ćerkicu kako mirno spava, mačka koji se široko izvalio, i počinje da se smeje prelepim osmehom. Smejem se i ja, šta ću. Ispod tipične ruske šubare, dugačka plava kosa sa svetlim pramenovima, a oči zelene. Ne zagledam je više, to je Čortova žena, ne ide. Ipak, pošto je skinula kaput, odlučno je uzela Mašu u ruke i prenela u drugu sobu na spavanje. Uz jedno „oprostite" ili neko slično izvinjenje. Ne gledam je, ali oči hvataju figuru. Usredsređujem se na zadovoljnog mačka, ali i on sa babom izlazi napolje u sneg. Starija žena mi se smireno javlja i nešto ćućori na ruskom. Odmahujem uz osmeh. Mačak neguduje, jašta, hladno je napolju. Mlada žena mi brzo donosi čiste čarape, pokazuje da promenim mokre. U kupatilu se malo sređujem i gledam u mutnom ogledalu. Siromašno ali čisto, primećujem. Tanki peškiri za ruke, sve minimalno, ali besprekorno čisto. Vraćam se i stajem kod peći, dok ona namešta sto za večeru. Kad sam već tu, pomerim poklopac i primetim da je ostao samo žar, te spontano izađem u hodnik, vratim se sa naramkom cepanica. Deo ubacim u vatru, a deo mirno složim. Vidim, gleda me i smeje se. Kažem:

— Holodno — umesto objašnjenja, a ona mi uz osmeh pokaza da sednem za sto.

— Pažalujsta.

Sednem, onako malo zbunjeno i nelagodno, ali mi stomak počne da reže. Gladan sam, ma koliko se pravio čvrst. Iz velike šerpe mi sipa neku masnu, jaku čorbu. Miris izvanredan. Pokaza mi na velike kriške hleba, kao kad se kod nas prave pogače po selima, ali mnogo crnje. Kao duvam, toplo, a maltene penu puštam koliko sam gladan. Probam oprezno, pa progutam. Super, gusto.

— Odlično — pohvalim.

— Maja hazjanka... — objašnjava ko je kuvao. Ja sam mislio da joj je to tašta ili baba, ali to joj je gazdarica. — Mašu hranit. Ponjimaješ pa ruski?

— Ćut-ćut — objašnjavam, vrtim glavom, ona se smeje. Znam gore-dole, al' ne smej se tim bleštavim osmehom, molim te. Ustaje da donese sledeće jelo, opet je pratim pokretom, pa ljut na sebe i postiđen, psujem se. Jebem te u samokontrolu. Nešto prženo sa delićima mesa i nekim biljkama, ukusno, nema šta.

— Uf — reče brzo, zaboravila nešto. — Ti možna pit?

Sležem ramenima, ne razumem.

— Pit? Votka? Vino? — objašnjava.

— Vino možno — slažem se.

Donosi buteljku crnog vina sa crnim orlom na boci. Uzimam joj iz ruke vadičep i uspeva mi da rutinski izvučem čep.

— Bravo — smeje se, dok donosi dve čaše. Sipam njoj pa sebi, i vičemo dok se kucamo:

— Na zdarovije.

Pita me kako je kod mene, kako se viče „živeli", kažem joj, pa ponavlja kod sledećeg kucanja:

— Na zdravlje!

Pitko vino. Slatko.

— Uf — spontano izjavljujem kad sam sklonio tanjir od sebe, što izaziva još jedan osmeh kod nje.

— Možno kafa, čaj?

Kafu bih, baš bi mi prijala. Odlazi u kuhinju, sređuje sto, ne budem lenj nego joj pomognem. Kao da joj nelagodno što se mešam u kuhinjske stvari. Dete je nešto zove iz susedne sobe. Izvinjava mi se i odlazi do devojčice. Ritual pred spavanje verovatno. Dolazi posle par minuta i donosi kafu iz kuhinje. Seda, kad je sve sredila. Pijuckam vino. Čekam da se kafa ohladi. Verovatno čeka objašnjenje ko sam i šta sam. Naravno, vreme je za ozbiljan razgovor.

— Ti Julija Jaruševa? — suptilan sam kao i uvek.

— Da, ja Julija Jaruševa.

— Ja bil v vojna sa... — kako mu je ime? Znam ga po nadimku.

— Što slučilo Vladimir? — prenerazi se, misli loše vesti.

— Ne, ne, sve dobro, vse, toj živ, zdravoj, njet njet — vrtim glavom brzo.

Vladimir se zove. Onakav čovek pa Vladimir. Ustaje i donosi fotoalbum, lista i pokazuje sliku:

— Eta Vladimir i moj Sergej.

Slika negde iz dvorišta ili u šumi, jaki, nasmejani momci, sa sekirama.

— Ko je Sergej?

— Eta maj suprug.

— Gde toj? — morao sam da pitam, morao.

Teško uzdahnu:

— Iščeznul v Afganistanu, pred vozvraštenie.

— Kagda?

— Maša ne videla otec — tu se sakri od mog pogleda iza kose. Pokrenem ruku, nesvestan svog poteza, i stavim joj ruku na rame, pomazim po kosi, a nju nešto obori na moje rame i kao da se zabi. Samo suze da joj ne vidim. Šta da kažem, u takvoj situaciji je najbolje ćutati. Najzad prestade, pomeri glavu, malo postiđena i uz jedno „izvini" — ustade da sklanja čaše. Drhti, al' se kontroliše. Razmišljam brzo i odlučujem da joj poslat novac uručim sutra. Učini mi se najbolje. Namesti mi krevet pored pećke, šaren čaršav, za goste, nov, ne budem lenj te navučem drva iz hodnika. A napolju minus hiljadu stepeni, zavija vetar. Kao da me izbi neka drhtavica. Ona mi pokaza da će da legne u susednoj prostoriji, da se vrata ne zatvaraju zbog toplote, da greje dete i nju, pokaza mi gde se gasi svetlo i uz jedno rusko „laku noć", povuče se. Ugasim svetlo, pa otvorim vrata peći — volim da me greje otvoren plamen, zadržim malo pogled, ali mi leđa užasno hladna. Ubacim drva, uvučem se pod ćebad, al' me hladan krevet prosto iseče i tu počnem da drhtim, sve nekontrolisanije. Cvokoću mi zubi. Smešno ali istinito. Čelo mi je toplo, ka peći okrenuto, a leđa i noge, ma sve ostalo kao na ledu da sam. Koncentrišem se da zaustavim cvokot, ne vredi, ljutim se na sebe, zabijam glavu u jastuk, kao kifla okrenut ka pećki, ka toploti. Imam osećaj da iz zida bije užasna hladnoća, probija ćebad i tkaninu. I grize me bolno, grize. Mora da su me mokre noge dokusurile, osećam da gorim. Onako iscrpljenog i pod stresom, progonjenog, sad me stiglo sve. Uvlačim se u sebe, a već mi se muti u glavi. Ne bih zvao Juliju, da je ne uplašim — šta će sa mnom u ovom polaru? Trpeću, a to postaje vrlo teško, usta suva, kako bih vode sad popio. Nastavljam cvokot, prestao sam bio na tren. Čujem korake, ogrnuta nečim, evo je u mraku pored mene, pita me nešto, pa mi stavlja svoju ruku na čelo, zabrinuta. Pali svetlo i posmatra me kratko, a onda odlazi tamo-vamo i donosi neku tečnost da popijem. Reči hvatam iskrzano, u delovima, shvatam značenje i povijam se toj moći, predat tom anđelu. Popijem žedno odvratno gorku tečnost. Ona ubacuje drva u peć. Kratko se zadrža kod Maše a onda, vešto me preskoči, iza mene se zavuče u krevet i pribi jako. Stegnu me rukama, kad krenu talas drhtavice dotad nedoživljen, ali me ona ne da, smiruje moje kratko gubljenje svesti. Izbi znoj, voda odnekud, sav se izlivam. Pokrenu me želja za vazduhom, dišem kao da sam dugo ispod vode bio. Mokar, drhtavica se smiri, mada naleti kao lakši talas, a ona me ponovo preskoči i vešto me skinu dopola, obrisa grubo peškirom, utrlja neku mast i navuče mi pregolemu belu majicu, pa se izgubi do Maše, a onda ugasi svetlo i ponovo se uvuče u krevet do mene. Teško dišem, ali se polako smirujem, dok vraćajući se u normalu ne osetim teške grudi i miris kose i nje. Zadrhtim, samo kratko od želje, pokušam da sakrijem, malo mi nelagodno, dok ona lagano ne opusti stisak. Isturim glavu nazad, ona izvuče ruku što je bila zavukla ispod mog tela, dok me čvrsto držala. Pogledam je otvoreno, željan, jako željan, kad pokrenu se sa namerom da možda napusti krevet, ali sam je uhvatio za kuk i zadržao, očit u nameri. Za tren joj jaka beše desna ruka, a onda poleže na mene uzdrhtala. Unesem lice u vrat, mek, svilen, i očajnički, da se ne predomisli, kao brodolomnik držeći se za splav rukama, ožarim je usnama. Zabaci glavu nazad, dok joj drhtaj prođe kroz telo. Zavuče mi ruke ispod majice, pritisnu uz sebe, delom se opire, delom naleže na mene. Pomuti mi se razum, a već pomućen, zavučem ruke ispod. Na grudi naletim, čvrsto prođem, čak grublje preko bradavica, nabujale, jake, već me hvata vrtlog težak kao oblak. Pretvaram je u žednu zemlju, da je pritisnem jedva čekam. Uvlačim se u nju, delićem svestan lepote, unosim se i pokrivam, malo mi je, ruku bih više da imam, svud da je dodirnem, svud da prevučem svoje dlanove. Bedne su mi reči i male, nikakve, da opišem bolje i da ne pokušavam, skromno mi zvuči, ne, neka ga, nek pamćenje hvata koliko može. Grizem joj usne, po vratu joj tražim damare, ramena, sva je svilena i čvrsta, miriše na ženu iskonski. Prođe talas davanja. Uvučena mi ispod ramena, osluškujem damare srca koje se polako smiruje, disanje lagano, uspavljujuće čak. Toplo mi je, pretoplo, a malopre sam drhtao od hladnoće. Ponesen nekom meni nesvojstvenom nežnošću, mazim je, ne prekidam, dodirujem usnama. Kad krenem po vratu, otmem joj lagani uzdah i ona traži moje usne. Zaspali smo tako, a snovi predivni, ako su to snovi bili. Možda godinama nisam tako lepo spavao, to znam.

Osetim da me nešto dodiruje po nosu, pokušam da se počešem — kad uhvatim dečju ruku i zvonki smeh me probudi. Maša me dečje budi, do kreveta mi je, gleda nazad, a iz pozadine dva oka — sijaju plavozelenom svetlošću i blešti osmeh. Julija mi pokazuje da je vreme za doručak, nasmejana. Nasmejem se, podignem Mašu u vazduh, dete čiči od sreće. Umijem se, sredim. Maša mi je ili na kolenu ili mi visi sa ramena. Dete me ne pušta. Popijemo čaj, a onda pokažem da hoću ozbiljno da razgovaram. Posla Mašu u drugu sobu. Dete se jedva odvoji. Uozbilji se, ali joj osmeh blešti iz očiju. Ustanem i nežno je poljubim, zagrlim, privije se uz mene. Provučem joj prste kroz kosu, pomerim zlatne pramenove sa čela. Tražim reči da joj kažem koliko je bilo lepo noćas, ali mi sve deluje banalno, kao iz nekog filma, nešto bih svoje, čisto, ali uglavnom ćutim i upijam je. Mislim da me razume. Nadam se. Najzad se pomerim za tren i donesem torbicu. Polako izvadim novac iz torbe i pred njom, iskreno začuđenom, počnem da ređam svežnjeve. Zeleni dolari, marke. Gomila.

— Što to? — iznenađeno i malo kao ljutito me upita.

— Eta Vladimir poslal za tebja i Maša, to tvoje.

— Ne, eta ne moje, ne mogu uzet...

— Vzemi, nu, tvoje.

— Ne, kakvi dengi, može bit krovavij banknota. Ne, ne.

Šta sad da slažem, kako je došao do novca. To nikako. Smišljam nešto, neće uzeti ako je ne ubedim. A žive u trošnoj kućici. Muče se. Nije me Čort slao na daleki put da mu posle kažem — nije htela da uzme, nisu pošteno zarađene. Da, nit su pošteno zarađene, nit su pošteno dobijene. Ali zar zbog tog principa da dete nema najosnovniji krov nad glavom? Da li se krvavi novac može oprati kroz pametna dela? Opra li Bog bandite što svoj prljav novac uložiše za podizanje crkve? Spasi li im duše? I nije li novac uvek prljav? Ili jeste? Odbacujem te filozofske dileme, nemam vremena za gubljenje. Greh na moju dušu. I na Čortovu, ako ima mesta. Lažem:

— Vladimir imajet biznis, nafta, neft, razumeješ?

— Vlad biznismen?

— Da, boljšoja kompanija — pokazujem rukama, velika. — Eta — pokazujem novac na stolu. — Za tebja i za Maša.

Osećam, ne veruje mi baš, premeće novac i gleda krajičkom oka u dete koje se igra na tankom tepihu. Osećam se kao prevarant, baš me je stid. Lažem, a sramota me. Baš me sramota. Ali ako kažem istinu, koja je cena? Uvek je velika za istinu. Zato je samo najjači govore. Nastavljam:

— To ne tvoj dom?

— Ne, ne moj.

— Kupi dom za tebja i Maša, a posle...

— Bistro, hazjanka... — videla je gazdaricu kroz prozor. Brzo trpam novac u torbicu.

Ulazi stara žena, a za njom neizbežni mačak. Pozdravlja se sa nama, Maša joj oduševljeno skače i nešto joj priča. Žena sija dobrotom. Olga se zove. Objašnjava nešto, i onda navlači toplu odeću Maši i odvodi je kod sebe na čuvanje. Mi još na vratima počinjemo da se ljubimo strasno...

U krevetu je odsutna, razmišlja nešto.

— Dom, možno...

Setna. Pokazuje mi da se obučemo i idemo negde.

— Kupit tebja ruski botušinku — smeje se i pokazuje moje jadne cipelice. — Eta Sibir — nastavlja da me pecka.

— Eta maji lodki — kažem za cipele da su čamci, ona nastavlja da se smeje. Srećom, sneg je prestao, ulazimo u komšijski auto, pozajmila ga je i vešto vozi staru mašinu do nekakvih žuto-crnih zgrada.

— Bazar — izjavljuje. Meni na sve liči, ali ne komentarišem. Što na policama, što na nekim daskama izložene stvari, patike od kartona, majice od najlona. Nalazim dobre crne duboke cipele sa jakim đonom i kupujem, a njoj, iako se otimala i vukla me iz te prodavnice, kupujem novu divnu šubaru. Ljubi me u obraz raznežena. Sijaju joj oči. Pijemo čaj u boljem restoranu. Tu ostanemo i da jedemo. Nekakvi likovi nas posmatraju, ali ja ne vodim računa, smatram da sam bezbedan. Donosi novine, gleda oglase i krećemo u obilazak. Nalazi kuću na dva sprata, započetu, nedovršenu, sa okućnicom. Objašnjava, pokazujući prstom na obližnje solitere, da tu blizu stanuje Olga. Neće bez nje, razumem. Posmatram kuću, a ona gleda u mene. Mlad čovek, prodavac, vidi da sam stranac. Ovde treba minimalno ulaganje i to je gotovo. Spremno za useljenje. Klimam glavom, meni se sviđa.

— Harošo. Uzmi — ponovo joj potvrđujem.

Pokušavam da razumem razgovor oko cene. Klima glavom u odbijanju prodavac. Cenkaju se oko 200 dolara. On ne popušta. Ona uporna. Veliki je to novac. Na kraju prave kompromis, a ja vadim spremljene novčanice kao kaparu i brojim. Rukujemo se i to je to. Naknadno sve ostalo. Dečko odlazi. Ostavlja nam ključ, a Julija istrčava uz stepenice, igra po sobama. Planira šta i kako, i peva od sreće. Pokazuje budući raspored, maše uzbuđeno rukama. Malo-malo, pa me ljubi. Posle je zaspala, predveče, na mom ramenu, izmorena. Slušajući je kako smireno diše, polako se opustim i ja i utonem u san, nestvarno lep. Igram se uveče sa Mašom, dete me ne pušta. Uveče se uranjam u Juliju, lomimo se kao talasi, upijamo, zoru isprepleteni čekamo.

Izlazimo ponovo poslom, hoću da je ubedim da kupi lokal i tu nešto pokrene, neki mali biznis, dobru kuhinju. Malu kafanu, nešto slično. Pred kapijom stoji poznati crni auto i klonirani tipovi. Zastaje iznenađena, malo i uplašena, oni mi pokazuju kratkim trzajem glavom da priđem, otvaraju vrata, ulazim kao automat, njoj kažu da će me vratiti. Uhvatim joj pogled zaleđen od užasa. Nasmejem se, kao biće sve u redu. Vrata se zatvoriše, sat vremena vožnje u tišini, ulazimo na put kroz divnu brezovu šumu, pa kroz veliku kapiju ka nekoj velikoj dači, i pravo u podzemnu garažu. Pokazuju mi da izađem, uz kratko objašnjenje da neko hoće da me vidi. Sležem ramenima. Osećaj da sam kao kufer me ne napušta. Prihvata me mlađi tip i liftom uvodi na sprat, gde me sačekuje nekoliko likova u skupim odelima i drečavim kravatama. Glavni izlazi iz fotelje i srdačno me grli uz neka objašnjenja. Odmah se sipa votka. Sporazumevamo se više rukama. Pokazuje da je vreme da se krene i u koloni sam od nekoliko dobrih vozila, sa glavnim sam u kolima, ali mi ne obraća mnogo pažnje, gleda neka dokumenta. Vrata se otvaraju, vratari se klanjaju, konobari lome na izdignutoj galeriji gde se nalazimo, prilaze isto tako obučene grupe i bučno se pozdravljaju, grle i ljube. Prilazi tip sa velikim zulufima i pravo na mene:

— Zemljak, opusti se, tek sad počinje zemljotres.

Blenem u njega:

— Odakle smo mi zemljaci?

— Vidi ga, al' se usrô... pa bre iz Srbije, ej, rođače... Ja sam ti dugo ovde, pa sam i rešio da ostanem... šta ću — namiguje. — Volim mlado meso.

Sedamo za centralni sto. Ja sam pored glavnog u ovoj grupi, harizmatičan čovek, a zemljak pored mene, kao prevodilac. Preko puta sedi osoba u crnoj kožnoj jakni, mršav, žilav sa crnim „mrtvim očima". Uši su mu specifične, tanke i izdužene. Malo podseća na Kapetana Spoka. Ma i friz mu je isti, crna kosa koja mu skoro pada u oči. Gledam ga u ruke, mršave, oštre. Pogleda me, osetio da ga gledam.

Jebote, kažem sebi, kakav ubica. Ubio bi me, oko mu ne bi trepnulo. Sedi za gazdinim stolom, u crnoj kožnoj jakni, tih. Važan tip. Votka progovara iz mene, brzo me uhvatilo.

— Kako si ti opasan — kažem mu, približen skoro preko stola. Dižem čašu da se kucamo, podiže i on, ne razume me. Namrštenim pogledom pita zemljaka da prevede.

— Zemo, ne zajebavaj se — šapuće neprirodno uozbiljen. — Ovo je zajeban čovek.

— Vidim — ali nastavljam. — Oči su ti opasne, ti si mnogo zajeban.

Tip se mršti lagano, ne razume me. Zemljak se preznojava u drečavoj košulji, prevodi birajući reči. Oprezan. Gleda me, muva nogom ispod stola, daje signale očima. Ne vredi. Ja pijem dalje, došlo mi, neka ruska muzika počinje. Sipam sebi i njemu, pa ponovo nazdravljamo. Gleda me kao zmija za tren, čita eventualne loše namere, ali ja sam čudno fasciniran ovim opasnim čovekom. Takvo zlo nisam dugo video. Osećam takve ljude, ne plašim se dovoljno, ali me interesuje ta kombinacija moći i straha koju nose sa sobom kao plašt. Nemam loših namera.

— I oči — nastavljam. — I oči su ti opasne.

Dižem čašu.

— Živeli u tvoje zdravlje.

Zema brzo prevodi. Prihvata zdravicu, pa se naglo naginje i skoro na uvo mi kaže:

— Ja priznavat samo geroj — steže pesnicu, žile se ocrtavaju. — Takvi čolovek kak silno zakalenaja stal.

— Aha — klimam glavom. — Kao čelik, stil?

Kao razumeo sam ga.

— Da, stal, panjimaješ?

— Panjimajem, ti žit po svoji pravila? Točno?

Okrećem se Zemi:

— Prevedi mu.

Zastaje i razmišlja:

— Eta pravda — pa ponavlja. — Da, eta pravda.

Gledam i dalje u njega, izraz lica mi je kao da čekam još nešto da kaže. Takvi su ljudi teški na rečima, ali imaju trenutke kad se povere totalnim strancima. Buka je sve veća, muzika nam se približava. Pogledam okolo — svi su već u transu, piju i lome. Samo pršti staklo. Gazda i dalje zamišljen, puši i ćuti. Prilaze mu i govore na uvo. Klima glavom ili odmahuje. Biznis ne staje.

— Segodnja v Rosija džungli, panjimaješ? Žizn pjat kopeek, ničevo — pokazuje pet prsta, zapažam ranu na ruci, ružan ožiljak.

— Što to? Rana?

— Da, šar.

Pitam Zemu:

— Metak?

— Da, metak.

— Eta maji rani — pokazujem dlan. Pažljivo gleda, pa uzima flašu votke, otvara (dve flaše smo već popili) i sipa mi, pa sebi toči. Zaplićemo jezikom. Gazda, koji najzad progovara, poziva muziku, shvatam da hoće da izaberem neku pesmu, svi gledaju ka našem stolu, iz nekog treznog kutka vadim pesmu:

— Oči černoje.

Počinje. Zema me hvata za rame:

— To je i gazdina omiljena pesma, sad si ga kupio — al' ne čujem ga, mnogo sam se napio, te reči putuju sporo do mozga. Muzičari daju sve od sebe — jer lete krupne zelene novčanice, pevač se saginje i peva mi na uvo, a ja onako bezveze emocionalno razjeban, ma uvek sam takav kad se mnogo napijem, dižem čašu teatralno, sjurim votku u sebe i pokazujem ruke kako sam se naježio. Tu mi i pobegne neka suza, pokušavam da obrišem majicom, mrštim se u pokušaju da ih zaustavim, blam me, krijem, ali odnegde izviru. Pesma se završi, slomim čašu uz jedno „uf" i okrenem se suznih očiju ka „Big Bosu" i uhvatim ga kako i on krajičkom briše jednu suzu. Bre i on ima osećanja. Čudo. Pokažem očima koliko je ovo bilo teško i jako. On mi klimnu glavom i razmeni par pogleda sa Spokom. Nemam pojma gde sam, ali cenim da sam na testu. Povlačimo se u neke druge odaje, zatamnjeno crveno svetlo, Zema komentariše:

— E sad lepši deo, da ih vidiš samo...

Izvalimo se u separeu, nastavljamo sa pićem, Spok je pored mene, zagrlio me i pokazuje mi koliko me ceni, ali i počinje svoju priču, ispovedanje. Nešto pamtim, nešto ne čujem dobro, ne razumem sve, no klimam glavom, šta ću. Shvatam da je u njemu žeđ za osvetom i tuga za majkom, ali nisam razumeo koga će sledećeg da ubije, ove ili sledeće godine. Iznervirao se zbog nečega, flašom votke lupa po stolu, ne sme niko da priđe da ga smiri, rizikujem i polako mu kažem:

— Budet sve okej.

— Ne budet maljčik, nikagda ne budet vse okej... — kaže to i natoči nam u čaše, ponovo leden i kontrolisan.

Zema pravi mesta gazdi, rešio da sedne do mene, govore nešto na nekom dijalektu, Spok mu smireno odgovara. Prelazim na gazirane sokove, previše sam popio, njima ništa nije. Prilaze tri lepotice, dve plavuše i jedna crnka, plavuša zabacuje gustu kosu. Oskudno obučene, prelepe.

— Nu — pokazuje mi gazda. Da biram. Da ne lažem, ne bi bilo istina, ali taman se rešim da pokažem na tu visoku plavušu, kad mi izađe Julija na oči i rešim da odbijem, vrtim glavom. Zema prilazi i šapće:

— Ne smeš da odbiješ, uvredićeš ga.

— Prevedi mu da zahvaljujem, da mi je učinio veliku čast, ali da sam sa drugom ženom i ne želim da je prevarim.

— Ne budi budala, to nije ništa, ovde to nije...

— Prevedi.

Zema me pogleda sasvim zbunjen, ali sabravši se priđe gazdi i prenese mu moje reči. A ja i dalje gledam u plavušu, rasna. Uf, zmaj. Sve se stresem. Gazda me pogleda zbunjeno. Zema me upita u njegovo ime:

— Pita je l' sve u redu?

— Sve normalno, avion... — pokazujem na devojku. — No... — stavljam šaku na srce. — Spasiba maj prijatelj — lagano klimam glavom u znak duboke zahvalnosti. Mora tako.

Prihvata zahvalnost, smeje se i klima glavom. Nije uvređen, mada mu je čudno. Oni ostaju. Dugo se pozdravljamo sa „Bosom", hoću da idem. Pokazujem da mi se spava. Neću da smetam, kao razume me, smejemo se. Pokazuje na plavušu što prekrštenih nogu sedi u separeu. Lično me Spok ispraćuje, to ne prolazi nezapaženo, gledaju ostali iz raznih bandi. Brzo menjaju poglede. Ispred kola zastaje i čvrsto se rukujemo, levim rukama se držimo za ramena. Rekao bih nešto, ali mi sve deluje banalno, kao u srceparajućem filmu. U limunadi. Zato ćutim. Njemu su oči još crnje, još opasnije.

— Brat... — najzad kaže.

— Brat... — ponavljam.

Odvozi me ista limuzina, bez reči ulazim na kapiju. Čeka me Julija, ispitivačkog pogleda.

Kliberim se, votka me raznela, usporeni snimci se ređaju.

— Nu, što slučilo? — pita. Gleda me direktno u oči, zeleno joj oči praskaju. Ljuta je zbog nečega.

— Malo sam popio — kažem na srpskom. Sležem ramenima, talasa soba. Stoj, rekao bih.

Sležem ramenima, ne razumem pitanje. Čvrsto me uhvati svojom rukom ispod pojasa — gleda me u oči, besna:

— Nu, skaži?

Drži mi svo blago čvrstim stiskom. Shvatam u trenutku šta me pita, zamalo da me izbije smeh, pijan sam, ali se zaustavim i polako, jako polako se unesem u lice i isto tako polako, ponosan na sebe, odrečno klimnem glavom:

— Ne.

— Ne? — ne odustaje, zavlači ruku. Proverava. Proveravaj mislim, evo ti uskoro čvrstih dokaza. Sad se smejem, izbija me, kapira da se smejem što je ljubomorna, kao ljuti se. Malo se ljubimo, veći deo se neobuzdano smejem. Ne uspevam da se zaustavim, rvemo se, premećemo, uvlačimo u krevet. Štipa me, besna što se smejem. A onda izbija iz nje sva nežnost, ali i sve ono sakriveno. Ležimo umorni, gledam je i opet se nasmejem, a ona počinje da mi se plezi, pocrvenela u licu. Grlim je i krijem ispod sebe.

— Sibirska princeza... — kažem joj. Tako zaspi srećna. Smeje se i u snu. Meko. Ozarena.

Ujutro pijem vodu, sav skršen, vučem se kao prebijen — a ona me leči blagim osmehom. Tretira me kao malo dete, masira mi slepoočnice. Tu negde pred ručak, neko zove iz dvorišta, izađe i brzo se vrati nazad, prebledela. Brzo dođem sebi, pokazuje mi da izađem. Obučem se, tip u kožnom mantilu me pozdravlja i pokazuje mi na ulici veliki plavo-beli kamion sa velikim kontejnerom. Sneg stao, ulica očišćena. Pratim ga bez reči. Pokazuje mi stepenice, otvara mi vrata — ulazim unutra. Prigušeno svetlo, zvuk raznih uređaja za vezu. Glasovi se prepliću sa svih strana. Mršavko skida slušalice sa glave i pruža mi ih. Stavljam ih oklevajući. Hladno osećam glas, izdaleka, prekida:

— Maljčik...

Čort.

Odgovaram po automatizmu:

— Ja ne maljčik.

Smeje se. Ali to nije veseo smeh:

— Drago mi je da te čujem... i što se nisam prevario u tebe...

— Sve je u redu... — razmišljam kako da mu kažem za pare, da sam sve predao. Kojim šiframa da mu to saopštim. Ali nema načina, možda snimaju razgovor. Provaliće, da ga ne dovedem u opasnost. I sebe i Juliju.

— Stvari su malo krenule u lošem pravcu... — smiruje glas, osećam opasnost, vibracije su loše u njegovom glasu.

— Kol'ko je loše?

— Veoma... moraš da nestaneš, uzeli su Dangestance da se vrati dug, znaš...

— Znam...

— Na putu su... rade nešto zajedno pa... su njih angažovali.

— Uf...

— Krupne stvari se dešavaju...

— Kol'ko imam vremena?

— Nemaš...

— Dan, dva...

Okleva:

— Danas... za sat vremena...

— Jebi se...

— Žao mi je maljčik.

— I nosi se...

— Znam...

Unose razne stvari, gledam ih belo, kroz njih i njihovu šunku, patike, sapune, salame, dezodoranse, prašak, ulje, farove, mirišljave jelkice, koka-kolu, votku, opšti haos. Gladni, prljavi, zli — otimaju se za mesta, psuju i pljuju. Pale oštre cigarete, skidaju cipele, stiskaju umorne noge. Komentarišu, pozdravljaju, preskaču me, uglavnom me ne registruju dok skidaju i ređaju robu, nešto na šipke vagona, nešto ispod sedišta, guraju, u crne kese umotane stvari. Neko od njih predloži da slome sijalicu ili da je odvrnu u kupeu, ali ih pogled na mene, onako smrknutog u ćošku odvrati. Otvaraju češko pivo, voz polazi. Nalivaju se, žedni, zadovoljni. Kafa se vadi iz termosa, pa režu crvene, tanke kobasice, direktno na najlon kesu. Kafa i pivo i kobasice uz cigaretu. Već se zabrinem, jedu kao da je poslednje, davno sam bio u zemlji, bez vesti i želje da pratim šta se dešava. Da nije neka nesreća, kataklizma, propast. Izgorelo sve, pala neka kometa — Bog nas kaznio zbog lakomislenog života, sve razneo. Ne, ipak će da nas pusti da se krčkamo, dok na dno ne ode ono za dno. Dok ne ispliva gore nešto zabludelih ovčica. Spasiti duše — bar jednog. Ali ovo, ovo ne izgleda da će biti spašenih. Mađarski carinik, neprirodno žutog lica — nije nas ni pogledao, gadljiv ili mu se sve smučilo. Ovima ne smeta, jedu, komentarišu da će proći bez plaćanja mita. Dolazimo na našu stranu, posle policije upada carinik rumenog lica. Svi ga sa radošću pozdravljaju, svi ga znaju, nude ga vinom... odbija, a čini mi se rado bi popio. Gleda površno po stvarima, vise kobasice i salame sa plafona...

— A ti... — obraća mi se. — Šta ti imaš da prijaviš?

Iz ćoška, dirnut dočekom, odgovaram preko volje:

— Ništa.

— Kako ništa? — čudi se. Svi me gledaju zapanjeni. Zemlja grca pod nepravednim i ničim izazvanim sankcijama, a ja... ništa od robe. Stvarno...

Uđe u kupe, dotad je stajao na vratima, pogleda ispod mene — prazno. Čudno mu, pomera zavesu pa izlazi u hodnik — tamo razgovara sa nekim:

— Ovaj ovde nema ništa.

— Šta ima? — dere se neko autoritativno.

— Pa nema robe, nema ništa... baš mi sumnjivo, ajd' i ti pogledaj...

Taj što treba da pogleda, krupan brka — upada i gleda u mene. Ova sa izgorelom kosom i ružnom sintetičkom bluzom na cvetiće, prestaje da melje svojim slabim zubima mađarske kobasice i izgubljeno gleda u mene pogledom „sad si najebô”.

— Je li ti... gde ti je roba? — pita me nabusito brka.

— A je l' vama rečeno da treba da persirate putniku ili vi to tako... neljubazno? — odgovaram kontra pitanjem.

— Ma nemoj ti mene da učiš moj posao... gde ti je roba? — iznerviran je brka mojom drskošću. Još ću da ispadnem kriv što ne švercujem.

— Ma kakva roba... vidite da nemam ništa — pokazujem, još uvek sam stabilan.

— Vidim ja... nisam ćorav, ajde izlazi... daj pasoš — pokazuje glavom da izađem u hodnik. Rumenko-carinik viri sa vrata.

— Gde da izađem? — pitam iznenađeno.

— Izađi ovamo... da te pogledam.

Neko pita rumenka u hodniku:

— Šta je, gužva?

— Ma nema robu... sumnjiv.

— Kako nema robe? — čudi se i taj neko glasno. Već zamišljam, vire glave iz svih kupea. Gledaju i pitaju se — ko je taj što nema ništa?

Zagleđuje me policajac iz hodnika, pa brzo razmenjuje pogled sa rumenkom.

Dajem pasoš brki.

— Ajd' kreni...

Izlazim u hodnik, gazim po bosim nogama ovu sa ružnom frizurom. Izula cipele, žuljaju... ali ona ne reaguje, osim:

— Pazi čoveče.

Brka mi vrši pretres u hodniku, policajac u maskirnoj plavoj uniformi me gleda opasno:

— Imaš li neko oružje? — pita brka. — Šta ti je ovo? — vadi iz džepa svežanj dolara.

— Pa vidiš.

— Vidim, nisam ćorav. Odakle ti? — pokazuje. — Jesu prave... lažne, a?

— Šta bre lažne, prave su — klimam glavom, al' nisu ubeđeni. Svi me gledaju kao špijuna ili teroristu. Mrdaju pogledom... uhvatili jednog... terorista, majku mu. Gotov je, sad je gotov.

— Ajde ponesi stvari i idemo...

— Koje stvari? — ne odustajem.

Stavlja novac u pasoš i pod pratnjom, šiban pogledima, silazim na železničku stanicu. Uvode me u njihovu šalter salu.

— Šta je? — pitaju ostali uniformisani.

— Vidiš — pokazuje drugi važno.

— Lažne, a? Falš?

— Izgleda. Daj aparat iz banke, da proverimo...

Ostao mi je samo jedan svežanj od onih para, ostavio sam sve detetu... malom anđelu.

Svi zagledaju novčanice ka svetlu, izvlače, mnogo ruku...

— Ostavi to — komanduje oštro brka. Nevoljno vraćaju novac u pasoš.

— Odakle ideš? — proveravaju.

— Pa iz Mađarske.

— Kakav ti je to pasoš?

— Što, šta mu fali? Deda mi je iz Kavadaraca.

Tamo iz kuhinje se čuje kako radi nož po dasci, seče nešto...

— Ajde — izlazi čovek u uniformi, zavrnuo rukave, maše nožem.

— Gotovo je — jede parče salame.

— Čekaj da vidimo ovo...

Prevrće očima, negoduje, gladan je izgleda...

Donose aparat za proveru, a dolazi i nafrakana, teškim parfemom namirisana bankarka i vešto proverava sve novčanice. Svi gledaju u nju. Zadrža se oko jedne novčanice, malo duže je okreće, tanka, izbledela. Svi napeti očekuju, gledajući u nju, ali odmahuje glavom:

— Čiste su — povlači dim cigarete i ovlaš me pogleda.

Uzdah razočaranja. Mole je da ostane na kafi, ali se izvinjava, ima posla, i ode. Odnese i miris parfema sa sobom.

— Odakle ti novac? — važno me pita brka. Gledao je u filmovima kako se to radi. Samo oštro. Svi posle priznaju. I plaču.

— Radim neke poslove za državu — oštriji mi ton. — Moram sutra ujutro da budem u Beogradu.

— Polako čovek. Nismo završili — hladi me kao brka.

— Pobeći će mi voz — negodujem.

— Koji voz? Voz je otišao... — ležerno saopštava na vratima kuhinje mesar. Grize krastavac.

— Kako otišao? — zajedno pitamo i ja i brka.

— Pa gotovo, odjavljeno... — širi ruke nevino. Koluta plavim očima. Ćela mu se presijava. Mlad oćelaveo.

— Pa čime ću ja za Beograd? — izbacujem psovku iznerviran.

— Polako čovek... — pokušava da prodaje demagogiju brka.

— Šta polako, koji moj, ceo voz pun švercera ste pustili, a mene teraš na pretres — kad sam besan, nema persiranja, zaboravim na to. — Sad idem da se vidim sa tvojim šefom. Videćeš ti... — unosim mu se u lice. A umem baš da budem besan, vežbao godinama. — I za ovo ždranje i za ovo maltretiranje... i za alkohol. Veruj da ćeš mnogo toga morati da objasniš ako ne budem stigao na vreme.

Skupljam novac sa stola, policajac diskretno nestaje na prstima. Mesar se gubi u kuhinji.

Voz otišao. Ej! Sad ću nekom da...

Brka ulazi u kuhinju i sikće, pa u drugu kancelariju — napada tipa koji mirno prevrće neke papire. Neka flegma. On predlaže, mirno, čujem razgovor:

— Zovi gore, možda ima neka pratnja, pa da ga neki špediter poveze.

Hvata besno telefon, ja šetam nervozno. Brka se konsultuje sa nekim, pa prekorno gleda i pogledom nateruje mesara nazad u kuhinju. Čeka da mu nešto provere. Najzad mi objavljuje:

— Našao sam vam prevoz do Beograda, za manje od pola sata...

Ne gledam ga. Pored njega mi prolazi pogled, ćutim preteći.

Bledolika flegma mi donese kafu, šećer, sok iz tetrapaka sipa u čašu, ostavlja i gubi se po kancelarijama.

Taman završim kafu, a pozivaju me da izađem — sve ljubazni i zvanični. Upaljena „opel vektra", nova, još na fabriku miriše. Bokserskog nosa, nabijen, prosed — mene ovlaš pogleda, ulazim, a Mesar mi ubacuje u krilo providnu kesu sa kobasicama i flašom vina — „tokajac".

— Dug je put... — pokušava da objasni. Ne odgovaram. Startuje bokser, pa brzo izlazimo na autoput. Pitam ga dok traži radio-stanicu:

— A šta ti u stvari radiš?

Odgovara rutinski, zagledan u radio:

— Pa pratim...

— Šta?

— Kamione — kao, to se podrazumeva.

Gledam, put čist. Sankcije — jebiga, samo neko vojno vozilo ili besan, crn auto... prazno. Kao pista pred sletanje.

— Pa gde su ti? — okrećem se, kao...

Pogleda me prvi put ozbiljno. Fiksirano, tipa „ma ti li mene zajebavaš". Ali, samo reče:

— Možda hoćeš peške do Beograda?

Vibrira pretnjom glas. Taj bi to uradio.

Namestim se udobno u sedištu, zažmurim:

— Ma... ne.

Ko da pešači, neka vala, jok ja.

Toliko beše od naše konverzacije. Ostavio me u nekoj ulici, negde u Beogradu. Odjurio, brz. Ma znaju kamioni sami, šta brine. A nigde snega, nit košava tera oblake. Vođen ili čista sreća u lutanju — izađem na reku. Nađem klupu. Izvučem nožić te skinem omot kobasice, namučim se sa „tokajcem", te namerno slomim vrh flaše o klupu i popijem oprezno. Ma džaba, staklo mi iseče usnu. Narežem i kobasice na kesu, sve. Odnekud izrone, priđu mi Cigančići, obučeni tanko, jedan samo u kućnim papučama, one sa krznom.

— Čiko, čiko... el' da uzmem malo, a?

Pokazuje željno na kobasice. Oprezan. Verovatno očekuje psovke. Pokažem glavom, napred. Pridruže mu se ostali, smireni. Belim zubima smanjuju gomilu, malo pričaju. Zalivam dobrim vinom, a magla se vuče nad rekom, postaje sve veća. Strašna, kao zavesa. Zabiberene kobasice, a vino pitko, meša se krv sa usana sa mesom. U delu grada nestaje struje, potonu u mrak grad kao brod, puf, nestade. Ostanem sam, nestade kobasica, nema veselog društva. Čujem ih pričaju, veselo ćućore, zvuk oštro prenosi reka. Al' drugi zvuci prigušeni, čudno se prelamaju. Krila i krik neke ptice nad rekom. Onda kad magla me sasvim uvuče u sebe, baš tad, kad i zvuk umre u reci, tad, ostavim praznu flašu pored sebe i zaronim lice u ruke, sasvim sam, svoj i ničiji, i uđem u svoj bol, kao kod kuće da sam.

23

— Alo care, gledaj, ko je ovo? — pitam Riđeg za stariju ženu, čudno obučenu, po modi iz tridesetih godina, sa velikim šeširom boje limuna. Izborana, belog lica, al' čudno dostojanstvena prolazi, no se seti nečega pa mi prozbori, uz lagani naklon:

— Good morning.

— Good morning ledi — odgovorim. Znam ja jezike, cepam kao lud. Ona se dostajanstveno nasmeši, klimnu glavom i nastavi svoj put. Učini mi se da nesto pevuši, no nisam bio siguran.

— Ova malo... malo je čudna? Fiju? — pokazujem prstom.

Riđi gleda za njom:

— Kažu da je bila neverovatna lepotica, ćale joj je bio poznati drmator ovog kraja, fabrike, štofare, ergele, čudo... poslao je u London da studira. Moglo se, ali se tamo zaljubila u engleskog pilota, baš na početku rata...

— RAF?

— Jebeš ga, pilot. On izgoreo u vazduhu, ona izgorela na zemlji... to ti je ljubav — skoro sa divljenjem vrti glavu.

— A onda, ćaleta joj streljala nekakva vojska...

— Čija?

— Rat, jebeš ga čija... — sleže ramenima. — Nego, zajebi... daj da poguramo, neće da upali.

Guramo „ladu" boje guštera, mučimo se. Idemo u selo kod njega, jebena, van vremena varošica ostaje za nama, a što su im putevi —

biramo manju rupu. Dobro mi došlo da se primirim kod njega, dok vukovi ne zaborave na mene. Daleko, visoko, a i on beži od sebe, u stanu ga sve podseća na bivšu ženu... Skoro se razveo, uhvatila ga sa drugom i odmah otišla. A on shvatio da se zajebao. Kivan na sebe, para mu na uši izlazi. Poverava se, a pošto to nikad ne radi, vidim da je težak slučaj.

„Lada" poče da se guši i iznenada stade pored jaruge.

— Evo je opet, ajde — izlazi.

Otvara poklopac, zavlači glavu:

— E, kad sam znao, ma u majčinu. Opet...

Baš se i ne razumem u motore, te posmatram zabrinuto. Komanduje:

— Daj, vidi, tu u torbi imaš pivo.

Povlači dobar gutljaj. Briše se rukom:

— Šta je tu je, a? Ma ne žurimo, dan je pred nama...

— Lagano, ko ga jebe...

— Ma jebi se bre ti, hvataj senku, trajaće to... daj cigaru.

Pali i počinje. Mene kao to interesuje, pravim mu društvo, a on ćutolog dok radi. Jedino psuje mašinu i sve što mu padne na pamet. Mrmlja nešto. Dovršavam pivo, pa mu kažem:

— Idem dole da...

Nije me čuo, džaba pokazujem rukom gde ću. Krenem malo ka jaruzi, da izbacim mokraću, taman se u senci drveta namestim i počnem da preturam po šlicu, kad ugledam dole čoveka — gleda u mene, pa se zbunim:

— Dobar dan — lupim prvo što mi je palo na pamet.

— Dobar, loš — kako kome — odgovara čovek iz rupe.

— Ide li posao? — pitam, kurtoazno.

— Ne ide sinovac, nikako. Noge izdaju, mladost nestala... loše, loše. I leđa, malo-malo pa me tu desno nešto probode. Pokazuje. Vrti glavom. Pomislim da mu nije dobro, vidim sedi na nekim kolicima... strčim niz strminu jaruge, da se iskidam.

— Zdravo — kažem.

— Zdravo sinak. Zdravo — pruža mi žuljevitu ruku. Karirana izbledela košulja. Skinuo kapu, malo sede kose. Brada od tri dana.

— Vruće danas — kaže — a moje noge nisu kô pre...

Gledam kolica — puna alata za kopanje. Primećuje moj pogled:

— Ne mogu kolica da isteram, tu... — pokazuje glavom — do Manastirišta, kopam nešto.

— Je l' treba pomoć? — a ne pitam šta kopa.

— Jašta da treba — oberučke prihvata.

— Tu da proteramo kolica — strmo, baš je uzbrdo, primećujem.

Teška priručna kolica, zapinjem se, starac drži stranu. Jak, iskaljen na selu, da se ne prevrnu, omakao bih ja to, ukopam se nogama, zapnem i na jedvite jade isteram na proplanak. A ja, jadan, mislio da sam sila. Zadihan sednem pored kolica.

— Hvala sinak.

Ponudim ga cigarom. Odbije:

— Ne trošim, hvala, rakijicu nekad, dudovaču...

— Je l' daleko to Manastirište?

— Eno dvesta metara, par metara gore-dole — pokazuje. — Ma evo, odavde se vidi, pored rečice...

Kao zevam gde je to.

— A šta kopaš? — pitam onako, kao usput.

Zastaje, rekoh naljutiće se, ali ne, pažljivo bira reči, i kao da mu oči zasijaše nekom snagom, ponosom li:

— Mene ti ovde u selu zovu Maniti...

Dižem obrve. On nastavlja:

— Kopam manastir, zaboravljen, kamen da se vidi...

Češe se po bradi, seda u travu:

— Selo veli — Maniti pomanitao — a ja sanjao...

— Šta si sanjao stari?

— Sanjam ti ja, ima eno dve i po godine, evo, kô sad vidim — pokazuje rukom nešto ispred sebe. — Žena sva u belom, kaže mi da moram da iskopam manastir, vreme da ga dan obasja. U san mi došla...

Zamisli se starac:

— Kažem ja, star sam, slab, ne znam da li ću moći — širi ruke. — A ona kaže da ću moći...

— I eto ti kopaš?

— A kažu mi, manit, a vidi sine — traži po džepu i sa velikom pažnjom vadi krst od bronze, patinirao zeleno na krajevima. — Nije džaba narod to nazvao Manastirište, je l' sine da je lep, kô od zlata — raduje se iskreno.

— Prelep je — potvrđujem. Dah vekova. A uvek se pitam ko li je i pre koliko vekova nosio krst sa sobom i molio se. Ako nije pomoglo, nije ni odmoglo — progovara onaj najcrnji cinik iz mene.

— Te sinak, ako i ti misliš da sam manit...

— Ne mislim stari, što ti je rečeno u snu, moraš da uradiš — potvrđujem, kao znam ja. — Gde idemo? — hvatam za kolica. — Da ti malo pomognem.

— A još mi rekli u snu...

— Šta? — guram kolica po stazi koju je sam napravio. Ide iza mene.

— Kad god ti treba pomoć — neko će doći.

— Ko ti je rekao, žena? Ta žena?

— Pa... da... ta žena. I za ženu mi moju, babu moju rekla...

— Šta ti je sa babom? — pitam dok me kači trn šipka.

— Ma oterali je u bolnicu, kažu doktori krvno, ne valja... kažu, al' ne znaju doktori ništa, neće, još će sveća da joj gori, ne zovu je gore — pokazuje na nebo i krsti se.

— Dugo si sa babom? — a kotrljam kolica, ma kojih dvesta metara, ima kilometar... Tek da pitam.

— Šest sinova i kćer, sve to otišlo... i u Jameriku jedan.

— U Ameriku?...

— Daleko sine moj, daleko... Nego, eto tu, gurni tu...

Uočavam među kamenjem red tesanih, izvučen temelj.

— Vidiš... — pokazuje krst u kamenu, izdubljen. A kamen neke čudne boje. Preliva se, čudno sija. Kao da su mnoge ruke pipale i molile, privlači mi ruku spontano. Zadivljen nečim tako lepim, prekrstim se. U senci velikog drveća, mesto je kao stvoreno za manastir. Pesma ptica iz šipražja se provlači, smiruje. Starac, dirnut mojim potezom, mazi grubim dlanom kamen sa krstom.

— A oni manit pa manit, đavo da ih nosi...

— Kog je sveca manastir?

— E, ja to ne znam, ali ima čovek u selu koji zna, al' krije. Kaže, Mane, reći ću ti u jesen.

— A što u jesen?

— A ko bi ga znao... — sleže ramenima. — Ali dobar je čovek, reći će tad kad je rekao.

Krenem nazad, starac se zahvaljuje, vraćam se kroz travu i okrećem. Čini mi se gleda me neko.

Psuje me Riđi:

— Gde si, majke ti ga blentave? Gotovo je.

— Ma pomagao sam ovom starcu...

— Kom?

— Starac što kopa.

— A, Maniti... pa da, manit on, a ti lud...

— Stvarno je našao... zidine, krst u kamenu.

— Ma ima to po ovim brdima. I od moje kuće u selu se vidi manastir, možda odemo...

— Pu jebem ti... — naglo zakoči, zbog starice koja je bila skoro na sredini puta. — Ženo, jesi li ti normalna? — izlazi iz auta.

Starica progovara, bistra i brza:

— Da vidiš sine i nisam...

— Pa vidim da nisi... — mrmlja u sebi Riđi.

— Da vi rečem, je l' znate iz ovog sela onog što mu žena prekjuče u bolnicu oterana, Manit mu je prekor.

— Znamo, a što?

— Taj što iskopava manastrir, taj? — oprezna je.

— Taj, baš taj... što će on tebi?

— Eto, nosim mu od kuće ručak, pa di da ga nađem?

— A što mu ti nosiš ručak... čula da mu je baba u bolnici, pa odma'... — šali se Riđi.

— Ih, daleko bilo, Bog da te ubije da te ne ubije... imam ja svog čoveka kući... — krsti se. — No sam sanjala da čovek radi, a nema ko da mu skuva ručak, muško, ne — u ko... te mi rekla Bogorodica sveta da ja to danas uradim.

— Ko ti rekao? — zabezeknuo se Riđi.

— Sveta žena, u snu, noćaske, pa velim da poslušam, nije meni teško... Nego, je l' daleko to, sigurno je gladan čovek.

Riđi bi još nešto dodao, ali ga gurnem malo da ćuti i objasnim kako da nađe jarugu.

— Pored reke je, odavde... — pokazujem.

— Hvala deco, Gospod vam zdravlja dao — te jače povuče čvor na marami i sitnim koracima krenu ka svom cilju.

— Vide li ti ovo? — šali se Riđi. — Jedan sanjao, pa kopa, druga mu ručak donosi...

— Ja mu guram kolica... ubacujem.

— Kakva kolica?

— Pa nije mogao sam, alat... kradu mu seljaci verovatno.

— Ti si mu gurao kolica... zezaš?

— Ma ne bre, stvarno je iskopao temelj... svašta ima... i kaže mi da me je čekao... znao je da će neko doći da mu pomogne.

Riđi malo ćuti, konta nešto po glavi:

— Pa jes', nikad mi se tu nisu pokvarila kola... — vrti glavom.

— Ima nešto.

Kao za sebe konstatuje. Mada mislim da me zajebava, onako, lagano.

Ulazimo u selo. Mnogo napuštenih kuća, a vidi se, nekad je bilo bogato selo. Nekolicina iz sela pije pivo ispred prodavnice.

Dok pijemo kafu kod njega, noć lagano pada, komentariše glasno:

— Možda je trebalo da povezemo onu ženu...

Iznenađen sam da o tome još razmišlja.

— Onu sa ručkom, zamalo da je zgazimo danas.

— Da, a da znaš, sad mi krivo.

Gasi cigaru:

— Odakle nosi, i to sve peške...

Njegov otac, vitalna ljudeskara, krupan čovek, upita pogledom.

Riđi mu ukratko objasni. Otac mu karakteristično vrti glavom, takvi su. Riđi mi pričao ranije, stari mu bio u ratu u četnicima, mobilisan ili dobrovoljno, ko će ga znati. Pri kraju rata uhvaćen. Iz grupe za streljanje ga izvukao neki partizan iz sela, prvoborac, spasio ga. Posle je robijao dugo. Ali nikad nije rekao ko je taj što ga je spasio. Pušimo i ćutimo, noć nas pokrila, žar cigarete se samo vidi. Riđi nema majku, pa niko ne posluje po kuhinji, niko ni ne pali svetlo, nit nas grdi što sedimo u mraku.

— Maniti ima greh, dobro mu je ovo, dušu da spasi — prozbori kao za sebe ljudina. Ali mu je sin živac, načisto.

— Ma kakav greh, šta ti znaš... — cepa ga Riđi, prgav. — Evo ti metaka za tandžaru i knjiga. Ali da ućutiš — pokazuje mu u mraku.

— „Srpski četnički pokret". Kupio sam ti na stanici.

— Gde? — pita ljudina, ne čuje dobro.

— Na železničkoj, dok sam čekao ovog mamlaza — pokazuje na mene.

— To se prodaje na stanici javno? — ne veruje starina. — Zajebaje me ovaj moj? — kao, gleda ka meni.

— Zastave četničke, ordenje, posteri, kasete, filmovi, knjige... svašta — ređa.

Starina oštro pljunu umesto komentara, vidim Riđi pokazuje šakom da stari nije normalan, „ma pusti", kao da kaže.

Izvalim se u gostinskoj sobi, ispod debelog jorgana, i sanjam, cele noći se mučim sa Manitim oko nekih kolica, škripe, a hoću nešto da mu kažem, no glas neće iz grla. Muka živa, pojede me ta nemoć i na kraju se probudim i dočekam zoru sve gledajući u pauka u ćošku plafona. Čim sam čuo da stari posluje po kuhinji, ustanem i umijem se, pa sa njim napolje. Dok resko reže planinski vazduh, zadimimo uz kaficu i rakijicu. Sav čupav iskoči Riđi, trlja oči.

— Gde se nađoste vas dva vampira... što bre ne spavaš? — pita me.

— Pa dosta je... — sležem ramenima.

— Ovaj moj bi ceo život prespavao... — vrti glavom starina i ode da spremi muški doručak.

Dogovor nakon doručka. Stari ide poslom, Riđi da skoči do kuma, a meni preostaje da se organizujem.

— Povedi Džekija, prošetaj tu gore do crkve, vidi ima li jagoda...

— Hoće li da me prati kuče?

— Ma taj je lud, vidiš da si mu se svideo na prvi pogled...

Pas čudne forme njuške, žut i iskidan, ali veselih suznih očiju, ne skida se sa mojih nogu i pažljivo me gleda i prati u stopu. Rep mu non-stop bije levo-desno. Imam utisak da bi me Džeki svuda pratio. Ispijem drugu kafu na miru, svi su već otišli, operem šolju, pa navučem patike i krenem iza kuće, kroz veliko dvorište. Uberem par paradajza u bašti, sočnih, punih sunca. Džeki je tu uz mene, ne ispušta me. Preskočimo bistar potok, pa se dočepamo livada —

prođem kraj stogova sena, svud se vide — vredan narod. Čujem zvono krava negde, dovikivanje i zvuk traktora. Grabim naviše, kuče otrča ispred, videlo nešto pa se vraća, svo srećno. Mazi se oko nogu, a ima njušku kao nasmejani delfin. Pričam s njim, bodrim, opuštam se. Ne zveram pogledom gore-dole, ne trzam se na naglo iskakanje jarebice put neba, ne bacam iza drveta. Ne očekujem udar, vrištanje zemlje kad je cepa eksploziv. To ne čuje svako, taj vrisak, bol, samo baš... ludi? Odmor za napete živce. Kako malo čoveku treba da bude srećan. Skinem patike, u nastupu nekog ludila. Gazim travu, još od rose mokru. Približim se crkvi, lagano, uz povremeno traženje jagoda. Više ih ima uz trnje, kao da ih štite bodlje. Tu su i najslađe. Navučem patike, pa opet preko potoka, na oblo kamenje do porte manastira. Uđem pravo, pas zastade kao pod komandom i izvali se lagano. Prati me pogledom, izbačenog jezika. A crkva — pokrivena krošnjama, sakrivena senkama, u tišini tiho vibrira, osvoji me lepotom. I ne izdržim, već glasno izlete:

— Sine, al' je lepa ...

Nakašlja se neko levo od mene, pored zida, čuje se, pušač dugogodišnji:

— Sve tri su prelepe, al' eto, hvala Gospodu, ova je najpreostala...

Trgnem se, ne očekujući nikog, zar od lepote tako brzo otupela čula? Ali me pogled na čoveka opusti, žut u licu i nemoćan, sunča se na gomili trave. No su mu oči bistre. I oštar jezik, čini mi se.

— Pomoz Bog — odgovorim i priđem. — Ide li kako?

— Vala nikako, moje ti je odbrojano... svaki dan čekam... — pokazuje na nebo. Kakav optimista.

— Tol'ko je loše? — tražim reči, suvo, nema tu mnogo šta da se kaže.

— Ma što li ti pričam... — otkači me iznenada. Ma ni ja ne volim lažnu samilost. Ali mi ipak beše neprijatno da odmah pobegnem od čoveka, iako me presekao tek tako. Okrenem pogled na krst, a na krstu golubica. Mislim golub, pojma nemam je l' baš golubica, ali pošto sam od jutra pesnički krenuo, baš hoću da je golubica. Eto, došlo mi tako. Okrenem pogled ka čoveku, a on gleda mene, pa gleda pticu. Šta je sad? Ima težak pogled, no polako, kad neće da priča sa mnom, krenem ka vratima crkve. Uđem u crkvu, prekrstim se, poljubim ikonu, a jutarnje sunce razigrava boje fresaka. Ostavim malo novca što se zateklo na ikoni i uzmem sveće. Sednem na klupu u ćošku, sav smiren, kao što odavno nisam bio. Zvuci dopiru prigušeno, misli nalecu izoštreno. Skačem sa teme na temu. Mešaju se misli, prepliće i ružno sećanje sa delićima radosti. Na tasu isto, izjednačeno, bol i radost — nerešeno, 1:1. I pitanja — gde sad? Kako dalje? Još koliko bola mogu da iznesem pre nego što pukotine krenu da raznose celinu? Ne žurim se, sve vreme je moje, koliko je meni određeno. Prepuštam se, šta ću drugo. Pokušavam kao sudija da ocenim težinu svojih grehova. Da bi tražio oproštaj, moram da se setim zašto sam nešto učinio, da ublažim nekim opravdanjem teret, ako je to moguće. Ali to, to objašnjenje, taj pokušaj pravdanja pred samim sobom, ovde nema svrhe. Izvrnuo dušu.

I onako jadnom, kad već krenu potonuće u samosažaljenje, lagana škripa teških vrata crkve pomeri mi pogled na pridošlicu. Sa boka, smirenog međ svetim zidovima, uvučenog u klupu, čovek me ne primeti, ako je uopšte i gledao da l' nekog ima. Nakon naklona ikoni, uze sveće i poče da ih pali, uz dugu molitvu nad svakom. Nešto me natera da pomislim na vidljiv dah kako mi iz usta izbija uz reči molitve, ali beše nemoguće, napolju topao početak septembra. No, mlatara prazan desni rukav džins jakne. Levom prinosi sveću i celiva, i kad se sagne, dok pali za mrtve, jarko crvena kapuljača duksa ga poklopi preko kratko ošišane kose. Ne pomera je, mršav i visok, sav smiren, dublje nego što sam ikog video da se predaje molitvi. Jedan od onih retkih ljudi koji grizu svoju sudbinu bez roptanja, odan Gospodu na najlepši i najteži način. Ode, nestade iz crkve brzim koracima, nesvojstvenim visokim ljudima. Možda me ošinu krajem oka, kroz mene progleda, ili mi se učini iskra prepoznavanja. Da l' umišljam? Meni je nepoznat, uočim deo beline ožiljka na vratu, ružan kao kad koža gori. Priđem i ja da zapalim sveće, toplina moje ruke počela da ih savija. Vidim sve sveće, svih sedam — zapaljeno za mrtve. Nijedna za žive. Možda se iskrenije molimo za mrtve, sa živima se nadamo da ćemo ispraviti greške ili naći prave reči. Možda mislimo ima vremena, rešiće neko drugi naše sukobe. Najčešće bude kasno, pa se kajemo nad promašenim oprostom ili grizemo nad neizgovorenim rečima. Mešamo i kombinujemo, ubeđujemo se da smo ih nekad negde rekli, ali eto, nisu shvaćene, protumačene na pravi način, na naš način. Laži, koje imaju kratko dejstvo. No bilo kako bilo, mrtvima sve kazujemo bez stida. Najiskrenije. Hteo sam i ja pri dolasku u crkvu, svojih mrtvih da se setim, pomenem, iako ih nosim sa sobom, ali sad zapalim sveću za žive, za ovog bez ruke, nek se njemu nebo smiluje, meni moje muke sada ne izgledaju preteške. Ne da Gospod nikad više na čoveka nego što može da ponese. I podnese. Izađem, sav lak i ozaren iznutra, kao da deo tereta spade. U crkvi nastaviše da pucketaju jedna za žive i mnogo sveća za mrtve. A opet mislim, isto je, samo mi sećanje dođe bitno. Sačeka me isti lik, češe sa uživanjem neurednu, prosedu bradu:

— Danas je ovde baš prometno... — mazi Džekija, nasmejanog delfina. E, sad je red na mene da ćutim, da uživam u zadovoljstvu duše, u tom tihom predenju i talasima toplote. Smestim se pored njega, pa nastavim sa ćutanjem. Pitam iznenada:

— Kažeš, samo je ovaj hram preteko od tri?...

— Da... — reče i uhvati se naglo za jednu tačku na temenu i pritisnu. — Samo je Svetog Ilije ostala, a jednu otkopava Maniti...

— A ovo je... Svetog Ilije?

— Aha, što?... — pogleda me sumnjičavo, škiljeći nesvesno u mene.

— Onako, nisam znao...

Osetim, pročitao me je. Nenadano se zbunim, nespreman za laži.

— Nije ti dato da znaš, do danas... a možda je bolje da nisi znao...

Izađem iz razgovora sa neutralnim, „možda", ali analiziram reči njegove, liče na loše prikriveno upozorenje. Ćutimo na suncu. Uhvatim mu jednog trena čudan preliv osmeha na licu, zgađeno-ironičan osmeh, no to je trajalo kratko, tren samo. Na iglama sam, jedva se uzdržavam da ne skočim i uđem u crkvu i proverim, iza vrata u visini ruke. Mapa. Uputstvo. Blago. A šta ako ima? Ako ima nešto? Hoću li smeti da iskopam to iz zidova? Nije li to skrnavljenje? Malopre sam molio za sebe i oprost grehova, a evo sad sam spreman na sve za tonu zlata. Ili manje? Licemerno? Ili još ružnija reč. Nesvesno igram nogama. Krenule bi one same. Obuzima me nemir, nikad nisam umeo da odlažem stvari. Neko to nikad ne nauči, pa plaća punu cenu za odluke donesene implusivno. E, sad kako da ponovo uđem u crkvu, a da ne izazovem pažnju sagovornika. Da slažem nešto? On se kao navalio u senci i počinje ravnomerno da diše, sklopljenih očiju. Spava? Ili se pretvara? Razmišljam — uđem, prekrstim se, bacim pogled... uverim se, možda nije ta crkva svetog Ilije. Možda je neka druga. I ništa. Ili sutra. Da, sutra ponovo dođem, diskretno proverim. No nisam navikao da odlažem. Nestrpljiv rođen. A napeklo me sunce, glad polako dubi, te donesem odluku na brzinu, skočim, bacim pogled na bradatog, spava. Ponovo uđem u crkvu, prekrstim se — sveće još gore, pri kraju su. Za tren zastanem postiđen, ali pošto se ubedim da ne činim ništa ružno, pomerim se i pogledam iza vrata. Kao da je sveže farbano ili... možda je nešto bilo. Čini mi se kao da je neravno. Dignem ruku, dlanom pređem preko neravnine. Neko preseče zrak sunca na ulazu:

— To što tražiš, ja sam našao pre dve godine...

Okrenem se, a znam, glas prepoznao — bradati, nije spavao...

— Sređivali smo crkvu, radili freske...

Šeta po crkvi. Ćutim, gledam visoko, pa u zid, i okrenem pogled ka njemu. Ne izgleda kao čovek koji je našao bogatstvo.

— I?... — pokušavam da budem ravnodušan.

— Pa tu je blizu... to što tražiš... moje nije. Sve je tamo — sleže ramenima prostodušno. Pitao bih ga što nije izvadio, našao, potrošio... svašta bih ga pitao.

— Video sam malopre da znaš, nešto mi je reklo da znaš...

— Znam, sad sam hteo da proverim...

Klima glavom, nebitno mu je da li ga lažem ili ne. Ima ko će to.

— Hoćeš, pokazaću ti gde je... — maše rukama.

Klimam glavom:

— Pokaži mi.

Stazom iza crkve, pažljivo praćeni psom, kroz koprive i trnje, kupine, kroz isprepletene uvijene grane, pa kroz visoku travu, poklopljeni pojem ptica i mirisom paprati, ulazimo dublje u šumu, koja kao da se otvara pa naglo zatvara pred nama.

— Ima li još? — žeđ me muči, ali naletimo na potok, gde svi uronimo i napijemo se.

— Ima još malo — nadlanicom briše lice, dok se kapi slivaju sa brade.

Najzad stignemo do malog proplanka... zastade.

— Dalje ideš sam — nasloni se na drvo, pa polako spusti i sede. Teško diše, drži se za koleno. — Iza ovih stena, nisko, tu je ulaz, ali skloni panj, to sam ja navukao... — prekida, namešta koleno. — I imaš kô ploču od kamena... iza je.

Gledam ga kao prvi put da vidim čoveka, proučavam ga, nesiguran. Ne zna me, a pokazuje mi put do zlata. Sumnja već krenula, raste u meni, ali u očima mu ne vidim zlo, već samo umor i bol.

— Ja se vraćam nazad, nisam poneo rakije...

— Kako je tamo? Koliko si duboko išao?...

— Videćeš sam, idi kad si zapeo...

— A šta će ti rakija?

Ali ne odgovori, nego sve se pridržavajući jednom rukom za drvo, a drugom ojačavajući koleno, na poznat način okrenu leđa i krenu nazad. Taj način prekida razgovora bi mogao da patentira, pare bi namlatio, više nego što, kao, ima tamo u skrivnici.

Pratim ga pogledom, koliko mi rastinje dopušta. Nekako sam očekivao da zastane, ali ne... uporan je u nameri da ode po rakiju. Pas me malo pogleda zbunjeno, uzvrpolji se uz sitno cviljenje, ali ga pomazim iza klempavog uva, te se smiri. Ali onda iznenada đipi i krenu za Bradom. Ostanem sam i zbunjen. Čak i pas pobeže. A tu sam, na korak od blaga... Pokoleban, priznajem. Pomislim na zamku... možda se prikrio, pa me u kritičnom momentu napadne. Krenem za njim, taman da ga sa uzvišenja vidim kako zamiče u senke, čudno uporan. Pas za njim, švrlja i zastaje. Bar da je pas ostao, da progovorim sa nekim. Vratim se nazad, i dalje neodlučan. Ali kad sam već izašao toliko, pešačio, rešim da pogledam šta dalje. Priđem stenama, raščišćavam nekim trulim drvetom kao štapom koprive, slomi mi se u ruci, te nađem bolju granu, ali nigde ne vidim nikakav panj. Tek pažljivim pregledom gomile lišća otkrijem truo, crn panj, prekriven tanjirastim gljivama. Pola mi se raspadne i izmrvi u rukama i iskoče krupne žute stonoge, ogromne, garant otrovne. Ispod njega počnem da pomeram slojeve trulog lišća. Ukazuje se nešto kao ploča, koso postavljena na komad stene što prosto izvire iz zemlje. Masivna stena, većim delom ukopana, nema oznaka, tragova, nekih znakova. Ili su mahovinom pokriveni, kao ispod tepiha. Pokušavam da odvojim ploču, ali ne uspevam, suviše raznog tereta na njoj leži. A ja brz. Zastanem, pa pažljivije i temeljnije počnem da čistim od lišća, upletenog granja, puzavica, da sklanjam koprive koje mi ostavljaju crvene pečate na rukama i nogama. Najzad malo pomerim stenu, pa ubacim komad drveta kao polugu, te posle mnogo muka pomerim 5 do 6 centimetara. Odvojim je malo. Teška ploča, ne pomera se tako lako. Nastavim sa polugom lagano, da je ne polomim, drvo je to, na stenu udarilo, te uz mnogo znoja razdvojim jedva dodatnih petnaestak centimetara. Vidi se malo, nešto ima, kao tunel. Najzad se popnem na ploču i zapnem, te nogama i težinom svojom manje, a više cimajući levo-desno, kao ogroman zub da čupam, izvučem nekih pola metra ploču. Gurnem ruku oprezno, zapalim upaljač. Ne vidi se dobro, ali se naslućuje tunel kroz tamu i paučinu. Gurnem granu, te pokupim kao špagete zavesu od paučine, a onda upotrebim svu snagu i oborim ploču još malo ka tlu, iskosim je. Već ima dovoljno prostora da uđem, da se uvučem, ali mi opreznost ne da mira. Hoću li unutra bez alata, baterijske lampe, nespreman? Svašta mi pada na pamet, slušao sam priče o zamkama, udarcima sakrivenog mehanizma. Staneš na stepenik i nešto ti razvali grudi, gledao sam filmove, strah me gušenja. Ali kopka me, gde sad da odustanem. Skinem majicu mokru od znoja. Pomerim se par metara, kao da me osveži vetrić odnekud naleteo, ispišam se. Izbacim deo nervoze. Ali glad ne osećam. Baš čudno. Vratim se u šumu, rasterujući majicom komarce. Sve očekujem da negde u blizini zateknem Bradu, zalegao. Ljudi su čudni, zli, svakakvi. Niko ne zna, možda čeka da nađem nešto, pa da mi razbije lobanju. Tu, u ovom zmijarniku, poješće me zveri, ako me pronađu. Mravi mi oči pokriti, crvi stomak izdubiti. Lišće će napadati po meni. Puzavice međ kosti rebra krenuti... prekinem ovo sranje od pesimizma. Umem baš da odem daleko. Napnem čula, ništa. Uobičajena živost šume. Vratim se i odlučno se uvučem u otvor. Pojačam upaljač na najjače i spustim polako na kolena. Što bi bilo dobro da imam jaku bateriju. Pružim ruku sa plamenom i počnem da se uvlačim puzeći. Nakon dva metra na hladnom kamenu, pun prašine i ulepljen paukovom mrežom, tunel skreće naglo desno kao lakat. Oderem kožu, da se prestrojim, sužava se, te zastanem da raščistim isprepletene grane i nekakvo prljavo braon platno. Ali kako povučem da pomerim, podiže se sitna crvena prašina i vatra upaljača počinje čudno da i glasno pucketa i da se gasi. Nadražen prašinom kinem jako, ugasim upaljač jer je od toplote pregorela plastika... utom se ispred mene pojavilo smireno lice sa bradom, čudno toplih i izražajnih očiju, poznato, udarim od straha glavom u gornji deo tunela, a celo telo mi se zgrči od bola i straha. Priviđenje jednostavno i mirno reče:

— Ovo nije za tebe — naglašavajući reči na poseban način, što mi izazva veliku navalu straha, te zaglavljen počnem da se gušim. Reči ostadoše u grlu. Ignorišući bol na temenu i toplu struju krvi što sliva se niz kosu, izgrebem nekako napolje, jedva se okrenem na uskom ulazu, ne znam kako. Zaslepi me svetlost dana, kao da sam puno vremena bio u mraku tunela. Jebeš blago... ovo je nestvarno. I užasno. Pluća ne dovode dovoljno kiseonika, kao riba na suvom zevam, nikako da se povratim. Teturajući se kroz grmlje, udaljim se uplašen i nesiguran. Opečena ruka ne shvata da drži mrtav upaljač, pipam ranu na glavi i skidam paučinu. Osećam, pokidana koža na temenu. Vraćam se nazad, ali sam spor, strah me još paralisanog drži, i ukočenih nogu nabadam kao lutka. Nema ni deset minuta i nalećem na Bradu, obradujem se, čoveka sam sreo. Pogleda me i bez reči mi daje pljosnatu flašu sa rakijom. Popijem kao vodu. A onda natopi krpu, te mi pruži. Ponovo povučem dobar gutljaj, nesvestan snage rakije, koja me dobro opeče. Kasno počela čula da reaguju. Na teme stavim natopljenu krpu, te me i tu ožari dodir alkohola.

— O, jebem ti... — progovorim najzad, izašao iz šoka.

— Obriši se — pokazuje mi Brada, umrljala me krv s leve strane. Džeki me gleda ozbiljan. Kuče sve razume, majke mi.

Sednemo zajedno na travu, te se malo smirim u ćutanju. On progovori prvi:

— Znao sam da nije za tebe, nemaš znak... — kaže i blago se smeje, više očima.

— Kakav znak? — pitam.

— Nekakav znak... piše da čovek kom sledi, mora da ima znak — sleže ramenima.

— Pa sad imam — pokazujem na glavu. Smešno mu, više ne krije koliko mu je smešno:

— Pa imam i ja... ako ti je lakše — pokazuje iza leđa. — Tu je, sigurno je tu, al' nije moje... a nije ni tvoje...

— Jebeš ga čije je... al' sam se uplašio... — vrtim glavom.

— Ćuti, ti si dobro prošao... ja sam se upišao od straha...

— I ja bih, nego nisam imao šta...

— Da sam ti pričao, ne bi mi verovao? Ili bi?

— Verovao bih ti, sreo sam to u snu, jednom davno... i tad mi rekao da nije za mene... ali jebiga, pohlepa.

— Ma smrtni smo, grešni, 'leba bez motike... — odmahuje rukom.

— Uf, al' sam se uplašio kad se pojavio... — tresem glavom, ponavljam i potežem iz flaše. On se smeje i dalje.

— Živi smo, zar nam je malo?

Jebeš blago, posle svega — živ sam. I nije mi malo.

Te noći ja i Brada, kao dva brata, napijemo se kao daske, pa veselim pijanstvom bez kočnica povučemo i meštane, te se pola sela odere od alkohola.

... Posle, kad me Riđi vraćao nazad, prvo sretnemo sitnu seljanku, vraća se brzo, ostavila ručak, gleda dole u svoje noge, mrmlja li nešto? Ne diže pogled. Onda prođemo pored Manitog, zamišljen, okrenut leđima putu. Koje li muke njega glođu? A u gradiću, sa druge strane ulice, ona gospođa sa žutim šeširom, dama, klimnu mi dostojanstveno glavom, prepoznala me. Za trenutak sam pomislio da će sa celim šeširom da gurne glavu kroz prozor kola, ali ne, dame to ne rade, a ja seljak, malo sam pravih dama sreo u životu. I nešto pravih žena, ali se to ovde ne računa. I na kraju, kao u lošim „šmrc-šmrc" filmovima, na bus stanici, naletimo na ženu Riđeg, krenula sa torbom negde. Ej, da nisam video svojim očima, ne bih verovao. Rasplakaše se u zagrljaju i ona mu oprosti. Kao. Kakav odvratan „hepi end". Te me zbog toga i svega drugog duplo više bolela glava, davno već načeta kundakom i busenjem. No čudno putovanje tim ne beše završeno. Negde na sredini putovanja, do mene u busu sede pristojan starac, isti kao čovek iz ratnog muzeja u Kursku. Pade mi vilica, pa se sa strahom okrenem oko sebe, da vidim u čemu sam i gde. Autobus, sine, kroz Srbiju. Fali još šlager pevač. A kao da vozi kroz vremenske zone, kroz isprepletene ratove i sudbine, kroz ljude i događaje, bol, plač i umiranje, rađanje i kajanje. To mi beše previše, imam i ja svoje granice. Valjda. Taj obrnuti smer događaja. Na pauzi, pored autobusa, dok su šoferi krkali u kafani, saputnik mi, dobrodušan čičica, izvadi tabakeru i ponudi me cigaretom bez filtera. Ne smem da tvrdim sto posto, no tabakera beše slična kao u Muzeju pobede u Voronježu, tamo, u Kursku. Eto, da ispričam. Pre bežanja iz Rusije od Dangastanaca ili kojih već, ubedim pratioce da moram da svratim do muzeja, do velikog ratnog. Muzej pobede kod Kurska. I dok su me pratioci, obezbeđenje, napeti, smrknuti i već nervozni čekali, ja sam lutao odeljenjima punim trofejnog oružja i zastava, topova, ma svega — ne znajući šta tražim. No ionako volim muzeje i oružje. I tu, isti ovakav čičica, upita na ruskom tražim li nešto, da mi pomogne, valjda videvši moj izgubljeni pogled. Ne znam zašto, ali rekoh najzad da tražim Kursk 2, na šta me on pometen svede u depo, tri sprata pod zemljom, i u radionici ponudi čajem iz srebrnog samovara. Na zidu uramljene slike, gde odmah prepoznam sliku Čorta i brata mu, Sergej li beše. Starac se kao uzdrža, ali mu zasuzi oko. Vidi, prepoznajem sliku. Pokaza mi još jednu. Prepoznam njega i dva mu momčića, okićena redenicima, snimljena negde ovde — povijeni pod teretom ruskih automata, špagina sa dobošem, nasmejani i ponosni. Na rastanku mi ponudi nešto na poklon, oružje, bodež, medalje, činove... Uzeo bih ja šmajser, ložio sam se na to kao Prle, al' ipak odolim i uzmem samo tabakeru, tešku, od čudnog materijala, verovatno od tenkovske čaure. Suznih očiju kao donosioca dobrih vesti, tamo me isprati jedan dobar čovek, a ovde, na stanici nekog grada kom ne znam ime, njegov brat blizanac nudi mi da zapalim cigaru.

Pa stvarno... ma ko je ovde lud?

24

Pohađaju me njihove sene, ubadaju me njihove oči. Osećam ih teške. Najviše me muči njihovo ćutanje. Zagledani u mene, sede u krug, ćute i puše. Ne čuje se ni dim kad izbace. Ja znam da je bilo u borbi, a oni znaju gde su krenuli. Da se gine, ne u svadbu. Širim ruke malo nervozno, time pokušavam sve da objasnim — jebiga. Al' ne idu, ne odlaze. Nekad su tu noć za noć, a nekad ih nema dugo, pomislim zaboravili, kad eto ih, bezimeni.

Mada jednog znam, njegovo ime znam. On mi je posebno težak teret. Često na javi razmišljam o onom trenu i teram izlizano sećanje na još jedan bolan povratak. Da znam sve ovo, možda bih se vratio i tamo, u šumi sačekao taj delić sekunde, koliko je trebalo njegovoj ruci da napravi razliku od oružja na boku do podizanja ruku za predaju. Samo zbog tog malog kamička vremena seo bih u vremeplov, vratio se, uzeo bih taj rizik, bar njega da ne vidim ovde. Izgleda da je bio dobar momak, nesrećan kao svi dobri momci. Njega mi je posebno žao, on mi je veliki kamen, stena na duši. Ovi ostali, oni su mutnih likova, sivi, daleki, našli se u pogrešno vreme na pravcu zrna. To je ratna sreća. 50:50. Ili je imaš ili te rokne, pa ti vidi. Već naviknem na ćutanje. Borci smo, znamo da ćutimo, tad u grupi, to je najveći dokaz poverenja. Ne možeš ni da ćutiš sa svakim. Nekad mi, često, iza leđa dođu moji drugovi neprežaljeni da podršku mi daju, da znam da ih iza leđa imam. Kao uvek. Sigurniji sam. Baš su mi snovi sivi, a? Mislim često o njima i pitam se kome li oni dolaze u san i sede tako i ćute? Taj će tek da izludi — ja sam već bio lud.

Vreme sporo prolazi, tu, visoko, na stenama Grčke. Dani su borba sa sobom, jer vrelina isijava iz kamena, iz vazduha, sa svih strana. Samo gušteru, mom malom prijatelju što se zadovoljno peče, očigledno prija. I zmiji, što ponekad u prolazu podigne glavu ka mojoj pećini, odgovara.

Noći su hladne, oštre. Drhtim, čekajući u polusnu jutro. Samo su jutra podnošljiva. Sunce se rađa uvek krvavo. Mog prijatelja, mog prethodnika na ovom mestu, često pitam za savet, gledam u mesto gde su mu oči bile. Lobanja mu je svetla. Kažu monasi, što je svetlija lobanja, manje se grešilo u zemaljskom životu. Njegova je baš svetla. Divim mu se. Često ga pitam šta ga je navelo da dođe ovde, koja molitva i snaga ga je držala da bude jak i izdrži. Često klonem, padam, savijam se kao crv, plačem... na dnu sam... pa mi nešto da snagu. Čujem reči. Možda od sunca, od samoće se čoveku svašta priviđa, vetar šapuće kroz stene.

Taj vetar nanese, ili su od grča otupela čula, šum talasa i graju turista, što dole, strašno daleko, mažu svoja tela uljima i ulaze u so Egeja.

Zamišljam svetlu kožu Šveđanki, riđu Nemicu, pegave sa Ostrva — kako se protežu, premeću, napupele, mlade, na dohvatu ruke. Ne verujem da se Bog ljuti zbog ovih misli. Nisu to misli zla. Ako se ljuti, saznaću. Danas ili sutra. Uskoro.

Emil Petrov rođen je u Dimitrovgradu, gde i danas živi i radi.

Objavio je zbirke pesama *Izgubljena ostrva* (1996), *U izgubljenom gradu* (2000), *Let kroz sumrak* (2003), *Potonuli brodovi* (2007) i *Glina prašina i malo sećanja* (2013), kao i romane *Crne šume* (2009) i *Rez* (2018).

Emil Petrov
CRNE ŠUME

London, 2024

Izdavač
Globland Books
27 Old Gloucester Street
London, WC1N 3AX
United Kingdom
www.globlandbooks.com
info@globlandbooks.com

Naslovna fotografija
Irina Iriser
(https://unsplash.com/photos/
silhouette-of-trees-KB-evF6nBK4)

www.ingramcontent.com/pod-product-compliance
Lightning Source LLC
Chambersburg PA
CBHW070949180726
48291CB00004B/1210